Make Something Different
不 一 樣 就 是 不 一 樣

UP UP UP
UP UP UP
UP UP UP UP UP UP UP
UP UP UP UP UP UP UP
UP UP UP UP UP UP UP UP UP
UP UP UP UP UP UP UP UP UP
UP UP UP UP UP UP UP UP UP
UP UP UP UP UP UP UP UP UP
UP UP UP UP UP UP UP UP UP
UP UP UP UP UP UP UP UP UP
UP UP UP UP UP UP UP UP UP
UP UP UP UP UP UP UP UP UP
UP UP UP UP UP UP UP UP UP
UP UP UP UP UP UP UP UP UP
UP UP UP UP UP UP UP UP UP
UP UP UP UP UP UP UP UP UP
UP UP UP UP UP UP UP UP UP
UP UP UP UP UP UP UP UP UP
UP UP UP UP UP UP UP UP UP
UP UP UP UP UP UP UP UP UP
UP UP UP UP UP UP UP UP UP
UP UP UP UP UP UP UP UP UP

Make Something Different

不一樣就是不一樣

UP UP UP
UP UP UP
UP UP UP UP UP UP UP
UP UP UP UP UP UP UP
UP UP UP UP UP UP UP UP UP
UP UP UP UP UP UP UP UP UP
UP UP UP UP UP UP UP UP UP
UP UP UP UP UP UP UP UP UP
UP UP UP UP UP UP UP UP UP
UP UP UP UP UP UP UP UP UP
UP UP UP UP UP UP UP UP UP
UP UP UP UP UP UP UP UP UP
UP UP UP UP UP UP UP UP UP
UP UP UP UP UP UP UP UP UP
UP UP UP UP UP UP UP UP UP
UP UP UP UP UP UP UP UP UP
UP UP UP UP UP UP UP UP UP
UP UP UP UP UP UP UP UP UP
UP UP UP UP UP UP UP UP UP
UP UP UP UP UP UP UP UP UP
UP UP UP UP UP UP UP UP UP
UP UP UP UP UP UP UP UP UP

史上最醒腦的單字書，
太好記你可以笑出來！

李茲
文化

新多益3冠王
腦力全開記單字

TOEIC Vocabulary: Smart Tips for Lazy People

字根 · **諧音** · **心智圖** 醒腦3寶，背過不會忘！

閱讀、聽力、口說3冠王
連育德 · 著

Step 1 **字根：掌握字根，用已知記未知。**

foresee 預見　fore（之前）+ see（看見）＝ 在事發之前就看見

Step 2 **諧音：沒有字根不用哭，還有諧音當靠山。**

motive 動機　諧音：猛踢夫　聯想記憶：你「猛踢夫」的動機為何？

Step 3 **單字心智地圖：運用五感，重點單字一眼抓住。**

omotion 升遷

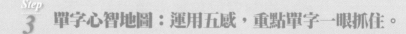

人事

unemployment 失業

vacancy 職缺

compensation 報酬

附MP3
含作者親授醒腦3寶

聰明學習，事半功倍！

還在為如何通過新多益或是拿高分傷透腦筋嗎？或是當您想開口說英語時，遍尋腦中資料庫，卻苦於資料不足而當機，總為「書到用時方恨少」而感歎？

由多益滿分作者現身說法，親身傳授學習英文的祕訣，對想挑戰新多益的讀者更具說服力，他將教您聰明有效地充實腦中單字資料庫，就如同吃飯、呼吸一般輕鬆自然。學習講求方法，方法著重效益，本書確實帶給讀者意想不到的滿意答覆與方法。

「工欲善其事，必先利其器」，選對工具書，不僅可增加學習樂趣，更可大大提升學習效果，是有效學習的捷徑。讓我們一起把學習當成生活習慣，運用正確、有趣、有效的聰明學習方法，達到事半功倍的成效，幫助自己提升英文實力，增加國際競爭力。

慈濟教育執行長（前台中市副市長、建中校長）

從鄰家男孩到英語學習大王

老派終於出書了！這麼說，並不意謂著我很驚訝，而是很高興他終於有機會向大家分享並傳授他長久以來學習英語的功夫和祕訣。

認識老派也十多年了，從大學起，他就獨自默默地鑽研英語學習的要領及方法，同時，在大學末畢業前，他就已經在托福及雅思考試中，創下少數人才能超越的成績紀錄，並如願同時考上英國巴斯口譯學院及國立師範大學翻譯研究所碩士班。老派並無非凡的家世，只是一個平凡的台灣在

地英語學習者，靠著他自己踏實的努力與獨到的學習方式，不僅在自己的英語學習成就上增添了一筆多益考試滿分的紀錄，也在翻譯界享有一定的名聲。

在這本書中，老派以輕鬆詼諧的口吻，將英語單詞組成的結構與理論幽默又風趣地介紹給讀者，帶領讀者領略當中的趣味和竅門，幫助讀者更輕鬆地將單字熟記並擴增。另外，老派在書中也加入了當今受到熱烈討論的「認知語言學」及其中的概念，透過心智圖的方式，傳達認知語言學中重要的「事件」與「詞彙網路」的概念，以事件為基礎建立起詞彙之間的連結，幫助讀者增加英語詞彙的廣度與深度，以利讀者參與多益及其他各樣英語認證考試。

單字是語言構成的磚瓦，而單字量不足往往是學習者與英語考試者最大的障礙與夢魘，如何增加單字量往往是英語學習者最頭痛，也最希望克服的困難。老派的這本書，一定能滿足多數英語學習者的需求，逐步擴增自己的字彙量，進而喜歡上字彙的學習。

台北大學應用外語學系專任助理教授　陳郁彬

記單字的偷吃步

八國聯軍哪八國？承認吧！你現在想到的，是歷史老師教你的那句「餓的話每日熬一鷹」。一個小口訣，就讓你將「俄、德、法、美、日、奧、義、英」一輩子牢記在心。用再正統的方式學單字，出了教室學生背不起來，就只是浪費時間和口水。老派是業界頂尖的翻譯人才，單字量之多，令人望塵莫及，如今他運用超強的聯想力，以既輕鬆又扎實的方式幫助多益考生面對英文單字不再「皮皮挫」，這本新書保證讓你的多益成績瘋狂 up、up、up！

新貴語文顧問執行長、政大商學院暨外文中心兼任講師　胡家榮

腦力全開，單字自然就好記！

20 多年來，全球 500 大企業與軍事情報單位運用腦力開發技術訓練員工快速學習外語，也讓工作更有效率。訓練內容包括：記憶心理學、心智圖、曼陀羅思考法、創意思考法、成功學、全腦式速讀、知識管理、催眠等……。

千碩在 22 歲時接受相關訓練並將各技術的優點做整合，應用在投資理財和語言學習（英日法西義），幫助自己在 28 歲時完成退休夢想：自助環遊世界七大洲。

很榮幸有機會指導到本書作者育德兄腦力開發，他不只對學習新知有著狂熱的熱情，英文實力與新多益的表現更令人讚嘆。難得的是，他願意將方法分享給大家，我也很開心提供一些建議。

由於本書主要橫跨三個領域：英語、心智圖筆記技巧、記憶術。都是一種技能表現，所以千碩建議大家務必學以致用（就像常運動體能才會增強，學會烹飪和鋼琴指法後要多練習才會變專家）。

建議每讀一個小章節，立即提筆寫下心得與目標，放下書本先試著應用看看，並找親友討論內容效果會更好，再循序漸進，讀完整本書。

最後再將本書重複看 2 次，不到一個月，相信您會驚訝地發現思緒變得更敏捷，記憶力也變得更好，因為我們特別提供的學習法已經開始活化您的腦力，開啟語言智能。相信本書是千碩我此生最愛讀的書之一，以及最想推薦給好友的書，預祝各位讀者們學習愉快，生活充實，心想事成！

腦力開發權威暨黃千碩天才學院創辦人　黃千碩

因為在南部小城長大，我國中時才接觸英文，英文爛得可以，以前英文不及格，少一分就要被老師打一下（危險！家長跟老師請勿模仿），所以每逢考試就挨棍子。但有天佛祖眷顧我，同學改我考卷發現我五十九分，竟偷偷算我及格。我當場感激涕零，開始對「英文不討厭」。

升高二的暑假，我接收了連姊姊只聽了三天就丟掉的英文教學雜誌，因為沒課業壓力，就拿來當消遣。外國老師有說有笑，我聽不懂也跟著傻笑；覺得男老師講英文有磁性，自知無法變成劉德華的我，想以聲音取勝，就模仿男老師聲音，還自以為聰明要用丹田發聲，把肚子壓在桌緣跟著朗讀。妙就妙在，暑假過後，我的英文就再也回不去了，沒有落在前三名外，也跟英文結下良緣，大學讀英文系，研究所讀口筆譯，工作也跟英文相關。

話雖如此，直到前幾年接觸大腦學習課程後，我才把一些原則拿來剖析我的英文歷程。原來，我一直都動用到「已知連結未知」技巧，例如，高中時我把貓王的 Are you lonesome tonight? 改成 Are you lonely tonight? 當時周華健推出英文專輯有首歌叫 We are all alone.，翻成「悠然獨處你和我」（我現在還記得！），所以 lonely 跟 alone 不會搞混。原來，我也動用到想像力的概念，讀英文時腦海習慣形成畫面，而這個技巧在口筆譯更不可少。最重要的是，我本來以為我是在苦練英文，但原來我都是在玩英文。

有了這番領悟，我積極把全腦學習（記憶、想像、心智圖）融入傳統的英文學習，並實踐在多益考試（口試也適用），跳脫坊間只把全腦學習用

於小朋友教學的作法（尤其是英文），也跟其他只條列的多益單字書做區隔，讓大家知道我碰到新字時的心理流程，腦中也迸出燈泡說：哇，原來英文可以這樣玩。

最後，本書的完成要感謝李茲文化，提供我許多寶貴建議；感謝黃千碩老師，讓我有幸接觸全腦學習，腦力全開；更感謝我的家人與朋友，你們總是在我自我感覺良好時把我拉回來，在我自我懷疑時又把我捧上天，我由衷感恩。

新版序

2018 新制多益如何準備？

　　多益要改版囉！聽說已經有許多考生開始叫苦連天，老派趁這次《新多益 3 冠王腦力全開記單字》再版，趕快跳出來，從字彙的角度來看怎麼應戰。來看看改版後的題型：

聽力測驗			
大題	內容	改版後題數	改版前題數
1	照片描述	**6**	10
2	應答問題	**25**	30
3	簡短對話	**39 (13x3)** ＊13 組對話，每組設 3 個問題	30 (10x3) ＊10 組對話，每組設 3 個問題
4	簡短獨白	**30 (10x3)** ＊10 個獨白，每個獨白設 3 個問題	30 (10x3) ＊10 個獨白，每個獨白設 3 個問題
			共 100 題

新舊制比較重點

① 台灣考生比較得心應手的前兩大題題數減少了，增加到「簡短對話」部分。

②「簡短對話」會有三人對話題，不只春嬌、志明對話，還加了隔壁大牛。

③「簡短獨白」會加入圖表。例如獨白內容是會議流程更動，試卷上會有會議議程表，需要考生一邊聽、一邊看、一邊思考。

④ 更口語化，例如可能有 I'm gonna (I am going to)、I wanna (I want to)、you hafta (you have to) 等等。

閱讀測驗			
大題	內容	改版後題數	改版前題數
5	句子填空	**30**	40
6	段落填空	**16**（4篇 x 4題）	12（3篇 x 4題）
7	單篇閱讀	**29** ＊10篇單篇文章，每篇設 2-4 個問題	28 ＊7-10篇單篇文章，每篇設 2-5 個問題
	多篇閱讀	**25** ＊2組雙篇文章，3組 3篇文章，每組各設 5 個問題	20 ＊4組雙篇文章，每組各設 5 個問題
			共 100 題

📍 新舊制比較重點

① 第 6 大題「段落填空」和第 7 大題「單篇閱讀」出現新題型，要考生依照文章意思，插入完整句子，測驗考生對文章脈絡的理解。

② 第 7 大題「單篇閱讀」出現通訊軟體一來一往的對話形式。

③ 第 7 大題「多篇閱讀」出現 3 篇短文為一組的題型。

　　綜合整理，改版後的多益總題數不變，但以往大家可以搶分的部分題數減少（聽力的「照片描述」與「應答問題」，閱讀的「句子填空」和「段落填空」），要爭取時間作答的部分題數反而增加，而且訊息量也加重。也就是說，考聽力時更講求專注力與秒聽秒懂，考閱讀時更強調全文理解與閱讀速度。

　　重點來了！新制多益跟單字有什麼關係呢？關係可大了，因為不管多益再怎麼變，單字該背的還是要背，重點在於怎麼背比較快速有趣，而且記得牢，這本書正是要教大家這個功夫。

此外，新制多益要測驗的是整體英文能力，而不只是考試的能力與技巧，內容和難度稍微增加，所以反應力一定要加快，如果聽到、看到考題還要花時間想單字的意思，可能就太慢了，所以用全腦方式學好單字後（短期記憶變長期記憶），一定要用「五感要滿足法」（見 22 頁）加強，把單字變成潛意識、自動化。這幾年「刻意學習」成為顯學，也就是這樣的概念。

這本書出版以來，讀者的反應很有趣。有些人覺得不正統，認為英文就是要規規矩矩地背字根就好，背得愈痛苦學得愈多。對此，老派覺得只要達到學習目標，這樣當然也很好，每個人找到最適合自己的學習方式最重要。

但有些人看了書後覺得當頭棒喝，發現原來轉個念，背英文單字也可以這樣玩，在校學生邊聽老師上課，腦筋就在轉啊轉，思考怎麼用全腦方式記下單字（這不就是積極學習嗎？！），也有企業主非常認同，請老派去專題演講哩！

在《新多益 3 冠王腦力全開記單字》再版的此時，老派趕快跟大家更新新制多益的眉角，也希望大家繼續發揮腦力，快樂學習英文！

連育德
Catrick

從記住到永遠不會忘的滿分學習法：
字根、諧音、心智圖

✓ **作者親授醒腦 3 寶：**

① 字根、諧音、心智圖 3 招怎麼學、
怎麼用，作者親聲講給你聽。有智
慧型手機的讀者，只要免費安裝
QR code 讀取程式 (app)，再掃一
下 QR 碼，馬上就能聽到作者的精
彩教學。相同內容一樣收錄在隨書
附贈的光碟。

✓ **搞笑字根法：**

② **主題分類**：字根以「方位」、「時
間」、「數字」……等主題分類，
同類字根一起學習，自然容易發揮
八爪章魚的威力，相關字根一併牢
牢抓住！

③ **朗讀記憶**：單字、例句皆由專業美
語老師朗讀示範，請熟聽熟唸，對
於準備多益聽力或是把單字活用於
日常生活中，都有助益。

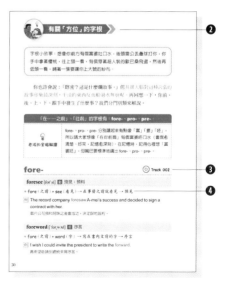

④ **字根拆解**：詳細說明字根如何組成單字意義，熟悉拆解方式，單字就好記。日後遇到生難字，更是推敲字意的終極法寶！

✓ **升級版諧音法：**

⑤ **諧音聯想**：針對字根不易辨識又難記的單字，作者用 kuso 諧音幫你記住，愈誇張有趣，大腦記愈久喔！

⑥ **獨門順口溜**：為單字量身訂作獨門順口溜，透過聲音進一步強化大腦記憶。

⑦ **衍生字群**：本著「已知記未知」的最高指導原則，衍生字、同反義字等相關字群一併學習，才是聰明又省腦力的記字方法！

⑧ **延伸學習與提醒**：依學習急迫性，貼心為讀者區分了「順便學一下」、「拜託記一下」、「寓教於樂」等補充單元，讀者可依自身需要挑著學。

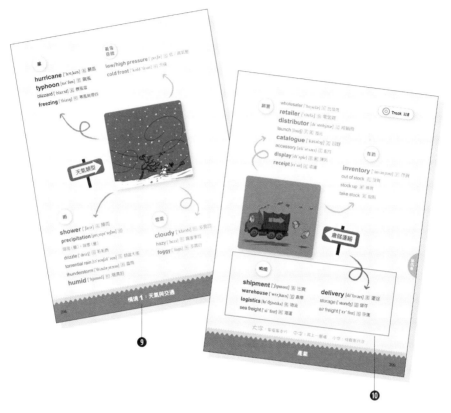

✅ 心智圖法：

⑨ **10 大必考情境**：依多益考試中心公布的必考情境所繪製。

⑩ **重點單字一眼抓住**：心智圖以 3 種字體大小區隔單字難易度，每種字體有其相對的得分目標，方便讀者鎖定單字學習。簡單來說，字體愈大、眼睛看得愈清楚的那些字，一定要先記住！

大字：掌握基本分 → 得分目標 600

中字：再上一層樓 → 得分目標 600~750

小字：挑戰高分字 → 得分目標 750 到滿分

目錄

CONTENTS

第四章 ｜ **10 大必考情境的單字心智圖**

第一章
學習如何學習

⊙ **Track 001** 作者親授醒腦3寶 ▶

　　跑步之前，選雙好的慢跑鞋，跑得會更輕鬆舒服；打魔獸前，裝個寬頻高速網路，打起來更過癮。背多益單字也是同樣的道理，先不要急著一頭栽下去猛背，我們應該學一下「學習」的方法。你沒看錯，學習這個動作也是要學的，這樣才能事半功倍，老派（我本人）要推薦的是結合左右腦的全腦開發學習法，把一些技巧偷偷藏在這本書中，教大家怎麼讀這本書，只要跟著步驟去做，就可以享受到單字量倍增的效果，更妙的是，還可以運用在學習英文的其他層面。

　　我們先來看看單字要怎麼記憶才好，學到記憶的方法後，再來背多益單字，這樣就像坐上高鐵，而不再是只能搭上復興號，可以更快速有效地到達目的地。

　　記憶這玩意可以分成三類，一個是短期記憶，一個是長期記憶，最後是超長型瞬間吸收體記憶？不不不，第三個是所謂的潛意識記憶。三者有何不同呢？

　　短期記憶就像在大腦裡貼了一本便利貼，用完第一張後就把它丟了，換到第二張，這樣依此類推下去。比方說，你打一○四查華納威秀

信義店的電話要訂電影票，背了下來立刻打，撥電話時嘴巴可能還會覆誦，訂完票後一小時還能記得電話號碼嗎？通常不會，因為這就是短期記憶，它的功用是現學現賣，用完即丟。

長期記憶比較像是電腦 WORD 的「尋找」功能，想要從你自己寫過的檔案中找到某個段落或詞句，在「尋找欄」輸入關鍵字，劈里啪啦就能找到。換句話說，長期記憶「長期」都儲存在你的大腦某處，只要有一個指令下達，你可以隨時抽取。舉例而言，你買票去聽阿妹的演唱會，她開場時唱「姊妹」，歌詞你雖然不熟，但你還能夠回想起當初 MV 的畫面，這就是長期記憶。另外一個例子就是，我們考試時，有些題目一看就會解答，也是在借重長期記憶。

最後一個是潛意識記憶，也就是你完全想都不用想就會做的行為，像是會開車的人，可以邊開車、邊聊天、邊挖鼻屎、邊喝飲料（危險行為，不可模仿），眼睛耳朵還會注意到附近的交通，這是因為開車這個動作已經深深烙印在他的潛意識裡頭了，所以有人又把潛意識記憶稱為肌肉記憶（學名稱為程序記憶）。再以阿妹為例，剛才那首「姊妹」你只記得 MV 的畫面，但現在唱到你的 KTV 必點拿手歌「聽海」，你可以不加思索就一字不漏地唱出來，表情手勢都做足，因為這首歌已經徹徹底底成為你細胞的一部分了，相信再過十年，廣播飄出這首歌時，你還是能夠朗朗上口，就跟現的五、六年級生聽到「夢醒時分」，還是能夠跟著唱一樣，因為它們已經成為你潛意識的一部分。

講到這邊，好像跟學英文沒有關係，但其實是大大有關，掌握了這三種記憶的觀念，就等於是拿到了學英文的黃金鑰匙。我們拿英文單字「liabilities」（負債）來比較這三種記憶的關係，有些人會 l-i-a-b-i-l-i-t-i-e-s 一個字母一個字母來背，背完高興個十分鐘，可能就忘了，這是短期記憶；有些人用方法背了起來，多益考試有一題出現這個單字，心裡默默高興有背到，但生活中不會主動用到，這是長期記憶；有些人不但考

試遇到認識它，平常閱讀時看到它，就像看到 apple、dog 這種超簡單的單字，完全不會茫然，而且用英文寫信回覆客戶，甚至跟客戶來個電話會議時，都會不知不覺用到它，這就是潛意識記憶。

請問各位捧油們，你準備多益考試的目標是想達到以上哪一種境界？學英文時，大家當然不會想要只有短期記憶，這樣未免太遜。另外也有人想要達到外國人的水準，運用英文就像運用中文一樣，這其中當然需要持之以恆地練習。但絕對有一票人會說，那我可不可以只求多益考到理想的分數，讓我可以面試、晉升加點分數就好。當然可以，所以這本書就是要教大家怎麼把記憶「從短期變長期」，或者你要更積極一點，「長期變潛意識」。更大的重點是，背單字從此成為無痛經驗，好玩到像是在做白日夢、拼圖、看漫畫，誰說一定要正襟危坐，面露菜色，頭上綁著布條，才叫做讀書背單字。

 短期變長期

全腦學習有一個萬法歸宗、不能不謹記在心的概念，就是「用已知連結未知」。曾馨瑩（未知）是誰，可能有很多人不知道，但如果說她是郭台銘（已知）的老婆時，這樣是不是就知道了。遇到新的概念（未知）時，先找出自己已經懂的舊概念（已知），想辦法把兩者之間連結起來，而不是一股腦把新概念塞在頭腦裡。換句話說，當你即將在未知的學海中溺斃時，已知就是那個可以幫你游到岸邊的救生圈。

背多益單字也是同樣的道理，一個英文單字裡有幾個字母可能是你已經知道的，先把這部分找出來，再來背整個單字，是不是容易許多呢？不講別的，就講要背基礎單字 closure「關閉」（未知）時，你會看到怎麼好像有 close 的身影（已知），所以就表示你只要去掉 e，再加上 ure 就可以了，甚至眼尖的人還看到 sure（也是已知），那就更簡單了，把

close 加上 sure，中間的 e 去掉就可以了。久而久之，closure 又變成你的已知，所以哪一天要背高級單字 foreclosure house「法拍屋」時，你還需要從頭再背嗎？前面加個 fore 不就好了。

講到這邊，聰明如你有沒有看出一點端倪，在「已知連結未知」的過程中，已知的資料庫很重要。懂得運用資料庫的已知事物，要學新的東西就很簡單。更好玩的是，新的東西學完後又變成你的已知，資料庫愈來愈大，讓你在學習上更有效率，就像是你打怪時，可使用的武器愈來愈多，打起來就愈過癮。

同樣的道理，我們在背多益單字時，就是要想辦法從資料庫拿出已知，把它連結到未知。連結的方法很簡單，一個是大家已經耳熟能詳的「字首字尾字根」（我們把它叫做字根就好），一個是這幾年很流行的諧音法。老派把這兩者納入全腦學習的方法，變成「搞笑版字根法」與「升級版諧音法」，還有就是想要讓英文更上一層樓的「心智圖法」，保證讓你背單字加速從短期記憶，進入到長期記憶。

❶ 搞笑版字根法

中文字裡頭，我們看到左邊有「木」，像是「榕」，就大概知道這個字跟樹木有關；看到「言」字旁，像是「訓」，就知道可能跟講話離不開關係。英文的字根也是如此，用最最最簡單的例子說明，以前英文老師都會說，英文字尾有 -er，表示是跟「人」有關，所以說 teacher 等於教書的人，也就是老師。（後來我的同學舉手發問：老師老師，那 Pe-ter 就是放屁的人囉！）

大家學英文也這麼多年了，可能不知不覺都已經知道了一些字根，像是字尾的 -ment、-tion，表示是名詞，所以遇到像 employment 或 eradication 這種單字，就算不知道意思，你也猜得出來它是名詞；字首

有 under-，表示是在「底下」的意思，所以你可以推測出 underground 是「地底下」。恭喜你，這些都已經納入你的已知資料庫。但有些字根你有看過，但就是還沒進入你的資料庫，那怎麼辦呢？（希望有些讀者會跟百萬小學堂一樣，大喊選我選我）答案就是死背，才怪！！！這樣可能要請你再從頭看一下上文囉。正確答案是，還是用已知連結未知的方式。「啥？」你說。別緊張，現在就立刻示範一下笑死人不償命的「搞笑版字根法」。

任務：背字首有 pre- 的單字

- **攻擊目標（未知）**：pre- 有「之前」的意思。
- **攻擊武器（已知）**：pre- 唸起來像台語「呸」，所以我們可以想像自己「pre」一口痰到「前」面，把「pre」跟「前」兩者連結起來。這個畫面（或是小故事）是我們所能想像的，所以是我們的已知。
- **目標完成**：這樣一來，pre 有「在⋯⋯之前」的意思又變成我們的已知了，這時再來背 preview（預習）、predict（預估）、prerequisite（先決條件）就簡單多了。

　　什麼！你早就會 pre- 這個字根，那恭喜你，你就應該跳過「呸口痰在前面」這個階段，直接跟新單字作連結就好。試試任務二好了。

任務：背字尾有 -rupt 的單字

- **攻擊目標（未知）**：-rupt 有「斷開」的意思。
- **攻擊武器（已知）**：「爛葡萄」。-rupt 聽起來像不像「爛葡萄」，所以我們可以想像有一串「爛葡萄」從樹上「斷開」來。這個畫面也是我們大腦所能想像的，所以是已知。
- **目標完成**：知道 -rupt 有「斷開」之意後，就能輕鬆背 interrupt（中斷）、bankrupt（倒閉）、erupt（爆發）、abrupt（突然）、disrupt（干擾）等單字了。

用搞笑方式來背字根，保證你在背單字時，又變回想像力奔馳的小孩子，邊背單字，嘴角邊微微顫抖，忍住狂笑。

當然，好玩歸好玩，當這些字根已經牢牢記住之後，小故事就可以拋在腦後了，不用再去記憶，因為字根已經成為你的已知。

❷ 升級版諧音法

學了搞笑版字根法，單字開始成倍數增長後，你會發現，咦？怎麼有些單字就是拆不開來，看不出來有字根，或字根太冷門，反而增加負擔。怎麼辦呢，這時候可以向諧音法來求救。還記得以前國中老師在教我們這班臭男生星期幾的英文時，繞了一段台語RAP，週一「摘一塊」、週二「抽一塊」、週三「蘸一塊」、週四「搓一塊」、週五吃「花茶」、週六「煞到茶」、週日就「送茶」。這就是初級諧音法。你看我到現在都還記得一清二楚，就知道諧音法的威力了。但升級版諧音法更進一步，還加了小故事，讓已知與未知之間的連結更緊密。我們來看看幾個例子：

任務：背下 niche（利基）

- **攻擊目標（未知）**：就是 niche，財經報導常出現這樣的文字：利基型商品、利基市場。
- **攻擊武器（已知）**：niche 聽起來很像「你需」，所以想像你跟你不學無術的朋友說，「你需」要「利基」。

任務：背下 tenacious（頑強的）

- **攻擊目標（未知）**：就是 tenacious，因為雖然有字根（-cious，表示形容詞），但還是很難跟意思聯想在一起。
- **攻擊武器（已知）**：tenacious 聽起來像「天牛絲」，天牛居然會吐絲，而且還很「頑強」扯不斷。也就是用自己創造出來的有趣故事（已知），連結到要背的單字。

要特別指出的是，有些人會覺得用諧音法雖然搞笑好記，但怕自己的發音會很台，再加上很多英文老師會覺得這很不正統，老派覺得其實不用擔心，一方面，你心裡雖然想著「諧音」，但嘴巴還是要唸出正確標準的英文，「諧音」的功用只是幫你勾起記憶而已；另一方面，不要忘了，當你把這個單字烙印到長期記憶的已知資料庫後，就可以把諧音法拋在腦後囉。否則，難道我現在要講星期五，還要想一下週五是要喝「花茶」嗎？

以上「搞笑版字根法」與「進階諧音法」都是幫助你從短期記憶進到長期記憶的踏腳石，都只是肩負著階段性任務，等到你真的記起來之後，就可以把它們拋在腦後了。同時，老派建議的順序是先用字根法，如果找不到字根，才用諧音法，因為有現成的字根（已知），為何不用呢？

❸ 心智圖法

但上面都還是在講一個一個單字地背，如果要更全面、更主動出擊地背單字，尤其是在背多益單字時，因為題目已經限定在商業環境的英文，如果能夠針對某個商業情境，主動找到可能出現的單字，是不是就能化被動為主動，正所謂「毋恃敵之不來、恃吾有以待之」。這時已經跳脫一個一個單字背誦，而是有關聯的單字都背起來，所以最好的方法，老派推薦心智圖法。（可以參見老派在第四章的示範。）

心智圖法好處多多，許多上班族做簡報、或者學校老師在上課時，都開始會使用心智圖法。用在多益的單字上，老派覺得心智圖法最好的好處是把商業情境加以統整。同時又能自己動手操作，加深印象，搭配上「搞笑版字根法」、「升級版諧音法」，可以發揮一加一大於二的綜效。

五感要滿足法

短期記憶變成長期記憶後，其實用在考試已經 OK，而且分數也可以不錯。但你都已經發現由短變長的方法可以這麼有趣，願意善罷干休、不往前朝外國人的標準前進嗎？

目前到這邊為止，我們只是在學如何將單字由短期記憶變成長期記憶。就像教大家游自由式時，先教手要怎麼擺、腳要怎麼踢，但想要成為水中蛟龍，不用再想手腳的角度，自然而然全身就會自己游起來，真的只有練習、練習、再練習。要把單字從長期記憶變成潛意識記憶也是如此。

這時候有人就叩應（call in）進來抗議了，說這個道理誰都知道，而且我還知道 Practice makes perfect.（熟能生巧）的英文咧！但不要忘了，英文變成長期記憶可以讓你考高分，英文變成潛意識記憶可以讓你成為真正的英語高手，練就人人稱羨的語感，讀書工作樣樣行，你要哪一種？再說，老派所說的練習再練習，並不是像在唸經一樣，而是好玩又有效率的練習，保證顛覆你學英文的觀念。

我們先從單字來看，如果你先前用字根法把 prediction 記起來、成為你的長期記憶後，怎麼樣才能讓它進入你的每一個細胞，以後看到、聽到、說時、寫時，立刻像外國人一樣冒出「預測」的意思呢，而不用還要再去想 pre- 是「在……之前」的意思、dic- 是「說」的意思、-tion 表示是名詞，所以「預先」加「說」湊起來，就是「預測」的意思。答案簡單得太太太驚人，就是：打開你的五官。把你的眼（視覺）、耳（聽覺）、鼻（嗅覺）、舌（味覺）、身（觸覺）都能夠動一動，老派稱之為

「五感要滿足法」，把單字之於五感好好想像一下，嘴巴順便唸單字發音，保證做個兩輪就會有效果。有圖有真相，請看老派怎麼做：

1. 先放一張九宮格的紙在眼前，中間寫上單字與中文解釋。其他格依序填上眼、耳、鼻、舌、身、天（真理）、地（大自然）與意（靈感）。

舌	身	天
鼻	**dilemma 兩難**	地
耳	眼	意

2. 拿著單字去跟每一格做連結，發揮你的想像力。
   ① **眼**：「兩難」如果可以看得到，會是什麼？想像你不知道要穿藍色還是紅色的襯衫，讓你陷入兩難。想像時，嘴巴記得講一次 dilemma。
   ② **耳**：「兩難」如果可以聽得到，會是什麼？想像 A 電台在播女神卡卡的歌，B 電台同時在播阿妹的歌，不知道要聽哪一個，讓你陷入兩難。想像時，嘴巴唸一次 dilemma。
   ③ **鼻**：「兩難」如果可以聞得到，會是什麼？想像你在機場要買香水，Dior 的很濃郁、Chanel 很淡雅，你不知道要選哪一個，讓你陷入兩難。想像時，嘴巴記得講一次 dilemma。
   ④ **舌**：「兩難」如果可以吃得到，會是什麼？想像你又想吃滷肉飯，又想吃鼎泰豐，陷入兩難。想像時，嘴巴記得講一次 dilemma。
   ⑤ **身**：「兩難」如果身體可以感覺得到，會是什麼？想像你又頭痛又牙痛，但身上只有掛診看一科的錢，讓你陷入兩難。想像時，嘴巴記得講一次 dilemma。
   ⑥ **天**：有什麼「兩難」的情況是真理？老婆說的話跟媽媽的話哪一個要先聽，真是兩難。嘴巴記得講一次 dilemma。
   ⑦ **地**：大自然有什麼「兩難」的情況？要大吹冷氣還是要減緩溫室效應，真是兩難。嘴巴記得講一次 dilemma。

⑧ **意**：最後這個由大家自行發揮，想到什麼都可以。我想像要偷親林志玲還是小S，真是兩難啊。想像時，嘴巴記得講一次 dilemma。

各位捧油們有沒有發現，除了「天」、「地」之外，我所想像出來的東西都是鮮明、具體又誇張，因為這樣才有辦法加深印象，加快進入潛意識裡頭。最好是新的單字能做過兩、三輪，每一輪情境不一樣。這時，老派彷彿看到有很多人想要把書丟掉，大喊我的媽呀，剛才一輪就那麼久了，還要兩、三輪，這樣背單字要背到什麼時候啊？！我只能說：真的要看你想把英文學到什麼地步，要應付考試，就用上面講的字根法或諧音法，但要真正把單字吃到身體內、成為營養，那就請聽聽老派的勸，用「五感要滿足法」吧！

再說，剛開始在想像時，可能會覺得有點吃力，這是因為我們都被填鴨式教育給制約了，想像力長期被壓抑，但所幸人類天生就是愛亂發呆、愛想像，所以練習幾次後，其實一個感官花個兩、三秒也就完成了，速度不會比以前死唸單字八次慢很多，但卻能讓你聽說讀寫全部受益，你覺得哪個成本效益比較高。重點是，在想像各個情境時，不就像是在做白日夢嗎？讀書再也不用死氣沉沉。

另外，大家其實可以舉一反三，背片語、短句也可以用這方法。

綜合上面所說，重點有幾個：

1. 記憶分成：短期記憶、長期記憶、潛意識記憶。
2. 短期變長期的方法：搞笑版字根法，升級版諧音法，多益情境心智圖法。也就是這本書的重點。
3. 長期變潛意識的方法：「五感要滿足法」。這個部分需要靠大家自己練習才有辦法達成，全天下沒有一個人可以幫你。

磨刀練劍 SOP

第一章：先建立起正確觀念，了解如何學習才能達到最佳效益。尤其是許多考多益的人都是上班族，不是時間不夠，就是以前學的英文都還給老師，更需要用最有效率的方法來學習多益單字。

第二章：搞笑版字根法

① 看到單字時，先不看例句、也不要看老派的講解，先問自己有沒有看過這個單字。

② 如果熟悉，直接參考例句，看看老派怎麼拆解，以及補充說明的地方，可以加深印象。

③ 如果不熟悉，看看裡頭有沒有熟悉的字根或拼法，猜猜看它的意思，天馬行空地亂猜也沒關係，反正又不扣分。參考例句，學習怎麼拆解。

④ 每個單字、例句都要唸出來。如果想要更上一層樓，把單字或例句轉化成潛意識的同學，強烈建議你使用「五感要滿足法」。

第三章：升級版諧音法

① 看到單字時，先不看例句、也不要看老派的講解，先問自己有沒有看過這個單字。

② 研讀例句，因為這一章的例句大多數符合多益情境，所以也適合當作閱讀練習。如果例句裡頭出現生字，也請你要查字典！

③ 參考老派的諧音，或者自創。記得：心裡想著諧音的故事，嘴巴要唸

出字正腔圓的英文發音。

④ 每個單字、例句和順口溜的部分都要唸出來。如果想要更上一層樓，
把單字和例句轉化成潛意識的同學，強烈建議你使用「五感要滿足法」。

第四章：多益情境心智圖法

① 準備白紙與彩色筆。

② 觀摩老派的心智圖，然後依樣畫葫蘆，畫出自己的版本。

③ 把本書提供的多益十大情境，都老老實實地畫出來。千萬不要以為用
看的就好，這樣不乖，要打屁股。

④ 學到其他單字，如果是在這個情境裡，就把它加進去。

第二章

搞笑版字根法

老派當初考多益的原因其實很簡單，就是看在多益以實用的商業英文為主，工作上一定會用到，題材範圍有的正經八百（商務、金融、人事等等），有的又很平民（旅遊、保健、娛樂等等），符合成人學英文一定要有目的性的概念，這樣才會學得比較起勁。雖然說在學習英文的過程中單字量愈多愈好，但是如果我們以應考多益的角度來看，一定要更有效率，先針對多益情境常出現的單字下手，逐漸累積，等心有餘力再去攻占低頻率的單字。

　　很多初、中階考生單字量可能比較少，一下子投入茫茫的英文閱讀大海中，可能很快就被淹沒，閱讀的興致也少了一半。畢竟一個段落有兩、三個字看不懂，還可以學柯南一樣抽絲剝繭，掌握大意，但如果一段就有五個以上的單字看得霧煞煞，那就沒輒了。但老派準備多益的經驗是，多益的情境就那麼幾個，所以如果有目標性地來準備單字，就能更有效率地大量累積單字量，等到進入考場時，一定會是「一塊蛋糕」（a piece of cake「輕而易舉」），而不再是「天空的餡餅」（a pie in the sky「癡人說夢」）。

　　在「搞笑版字根法」中，老派幫你準備好了已知（小故事，或是搞笑諧音），讓你可以輕鬆地連結到未知（字根）。小故事當然由你自己編最好，因為每個人的資料庫本來就不一樣，但為了講解需要，請各位先看看老派提供的小故事（畢竟老派歷經滄桑，故事比較多一點），然後各位再來融會貫通，創造自己的版本。在選擇例句上，有的走無厘頭路線，幫你加深印象；有的選擇多益會出現的場景，讓你們在相逢時，不會相看兩不識。

字根法可用兩種方式來搞笑，我們以主題來分，包括：方位、人體、感覺等等，選出最常出現在多益的單字。另一種是見招拆招，以字母由 a 到 z 一個一個來解釋，學習怎麼輕鬆以字根學單字；如果遇到已經懂的單字，不要急著跳過，還是要看一下怎麼搞笑背字根與拆字根，這樣以後遇到難的單字，更能駕輕就熟。

📢 老派的使用叮嚀

① 解說單字的字根時，會出現其他次要字根，先看過就好，有個印象。重點是那個單字的主要字根。

② 單字安排由簡單逐漸有難度，剛開始不要因為單字以前學過就不看，覺得老派怎麼小看我的智商，應該藉此來加強字根概念。

有關「方位」的字根

字根小故事：想像你前方有個富婆吐口水，後頭雷公丟疊球打你，你手中拿著櫻桃，往上頭一看，有個穿著超人裝的歐巴桑飛過，然後再低頭一看，鋪著一張要讓你上大號的紗布。而且，你還四處欠錢。

你也許會說：「瞎密？這是什麼爛故事。」但其實大腦對這種誇張的故事印象最深刻，平淡的東西反而船過水無痕喔。再回想一下，你前、後、上、下、跟手中發生了什麼事？我們分門別類來解說。

「在……之前」、「往前」的字根有：**fore-、pro-、pre-**。	
 老派的全腦解讀	fore-、pro-、pre- 分別讀起來有點像「富」「婆」「呸」，所以請大家想像「在你前面」有個富婆呸口水（畫面愈清楚、好笑，記憶愈深刻）。在記憶時，記得心裡想「富婆呸」，但嘴巴要標準地講出 fore-、pro-、pre-。

fore-

 Track 002

foresee [for`si] 動 預見；預料

★ fore（之前）+ see（看見）→ 在事發之前就看見 → 預見

例 The record company foresaw A-mei's success and decided to sign a contract with her.
唱片公司預料阿妹之後會成功，決定跟她簽約。

foreword [`for,w3d] 名 序言

★ fore（之前）+ word（字）→ 寫在書內文前的字 → 序言

例 I wish I could invite the president to write the foreward.
真希望能請到總統來寫序言。

forecast [ˋforˏkæst] 名 預測

★ fore（之前）+ cast（投擲）→ 在事發之前先投出來 → 預測

例 Weather forecasts are never correct!
氣象預報每次都不準！

forerunner [ˋforˏrʌnə] 名 前驅；先鋒

★ fore（之前）+ runner（跑步者）→ 跑在前面的人 → 先驅

例 Our company is a forerunner in green technology.
我們公司是綠能科技的前鋒。

pro-

prolong [prəˋlɔŋ] 動 延長

★ pro（往前）+ long（長）→ 往前拉長 → 延長

例 Prolonged standing may lead to big calves.
久站可能會變成蘿蔔腿。

proceed [prəˋsid] 動 著手；繼續進行

★ pro（往前）+ ceed（走）→ 往前走 → 繼續進行

例 After some small talk, we proceeded to the main business of the meeting.
稍微寒暄之後，我們進到會議的主要議程。

promote [prəˋmot] 動 拔擢；推廣　衍 **promotion** 名

★ pro（往前）+ mote（移動）→ 往前走 → 推廣

例 He was recently promoted for his hard work in promoting the new iPhone.
他最近剛升官，因為他努力推銷新 iPhone 有功。

pre-

prepare [prɪ`pɛr] 動 準備　衍 **preparation** 名

★ pre（之前）+ pare（安排）→ 事先安排 → 準備

例 Nobita asked Doraemon how to prepare for the TOEIC test.
大雄問哆啦Ａ夢如何準備多益考試。

---

prevent [prɪ`vɛnt] 動 預防　衍 **prevention** 名

★ pre（之前）+ vent（來臨）→ 在事情來臨之前 → 預防

例 Prevention is better than cure.
預防勝於治療。（必背諺語）

---

previous [`priviəs] 形 之前的

★ pre（之前）+ vious（形容詞字尾）→ 先前的

例 I was promoted twice at my previous job.
我在前一個工作被拔擢兩次。

---

prefer [prɪ`fɝ] 動 偏好　衍 **preference** 名

★ pre（之前）+ fer（攜帶）→ 先拿出來 → 偏好

例 I prefer tea to coffee.
茶和咖啡選，我比較喜歡茶。

🔊 老派碎碎唸 例句請背下來，這樣「prefer A 名詞 to B 名詞」的文法概念就不怕再用錯了！

---

preserve [prɪ`zɝv] 動 保存；維護　衍 **preservation** 名

★ pre（之前）+ serve（保留）→ 先保留 → 保存

例 Longshan Temple is well preserved.
龍山寺維護得很好。

✏ 順便學一下 preservative 名 防腐劑

---

preview [`pri,vju] 名 預演；試映

★ pre（之前）+ view（看）→ 先看 → 預演

例 The preview of *You Are the Apple of My Eye* was well-received.

《那一年，我們一起追的女孩》試映會的反應很好。

---

premature [ˌprimə`tjʊr] 形 過早的；早產的

★ pre（之前）+ mature（成熟的）→ 在成熟之前的 → 過早的

例 Premature babies need extra care.

早產兒需要額外照護。

---

preliminary [prɪ`lɪməˌnɛrɪ] 形 初步的

★ pre（之前）+ limin（限制）+ ary（形容詞字尾）→ 在限制之前 →初步的

例 The preliminary figures show Ming will win the election.

初步數字看來，志明會勝選。

「往後」的字根有：**re-**、**retro-**。其中，**re-** 又引申有。「再次」的意思。	
老派的全腦解讀	讀起來分別像「雷」、「壘球」。所以請大家想像，「在你後面」有雷公朝你打雷又丟壘球，但嘴巴標準講出 re-、retro-。

---

re-

 Track 003

return [rɪ`tɜn] 動 返回；歸還　衍 **return** 名

★ re（再）+ turn（轉向）→ 再轉回來 → 返回

例 I returned the DVD to Blockbuster and then returned to my apartment.

我到百事達還 DVD，然後回到公寓。

---

rebound [rɪ`baʊnd] 動 反彈　衍 **rebound** 名

★ re（再）+ bound（彈）→ 再彈回來 → 反彈

例 The price of oil rebounded sharply yesterday.
油價昨天大幅回升。

🔖 順便學一下 籃球術語裡的籃板球就叫 rebound。

reflect [rɪ`flɛkt] 動 反映；反射 衍 reflection 名

★ re（再）+ flect（折）→ 再折回來 → 折射

例 Facial expressions reflect our thoughts.
臉部表情反映我們的想法。

reserve [rɪ`zɜv] 動 保留；預訂 衍 reservation 名

★ re（往後）+ serve（保留）→ 留到後面用 → 保留

例 These tables have been reserved for VIPs.
這幾桌是預留給 VIP 客人的。

retrieve [rɪ`triv] 動 收回；找回

★ re（再）+ trieve（發現）→ 再發現 → 收回

例 Edison regrets not retrieving those pictures from his computer.
陳小希後悔沒把電腦裡的照片存下來。

🔖 順便學一下 猜猜 golden retriever（金色的、會把物品拿回來的東西）是什麼？答案是「黃金獵犬」。

retro-

retrospect [`rɛtrə,spɛkt] 名 回顧

★ retro（往後）+ spect（看）→ 往後看 → 回顧

例 In retrospect, I should've married my first love.
現在回想起來，我應該跟我的初戀結婚的。

retroactive [,rɛtro`æktɪv] 形 追溯的

★ retro（往後）+ active（有作用的）→（時間）往後推都還是有用的
→ 追溯的

例 The discount is retroactive to last month, so we will return some money to you.

折扣可追溯到上個月，所以我們會退一些錢給您。

inter- 是「在……之間」的意思，也引申成「互相」之意。	
 老派的全腦解讀	inter- 讀起來像「櫻桃」。請大家想像，「中間」有「櫻桃」，或想像櫻桃小丸子站中間。心裡想「櫻桃」，嘴巴標準地講出 inter-。

inter-

 Track 004

international [ˌɪntɚˈnæʃənl] 形 國際的

★ inter（互相）+ nation（國家）+ al（形容詞字尾）→ 國家之間的 → 國際的

例 Yani Tseng has become an international golf star.
曾雅妮已經成了國際高球巨星。

interview [ˈɪntɚˌvju] 名 訪談；面試　衍 **interview** 動

★ inter（互相）+ view（觀看）→ 互相看來看去 → 訪談

例 I was so nervous during the interview and nearly peed in my pants.
我在面試時超緊張的，差點尿褲子。

interaction [ˌɪntɚˈrækʃən] 名 互動　衍 **interact** 動

★ inter（互相）+ action（行動）→ 互相行動 → 互動

例 Frequent interactions between managers and staff are conducive to morale.
主管與員工經常互動，有助於培養士氣。

interfere [ˌɪntɚˈfɪr] 動 干涉；干預　衍 **interference** 名

★ inter（之間）+ fere（傳送）→ 想把我的意圖傳給你 → 干預

例 Don't interfere with their private affairs.

別干涉他們的私事。

「在⋯⋯之上」的字根有：**over-**、**sur-**、**super-**。	
 老派的全腦解讀	做人不要太 over，這句話大家都會講，只是這邊的字根不是「超過」的意思。over-、sur- 連起來有點像「歐巴」、「桑」；super- 的話，我們會想到超人，所以我們可以想像「在上面」飛了一個穿超人服的歐巴桑。心裡想著很像「超人」的「歐巴桑」，嘴巴標準地講出 super-、over-、sur-。

super-

 Track 005

superficial [ˌsupəˋfɪʃəl] 形 表面的；膚淺的

★ super（上面）+ fic（臉）+ ial（形容詞字尾）→ 臉的上面 → 表面的

例 Fame and fortune are superficial, but I love them both.

名跟利很膚淺，但我兩者都愛。

superior [səˋpɪrɪə] 形 更好的；優越的

★ super（上面）+ ior（形容詞字尾）→ 在上面的 → 優越的

例 She thinks she is a princess and feels superior to others.

她有公主病，覺得自己比其他人都高貴。

supervisor [ˌsupəˋvaɪzə] 名 主管；上級 衍 **supervise** 動 監督

★ super（上面）+ vis（看）+ or（人）→ 從上面看著你的人 → 主管

例 Mr. Krabs is a good supervisor. He supervises every detail in the restaurant.

蟹老闆是個好主管，他監督餐廳的每個細節。

over-

overcome [ˌovɚ`kʌm] 動 克服

★ over（上面）+ come（看）→ 從障礙上頭橫跨過來 → 克服

例 Liu Xia overcame her physical disability and became a notable writer.
劉俠克服了身體殘障，成為名作家。

overpass [`ovɚˌpæs] 名 天橋

★ over（上面）+ pass（經過）→ 從上面走過來 → 天橋

例 Campaign flags on overpasses should be banned.
天橋應該禁止懸掛選舉旗幟。

overtake [ˌovɚ`tek] 動 超過；追上

★ over（上面）+ take（拿）→ 把東西從上面整個拿掉 → 超過

例 The Ford tried to overtake the Benz but hit the Minicooper by accident.
那輛福特想要超車那輛賓士，卻不小心撞到 Mini Cooper。

overlook [ˌovɚ`luk] 動 俯瞰

★ over（上面）+ look（看）→ 從上面看 → 俯瞰

例 The five-star hotel overlooks the ocean.
這家五星級飯店俯瞰海洋。

overlook [`ovɚ`luk] 動 忽視

★ 這樣記：因為是「俯瞰」，所以小地方容易「忽視」。

例 I overlooked some details when I signed a contract with FarEastern.
我跟遠船簽約時忽視了一些小細節。

overwhelm [ˌovɚ`hwɛlm] 動 壓倒
衍 overwhelmed 形 無法自己的　overwhelming 形 勢不可擋的

★ over（上面）+ whelm（推翻）→ 從上面推翻 → 壓倒

例 I am overwhelmed by my heavy workload.

工作量太多讓我受不了。

The beauty of Mt. Jade is overwhelming.

玉山美得讓人凍未條。

overcast [`ovəˌkæst] 形 多雲的

★ over（上面）+ cast（投擲）→ 雲都被丟在天空上 → 多雲的

例 Today will be overcast with scattered showers.

今天天氣多雲，偶有陣雨。

◁€ 老派碎碎唸 這句常在聽力測驗出現，要留意。

sur-

surface [`sɝfɪs] 名 表面；外表

★ sur（上面）+ face（面）→ 臉上面 → 表面

例 I want more Oil of Olay! My face is like the surface of the moon.

我要擦更多歐蕾面霜。我的臉好像月球表面。

surpass [səˋpæs] 動 超過

★ sur（上面）+ pass（經過）→ 從上面經過到我前面 → 超過

例 My TOEIC score surpassed my expectations.

我的多益分數超過了我的期望。

survey [səˋve] 動 調查　衍 survey 名

★ sur（上面）+ vey（＝ way，道路）→ 路上到處走透透 → 調查

例 Fubon Bank surveyed 1,000 credit card holders by phone and completed a comprehensive survey.

富邦銀行電訪了一千名卡友，完成了一份很全面的調查。

surgeon [`sɝdʒən] 名 外科醫生　衍 surgery 名 外科（手術）

★ sur（上面）+ ge（身體）+ on（人的字尾）→ 在身體上面動刀的人 → 外科醫生

例 Many celebrities have come to this surgeon for plastic surgery.

許多名人都來找這位外科醫生做整型手術。

 來句順口溜 這位 surgeon 原本是位 sergeant（士官），喜歡吃 sea urchin（海膽）。

---

surcharge [`sɜ,tʃɑrdʒ] 名 附加費

★ sur（上面）+ charge（費用）→ 加在費用上面的錢 → 附加費

例 If you fly this summer vacation, there will be a NT$2,000 surcharge added to your airfare.

如果您在今年暑假搭飛機，票價還要再加兩千元的附加費。

---

surplus [`sɜpləs] 名 剩餘（量）

★ sur（上面）+ plus（正數）→ 比正數還要上面 → 多餘

例 China's trade surplus could disappear within two years as its domestic demand rises.

隨著內需成長，中國的貿易順差（貿易出超）未來兩年可能消失。

---

up- 有「往上」的意思	
老派的全腦解讀	這個字根太簡單了，不需要再靠諧音小故事。

up-

 Track 006

upper [`ʌpɚ] 形 上面的；較高的

例 Honey, look at the muscles in my upper arm! Impressive, huh?

親愛的，你看我上臂的肌肉！讚吧？

---

upstairs [`ʌp`stɛrz] 副 往樓上；在樓上

反 downstairs 副 往樓下；在樓下

★ up（往上）+ stairs（樓層）→ 往樓上

39

例 Oh Romeo, please come upstairs and kiss me.
喔，羅密歐，快上樓親我。

---

upset [ʌpˋsɛt] 動 打翻；使生氣（常用被動式） 衍 **upset** 形 心煩的

★ up（往上）+ set（設置）→ 把原本在下面的東西顛倒在上面 → 打翻

例 Big Ren was upset because Yo Ching upset his coffee cup.
大仁哥很生氣，因為又青把他的咖啡杯打翻了。

---

upgrade [ˋʌpˋgred] 動 把（職位、地位）升級

★ up（往上）+ grade（等級）→ 把等級往上升 → 升等

例 China Airline upgraded us to business class because we were loyal members.
華航把我們升級到商務艙，因為我們是熟客。

---

update [ʌpˋdet] 動 更新；提供最新消息 衍 **update** 名

例 Lady Gaga keeps her fans updated on her next moves through her blog.
女神卡卡透過部落格提供給粉絲最新消息，讓大家知道她的最新動向。

「在……之下；往下的」的字根有：**sub-**、**under-**、**de-**。

 老派的全腦解讀	under-、sub- 讀起來像是「恩恩的」、「沙布」，所以想像底下的 de-「地」鋪了一張要「恩恩的紗布」，嘴巴還是要唸出字正腔圓的 under-、sub-、de-。

under-

 Track 007

underline [ˋʌndɚˋlaɪn] 動 畫（底）線；突顯

★ under（底下）+ line（線）→ 在底下畫線 → 畫底線來突顯重要性

例 Please underline the key points in the earnings report. The points underline our core strength.
請在獲利財報的重點畫線。這些重點突顯出我們的核心優勢。

underestimate [ˌʌndɚˈɛstəˌmet] 動 低估　反 **overestimate** 動 高估

★ under（底下）+ estimate（預估）→ 在預估的底下 → 低估

例 We underestimated the rival's new product.
　　我們低估了對手的新產品。

understaffed [ˌʌndɚˈstæft] 形 人手不足

★ under（底下）+ staffed（部署員工的）→ 數目在應該部署的員工數目之下 → 人手不足

例 The shop is understaffed; they need to hire more clerks.
　　店裡人手不足，需要多徵聘員工。

sub-

subway [ˈsʌbˌwe] 名 地下鐵

★ sub（底下）+ way（道路）→ 道路底下 → 地下鐵

例 There is a new Subway restaurant in the subway.
　　地鐵站裡開了一家新的 Subway 三明治店。

submerge [səbˈmɝdʒ] 動 進到水中；（使）淹沒

★ sub（底下）+ merge（消失）→ 消失在水平面下 → 沈沒

例 The whale submerged into the sea and hit the submarine.
　　鯨魚潛入水中，撞到潛水艇。

subtle [ˈsʌtl] 形 微妙的；細微的（特別注意 b 不發音）　衍 **subtlety** 名

★ sub（底下）+ tle（形容詞字尾）→ 要進入表面下才懂 → 微妙的

例 We gave Beggar Su subtle suggestions that he use deodorant.
　　我們給蘇乞兒細微的暗示，要他擦體香劑。

substitute [ˈsʌbstəˌtjut] 動 替換　衍 **substitute** 名

★ sub（底下）+ stitute（站）→ 把東西踩在下面 → 替換

例 I always ask the waiter to substitute soy milk for regular milk when I order a latte.

點拿鐵時，我每次都會請服務生用豆漿代替牛奶。

✲拜託記一下 substitute A for B，到底是 A 還是 B 被換掉了呢？很多人常常傻傻分不清，老派教你這樣記：for 聽起來有點像「換」，所以我們用中文記「用 A 換 B」，這樣就不會搞混囉。

subsidiary [səb`sɪdɪˌɛrɪ] 名 子公司

★ sub（底下）+ sid（= sit，坐）+ iary（名詞字尾）→ 坐在母集團下面 → 子公司

例 Starbucks is one of Uni-President's subsidiaries.
星巴克是統一集團旗下的一家子公司。

de-

defect [dɪ`fɛkt] 名 缺點；瑕疵　衍 **defective** 形

★ de（底下）+ fect（製造）→ 製造水準不足 → 瑕疵

例 He returned the PlayStation to the shop because it had a defect.
他拿 PS 到店裡退貨，因為他買到的是瑕疵品。

decline [dɪ`klaɪn] 動 下降　衍 **decline** 名

★ de（往下）+ cline（彎曲）→ 往下彎 → 下降

例 Due to fierce competition, Honda's car sales are declining rapidly.
由於競爭激烈，本田的汽車銷量快速下滑。

defend [dɪ`fɛnd] 動 捍衛；辯護

★ de（往下）+ fend（打擊）→ 往下打 → 捍衛

例 Adam wrote a long email and defended his decision to hire his girlfriend Eve as an assistant.
亞當寫了落落長的電子郵件，為他聘用女友夏娃當助理的決定辯護。

destroy [dɪ`strɔɪ] 動 破壞

★ de（往下）+ stroy（= struct，建造）→ 往下建造（建造的相反）→ 破壞

例 Several aboriginal villages were destroyed by Typhoon Morakot.
許多原住民部落在莫拉克颱風時被摧毀了。

---

decrease [dɪ`kris] 動 降低　衍 **decrease** 名

★ de（往下，反向）+ crease（增加）→ 增加的相反 → 減少

例 A healthy diet will help decrease your blood pressure.
健康飲食有助於降低血壓。

---

depress [dɪ`prɛs] 動 使愁苦；使憂鬱　衍 **depression** 名 憂鬱；經濟蕭條

★ de（往下）+ press（壓）→ 苦惱的事朝心頭往下壓 → 使愁苦

例 I am depressed by the news that Wonder Girls won't have a concert in Taiwan.
Wonder Girls 不會來台辦演唱會，讓我好難過。

---

devalue [di`vælju] 動 貶值

★ de（往下）+ value（價值）→ 價值往下降 → 貶值

例 Devaluing a currency helps encourage exports.
貨幣貶值有助於鼓勵出口。

---

circu(m)- 有「環繞、四周」的意思	
 老派的全腦解讀	聽起來像台語的「相欠」，可以想像你「四處」「相欠」錢。或者，circu- 看起來像是 circle，所以有「四周」的意思。

circu(m)-

◎ Track 008

circuit [ˋsɜkɪt] 名 電路；迴路

★ circu（環繞）+ it（走）→ 像電路一樣繞著走 → 電路

例 The product has a complex circuit design.
這個產品的電路設計很複雜。

寓教於樂 美國第二大電器零售商叫做 Circuit City。

circulate [ˋsɜkjəˏlet] 動 流通　衍 **circulation** 名

★ circu（環繞）+ late（動詞字尾）→ 把東西繞來繞去 → 流通

例 Can you circulate handouts to your staff?
你可以把講義發給員工嗎？

circumspect [ˋsɜkəmˏspɛkt] 形 謹慎的

★ circum（環繞）+ spect（看）→ 四處都要看一下才安心 → 謹慎的

例 We should be circumspect when adding friends on Facebook.
在臉書加朋友時應該要謹慎。

circumstance [ˋsɜkəmˏstæns] 名 情況；環境

★ circum（環繞）+ stance（站姿，立場）→ 站立之處的四周 → 環境

例 Under these gloomy circumstances, many companies are making losses.
在這樣低迷的大環境下，許多企業都在賠錢。

上面學完前、後、上、下的字根（還記得每個方位有什麼嗎？趕快回想一開始誇張的那個小故事），接下來我們再來學兩個方位。俗話說，裡應外合，但英文我們要講裡 in 外 ex。In 代表「往裡面」，ex 代表「往外面」。另外 out- 也是「往外」的字根，但這個太簡單了啦，相信你早就知道了。

| 老派的全腦解讀 | 有「往內」意思的字根包含：im-、in-、與 intro-，我們統一用 in 來代表。 |

im-

import [ɪm`port] 動 進口　衍 **importer** 名 進口商

★ im（往內）+ port（港口）→ 從港口進來 → 進口

例 Taiwan needs to import oil. Taiwan is an oil importer.
台灣需要進口石油。台灣是石油進口國。

impose [ɪm`poz] 動 徵收；施加於　衍 **imposition** 名

★ im（往內）+ pose（放置）→ 把東西往裡面放 → 施加於

例 Some banks impose annual fees on credit card holders.
有些銀行向信用卡卡友收年費。

immigrant [`ɪməgrənt] 名（由外國移入的）移民　衍 **immigration** 名

★ im（往內）+ migra（遊走）+ ant（人）→ 從外國進來的人 → 移民

例 There are more and more immigrant brides in Taiwan.
台灣的外籍新娘愈來愈多。

in-

indoors [`ɪn`dorz] 副 在室內

★ in（往內）+ doors（門）→ 門內 → 室內

例 Please remain indoors during the typhoon.
颱風時請不要外出。

insert [ɪn`sɝt] 動 插入　衍 **insertion** 名

例 The author decided to insert a few sentences at the end of the first paragraph.
作者決定在第一段結尾插入幾個句子。

insight [ˋɪn͵saɪt] 名 洞察力；深刻見解　衍 **insightful** 形

★ in（往內）+ sight（看）→ 看到很裡面去 → 洞察力

例 Lee Hom's latest album offers an insight into his feelings about life.
力宏的最新專輯讓人對他的人生態度有深刻瞭解。

interior [ɪnˋtɪrɪə] 形 內部的；室內的

★ in（往內）+ terior（= terriory，疆界）→ 界線裡面 → 內部的

例 Interior designs of department stores are similar.
百貨公司的室內設計大同小異。

◆ 順便學一下　Ministry of the Interior　內政部

invade [ɪnˋved] 動 侵入；湧入

★ in（往內）+ vade（走）→ 走到裡面 → 侵入

例 Tourists invade Sun Moon Lake in summer.
遊客在夏天大批湧入日月潭。

intro-

introduce [͵ɪntrəˋdjus] 動 介紹　衍 **introduction** 名

★ intro（往內）+ duce（引領）→ 帶到裡面 → 介紹

例 This seminar will introduce key topics on environmental protection.
本次座談會將會介紹重要的環保議題。

introverted [ˋɪntrəv₃tɪd] 形 內向的

★ intro（往內）+ vert（轉變）+ ed（形容詞字尾）→ 把所有想法都放裡面
　→ 內向的

例 Big S is introverted while Little S is extroverted.
大 S 內向，小 S 外向。

老派的全腦解讀	有「向外」意思的字根包括：ex-、extra-，我們記 ex-就好。或者記：extra 口香糖要「向外」吐出來。

ex-

◎ Track 010

exit [`ɛksɪt] 名 出口

例 Half of the fire exits in the movie theater are blocked.

戲院有一半的逃生口都被堵住了。

export [ɪks`port] 動 出口

衍 exportation 名　　exporter 名 出口商；出口國

★ ex（往外）+ port（港口）→ 從港口往外送 → 出口

例 Taiwan exports electrical parts.

台灣出口電子零件。

exchange [ɪks`tʃendʒ] 動 交換

★ ex（往外）+ change（轉換）→ 往外換過來 → 交換

例 Exchanging business cards at the start of a meeting is basic business etiquette.

會議一開始交換名片是基本的商務禮儀。

順便學一下 exchange rate 匯率

exclude [ɪk`sklud] 動 排除；排斥於外　衍 exclusion 名

★ ex（往外）+ clude（關閉）→ 把東西關在外面 → 排除

例 Please include me on the guest list. Don't exclude me from the party.

請把我加進賓客名單裡，不要把我排除在派對之外。

exclusive [ɪk`sklusɪv] 形 獨有的

★ exclude（排除）+ sive（形容詞字尾）→ 把全部都排除在外，只留一樣 → 獨有的

例 I got an exclusive interview with NBA rising star Jeremy Lin.
我拿到 NBA 明日之星林書豪的獨家採訪。

---

explode [ɪk`splod] 動 爆炸　衍 explosion 名

★ ex（往外）+ plode（打擊）→ 往外打擊 → 爆炸

例 Everyone was shocked to see the Twin Towers explode.
看到雙子星大樓爆炸，每個人都很驚嚇。

---

explore [ɪk`splor] 動 探索；探討　衍 exploration 名

★ ex（往外）+ plore（呼喊）→ 往外喊（表示很積極）→ 探索

例 Let's explore all the possible solutions to the problem.
我們來探討一下問題的所有可能解法。

---

expose [ɪk`spoz] 動 暴露；揭露　衍 exposure 名

★ ex（往外）+ pose（放置）→ 東西都拿出來放 → 暴露

例 You shouldn't expose yourself to the sun for too long. You will get a
sunburn instead of a suntan if you are not careful.
你不應該待在陽光下太久。一不小心，本來想曬黑卻被曬傷。

---

except [ɪk`sɛpt] 介 例外　衍 exception 名

★ ex（往外）+ cept（拿）→ 拿到外面（因為特立獨行）→ 例外

例 This desk exchanges all major currencies except (for) the Japanese Yen.
本服務台提供所有主要貨幣換匯服務，除了日圓之外。

---

exceptional [ɪk`sɛpʃən]] 形 特別的

例 Come to Toroko Gorge to explore the exceptional beauty of nature.
來太魯閣探索大自然的超凡之美。

---

excess [ɪk`sɛs] 形 過量的；超額的

★ ex（往外）+ cess（走）→ 往外走太多 → 超額的

例 The airline charged me NT$3,000 for excess baggage.
航空公司要我支付行李超重費三千元。

extend [ɪk`stɛnd] **動** 延伸；延續　**衍 extension** **名**

★ ex（往外）+ tend（伸展）→ 往外伸 → 延伸

例 We paid another NT$1,000 to extend the warranty.

我們多付了一千元把保固期延長。

extensive [ɪk`stɛnsɪv] **形** 廣泛的

例 Miss Hold has received extensive media coverage lately.

Hold 住姐最近廣受媒體報導。

extra-

extra [`ɛkstrə] **形** 額外的

例 Please ask the assistant to prepare an extra projector for the meeting.

請叫助理為會議多準備一台投影機。

extraordinary [ɪk`strɔrdn͵ɛrɪ] **形** 非常的；非凡的

★ extra（在……以外）+ ordinary（平常的）→ 在平常之外 → 非常的

例 *Finding Nemo* and *Toy Story 3* are extraordinary animated movies.

《海底總動員》跟《玩具總動員 3》是很出色的動畫電影。

extravagant [ɪk`strævəgənt] **形** 揮霍的；奢華的

★ extra（在……以外）+ vagant（流浪）→（有錢到）在外面晃來晃去
　→ 揮霍的

例 Not all big business owners lead an extravagant life. For instance, I am very frugal.

並非所有大老闆都過著奢華的生活，像我就很省。

extracurricular [͵ɛstrəkə`rɪkjulə] **形** 課外的

★ extra（在……以外）+ curricular（課程的）→ 課程之外的 → 課外的

例 Students should be encouraged to take part in extracurricular activities.

我們應鼓勵學生參加課外活動。

out-

outline [ˋaʊtˏlaɪn] 名 輪廓;綱要 衍 **outline** 動

★ out（外面的）+ line（線條）→ 外面的線條 → 輪廓

例 The meeting is already running late. Can you give an outline of your proposal?

會議已經超過時間，可否請你講一下提案的概要就好。

outlook [ˋaʊtˏlʊk] 名 前景;看法

★ out（外面的）+ look（看）→ 往外看 → 前景

例 According to many economists, the economic outlook is gloomy.

根據許多經濟學家的說法，經濟前景看壞。

outnumber [aʊtˋnʌmbɚ] 動 （數量）多過

★ out（外面的）+ number（數目）→ 數字超出到外面了 → 多過

例 We are outnumbered by Prince Gang.

我們的人數比不過太子幫。

outbreak [ˋaʊtˏbrek] 名 爆發

★ out（外面的）+ break（破裂）→ 往外破 → 爆發

例 The outbreak of the H1N1 flu scared many mothers.

新型流感的爆發嚇壞很多媽媽。

outstanding [ˋaʊtˏstændɪŋ] 形 傑出的;未完成的;未付款的

★ out（外面的）+ stand（站立）→ 站在外面很醒目（有可能是因為很傑出，也有可能東西還沒完成，被叫出去）→ 傑出的;未完成的

例 Super Junior gave an outstanding performance at the outdoor concert last night.

Super Junior 昨晚戶外演唱會的表現非常精彩。

The client has some outstanding payments.

這家客戶還有些款項沒付。

outlet [ˋaʊtˏlɛt] 名 出口；發洩管道

★ out（外面的）+ let（讓）→ 讓……到外面 → 發洩

例 Music is the only outlet for his feelings.

音樂是他發洩情緒的唯一管道。

順便學一下 outlet 另外有個常用的意思為「暢貨中心」，例如 My sister is such a shopaholic that she goes to clothes outlets every week.「我妹是購物狂，每個禮拜都會到服飾暢貨中心報到。」

ab-、abs- 表示「離開、背離」的意思。

老派的全腦解讀 | ab- 聽起來像「阿婆」，想像你哭著說「阿婆」「離開」我了（一定要花個兩、三秒想像出畫面，最好表情手勢都做出來），嘴裡字正腔圓地講出 ab-。

ab-、abs-

absent [ˋæbsn̩t] 形 缺席的　衍 **absentee** 名 缺席者

★ abs（離開的）+ ent（形容詞字尾）→ 離開的 → 缺席的

例 There were many key figures absent from the meeting.
有很多重要人物在會議上缺席。

abnormal [æbˋnɔrml] 形 反常的

★ ab（背離）+ normal（正常的）→ 背離正常的→ 反常的

例 Abnormal weather conditions were reported throughout the world in 2011.
2011 年全球各地紛紛傳出天氣異常。

abuse [əˋbjuz] 動 濫用　衍 **abuse** 名

★ ab（背離）+ use（使用）→ 背離常軌來使用 → 濫用

例 We will not tolerate people who abuse the health insurance system.
我們絕不縱容濫用健保制度的人。

absorb [əbˋsɔrb] 動 吸收　衍 **absorption** 名

例 Children absorb everything their parents say.
小孩聽取大人的每一句話。

ac-、ad-、af-、ag-、ap-、as- 表示「加強」之意。 會有不同變型，是因為取決在後面的字母。

 老派的全腦解讀	要「加強」之前，先大喊一聲「啊（a），加油」。可用這個方式來記住這些 a- 字根群。

ac-

 Track 012

accompany [ə`kʌmpənɪ] 動 伴隨

★ ac（加強）+ company（陪伴）→ 伴隨

例 The common cold is always accompanied by a stuffy nose and a sore throat.

鼻塞、喉嚨痛幾乎每次都伴隨感冒而來。

acclaim [ə`klem] 動 歡呼；擁戴

★ ac（加強）+ claim（主張）→ 大肆主張 → 歡呼

例 The new Italian restaurant is highly acclaimed.
這家新的義大利餐廳大受歡迎。

acceptable [ək`sɛptəbl] 形 可接受的

★ ac（加強）+ cept（拿）+ able（形容詞字尾）→ 可接受的

例 Let me know if the service charge is acceptable to you?
若你覺得這項服務費可以接受，請讓我知道。

be accustomed [ə`kʌstəmd] **to** 形 習慣的　同 **be used to**

★ ac（加強）+ custom（習慣）→ 使習慣

例 The teacher asked us to get accustomed to various English accents.
老師要我們習慣各種英語口音。

accelerate [æk`sɛləˌret] 動 加速　衍 **acceleration** 名

★ ac（加強）+ celer（速度）+ ate（動詞字尾）→ 加速

例 The company hopes to accelerate the production process.

公司希望加速製程。

---

accumulate [əˋkjumjəˌlet] 動 累積　衍 **accumulation** 名

★ ac（加強）+ cumul（堆積）+ ate（動詞字尾）→ 累積

例 The job has helped me accumulate a lot of experience in marketing.

這份工作讓我累積了許多行銷經驗。

ad-

add [æd] 動 添加；補充說道　衍 **addition** 名
衍 **additional** 形 額外的　**additionally** 副 此外（= in addition）

例 Patrick added several long notes to the writing.

派屈克在文章添加了幾個落落長的註記。

---

adapt [əˋdæpt] 動 適應　衍 **adaptable** 形 能適應的

★ ad（加強）+ apt（適合）→ 適應

例 The government should adapt to the changing world.

政府應該因應變化中的世界。

---

advocate [ˋædvəkɪt] 動 鼓吹　衍 **advocate** 名 鼓吹者

★ ad（加強）+ voc（呼叫）+ ate（動詞字尾）→ 大聲叫 → 鼓吹

例 Many teachers advocate school uniforms.

許多老師鼓吹應該穿制服。

---

adhere [ədˋhɪr] **to** 動 遵守

★ ad（加強）+ here（黏著）→ 黏在某個理念 → 遵守

例 All employees should adhere to company rules.

所有員工都應遵守公司規定。

順便學一下　adhesive 名 接著劑

adjourn [ə`dʒɜn] 動 延期

★ ad（加強）+ journ（天）→ 要加強一天 → 延期

例 They adjourned the meeting until the following week.
他們將會議延期到隔週。

adverse [`ædvɜs] 形 有害的；不利的
衍 **adversity** 名 逆境　**adversary** 名 對手

★ ad（加強）+ verse（轉變）→ 轉來轉去 → 不利的

例 The world is facing adverse effects of climate change.
全球正在面臨氣候變遷的不利影響。

advise [əd`vaɪz] 動 建議

★ ad（加強）+ vise（看）→ 希望對方睜大眼睛看 → 建議

例 We advised him to take the offer.
我們建議他接受這項報價。

✱拜託記一下　advise against 是「建議不要」的意思，例：We advise against any travel to north-eastern Japan after the earthquake.「日本歷經大震之後，我們建議不要到日本東北部去。」

addicted [ə`dɪktɪd] **to** 形 對……上癮　衍 **addiction** 名 成癮

★ ad（加強）+ dict（說）→ 喜歡到一定要說出來 → 上癮

例 Many children are addicted to television.
很多兒童看電視都上癮了。

順便學一下　addictive 是「讓人上癮」的意思，例：Chocolate is addictive.「吃巧克力會上癮。」

af-

affect [ə`fɛkt] 動 影響

★ af（加強）+ fect（製作）→ 大力做 → 影響

例 Will the strike affect the price of steel?

這次罷工會影響鋼價嗎？

◁« 老派碎碎唸 ｜ 注意 effect 也是「影響」，但是是名詞。

📖 順便學一下 ｜ affection 名 感情；喜愛／affectionate 形 深情的；溫柔親切的

---

affirm [əˋfɜm] 動 斷言；證實；批准 衍 **affirmation** 名

★ af（加強）＋ firm（堅定的）→ 很堅定 → 斷言

例 He affirmed that he had enough evidence to prove his innocence.

他聲明說他有足夠證據，能證明他的清白。

The committee affirmed the important decision.

委員會批准了這個重要的決定。

---

affiliate [əˋfɪlɪ͵et] 動 使發生關聯（通常用被動式）

★ af（加強）＋ fili（線）＋ ate（動詞字尾）→ 穿針引線 → 使發生關聯

例 Our ratio station is affiliated with a national network.

我們的電台隸屬於一家全國廣播網。

✱ 拜託記一下 ｜ affiliate 當名詞有「子公司；關係企業」的意思，例：Our radio station is one of the national network's affiliates.「我們的電台是這家全國廣播網下的子公司。」

---

afflict [əˋflɪkt] 動 使困擾；折磨 衍 **affliction** 名

★ af（加強）＋ flict（攻擊）→ 攻擊讓對方覺得難受 → 使困擾；折磨

例 The company has been afflicted with financial troubles.

這家公司深陷財務困境。

---

afford [əˋford] 動 負擔得起；買得起 衍 **affordable** 形 買得起的；便宜的

★ af（加強）＋ ford（拿出）→ 能夠拿出（錢）→ 買得起

例 I can afford a Ford now.

我現在買得起一輛福特了。

Electric cars are more and more affordable.

電動車的價格愈來愈便宜。

affable [ˋæfəbl] 形 友善的

★ af（加強）+ fable（說）→ 容易跟人說話 → 和藹的

例 Julia Roberts is such an affable actress.
茉莉亞‧羅伯茲真是個和藹可親的女星。

ag-

aggravate [ˋægrəˌvet] 動 加重

★ ag（加強）+ grav（重）+ ate（動詞字尾）→ 加重

例 Smoking aggravates your anxiety.
抽煙會加重你的焦躁情緒。

ap-

appear [əˋpɪr] 動 出現；看起來像　衍 **appearance** 名

★ ap（加強）+ pear（=show，展現）→ 表現出來 → 出現

例 My boss appeared behind me when I was playing Facebook's Farmville.
He appeared very upset.
我在玩臉書的開心農場時，老闆出現在我身後。他看起來很生氣。

apparent [əˋpærənt] 形 明顯的　衍 **apparently** 副

★ appar（=appear，出現）+ ent（形容詞字尾）→ 表現出來的 → 明顯的

例 His nervousness was apparent on stage as he looked at his parents.
他往爸媽看去，台上的他顯然很緊張。

appeal [əˋpil] 動 呼籲；懇求

★ ap（加強）+ peal（叫）→ 大聲叫 → 呼籲

例 The president appealed to the public to stay at home on the typhoon holiday.
總統呼籲民眾颱風假不要出門。

比較 **appeal** [əˋpil] 動 吸引　衍 **appealing** 形 有吸引力的

例 Vampire-romance novels never appeal to me, but *Twilight* movies seem very appealing.

我對吸血鬼浪漫小說一點都不感興趣，但《暮光之城》倒是很有吸引力。

---

applaud [əˋplɔd] 動 鼓掌；讚許　衍 **applause** 名

★ ap（加強）+ plaud（喝采）→ 鼓掌

例 The audience applauded Cloud Gate's new show for 15 minutes.

觀眾給予雲門舞集的新作長達十五分鐘的掌聲。

Ladies and gentlemen, please give Girls' Generation a round of applause.

各位先生女士，請給少女時代熱烈掌聲。

---

apply [əˋplaɪ] 動 塗抹；適用；申請

衍 **application** 名　**applicant** 名 申請人；應試者

★ ap（加強）+ ply（折）→（折腰）申請

例 A beautiful girl like you doesn't need to apply heavy makeup.

像你這種漂亮美眉不需要濃妝豔抹。

The discount will not apply after October.

折扣在十月後不適用。

There is no need to apply for a Schengen visa these days if you want to travel to Europe.

現在到歐洲旅行不需要申請申根簽證了。

There are 66 applicants for just one position.

這一個缺額共有六十六個應試者。

順便學一下　下列單字和 applicant 長得有點像，請留意區別：appliances 名 器具、home appliances 家電。

---

appoint [əˋpɔɪnt] 動 任命　衍 **appointment** 名

★ ap（加強）+ point（點）→ 點某人做事情 → 任命

例 He was appointed ambassador to Japan by the president. .

他受總統任命為日本大使。

approve [ə`pruv] 動 核准　衍 **approval** 名

★ ap（加強）+ prove（證明）→ 證實某事是 OK 的 → 核准

例 The committee approved his proposal quickly.
委員會很快就核准他的建議方案。

appreciate [ə`priʃɪˌet] 動 感謝；升值　衍 **appreciation** 名

★ ap（加強）+ prec（= price，價值）+ ate（動詞字尾）→ 加強價值 →
升值；感謝

例 We appreciate your patience. / Your patience is appreciated.
謝謝您的耐心等候。

The US dollar has appreciated sharply during the last month.
美元上個月大幅升值。

appropriate [ə`proprɪˌet] 形 適合的

★ ap（加強）+ propri（= proper，擁有的）+ ate（形容詞字尾）→
我想擁有的 → 適合的

例 Looking for an appropriate house requires a lot of time.
尋找適合的房子很耗時。

approximately [ə`prɑksəmɪtlɪ] 形 大約

★ ap（加強）+ proxim（接近）+ ate（形容詞字尾）+ ly（副詞字尾）→ 很近
地 → 大約

例 The delivery will take approximately five business days.
運送大約需要五個工作天。

as-

assault [ə`sɔlt] 動 攻擊　衍 **assault** 名

★ as（加強）+ sault（= sult，跳）→ 跳起來打 → 攻擊

例 He is charged with assaulting the security guard.
他被控攻擊警衛。

---

assemble [ə`sɛmbḷ] 動 集合；組合　衍 **assembly** 名

★ as（加強）+ sem（= similar，像）→ 把類似的放在一起 → 集合

例 All the parts are assembled in this plant.
所有零件都在這座廠房組合。

順便學一下　assembly line 裝配線

---

assert [ə`sɜt] 動 堅稱；主張
衍 **assertion** 名　衍 **assertive** 形 果斷的

★ as（加強）+ sert（加入）→ 語氣中加入力量 → 堅稱

例 Edison asserted he didn't leak those pictures.
陳小希堅稱那些照片不是他流露出去的。

---

assess [ə`sɛs] 動 評估；估價　衍 **assessment** 名

★ as（加強）+ sess（= sit，坐）→（坐下來好好）評估

例 It is too early to assess the effect of the new bill.
現在要評估新法案的成效還太早。

---

assign [ə`saɪn] 動 指派；分派　衍 **assignment** 名（分派的）工作；任務

★ as（加強）+ sign（標記）→ 標記某工作來做 → 分派

例 The head office recently assigned a handsome executive to our department. I am sure all the assignments will be done in time.
總公司最近指派了一個帥哥主管到我們部門。我相信所有工作都能及時完成。

---

assort [ə`sɔrt] 動 分類　衍 **assortment** 名

★ as（加強）+ sort（種類）→ 要分出種類 → 分類

例 My job in the factory is to assort peanuts by size.
我在工廠的工作是將花生依照大小分類。

assume [ə`sjum] **動** 假設；承擔 **衍 assumption** **名**

★ as（加強）+ sume（拿，使用）→ 拿來用 → 承擔

例 If she doesn't appear in five minutes, we'll assume she is not coming.
如果她五分鐘後沒出現，我們就假設她不來了。

Donald Duck formally assumed responsibility as the new president of
McDonald.
唐老鴨正式擔負起麥當勞新總裁的職責。

assure [ə`ʃur] **動** 向……保證 **衍 assurance** **名**

★ as（加強）+ sure（確信）→ 很確信 → 向……保證

例 John assured us of his ability to run the firm.
約翰向我們保證他有治理公司的能力。

associate [ə`soʃɪ,et] **動** 跟……往來；跟……聯想在一起
衍 association **名**

★ as（加強）+ soci（聯合）+ ate（動詞字尾）→ 把兩者連在一起 →
跟……往來

例 John is associated with some government officials.
約翰跟一些政府官員有往來。

Apple is associated with quality and innovation.
蘋果會讓人聯想到品質與創新。

com-、con-、cor- 有「加強動作」的意思。
老派的全腦解讀	com- 唸起來像「扛」，所以記成：加強「扛」的動作。 我們用 com- 來記這些字根群就可以。

com-、con-、cor-

 Track 013

commemorate [kəˋmɛməˏret] 動 紀念　衍 commemoration 名

★ com（加強）+ memor（=memory，紀念）+ ate（動詞字尾）→ 紀念

例 We bought a sports car for our father to commemorate his retirement.
我們買了一輛跑車送給老爸紀念他退休。

comment [ˋkamɛnt] 名 評論；評語　衍 comment 動

★ com（加強）+ ment（= mind，心智）→ 用心智說的話語 → 評論（有些單字用字根背反而費事費時，comment 就是一例）

例 He made several positive comments about this new product.
他針對這項新產品發表了幾次正面評論。

commit [kəˋmɪt] 動 犯（錯誤，罪行）；承諾
衍 commitment 名　committed 形 忠誠的；一心一意的

★ com（加強）+ mit（送過去）→ 一定要送過去 → 承諾

例 That gangster denied he committed the crime.
那個幫派份子否認他犯罪。

The government commits itself to improving infrastructure.
政府致力於改善基礎建設。

HTC is committed to becoming the No.1 mobile phone brand in the world.
宏達電致力於成為全球第一大手機品牌。

complete [kəmˋplɪt] 動 完成　衍 completion 名

★ com（加強）+ plete（填滿）→ 把未滿的東西填滿 → 完成

例 Alex, please complete this report by the end of the day.
小艾，下班前請把這篇報告完成。

✸ 寓教於樂　電影《征服情海》的經典名言 You complete me.（你成就了我；你讓我的人生更圓滿）。

conclude [kənˋklud] 動 推論；做出結論　衍 conclusion 名

★ con（加強）+ clude（關閉）→ 把先前所講的話關閉 → 結論

例 After waiting for thirty minutes, Barbie concluded Kenny would never come.

等了三十分鐘後，芭比斷定肯尼不會來了。

---

confirm [kən`fɜm] 動 確認　衍 confirmation 名

★ con（加強）+ firm（堅定的）→ 證實

例 I just called the restaurant to confirm our reservation.

我剛剛打電話給餐廳確認我們的訂位。

---

consolidate [kən`salə‚det] 動 鞏固；加強；合併　衍 consolidation 名

★ con（加強）+ solid（堅硬的）+ ate（動詞字尾）→ 使堅硬 → 鞏固

例 ABC has consolidated its position in the market by consolidating its software and hardware businesses.

ABC 公司合併了旗下軟體與硬體業務，進而鞏固了市場地位。

---

correct [kə`rɛkt] 動 修正
衍 correction 名　correct 形 正確的

★ cor（加強）+ rect（弄直）→ 把歪掉的東西弄直 → 修正

例 Gary found a mistake in the document and corrected it.

蓋瑞在文件發現一個錯誤，把它修正過來。

ambi- 有「兩個」的意思。

 老派的全腦解讀	ambi- 聽起來像「延畢」。想像一下，你還要延畢多讀個「兩」年啊。

ambi-

 Track 014

ambitious [æm`bɪʃəs] 形 有企圖心的　衍 **ambition** 名

★ ambi（兩個）+ tious（形容詞字尾）→ 兩者皆要 → 有企圖心的

例 He is the most ambitious applicant of all.
　他是所有應徵者中最有企圖心的。

ambiguous [æm`bɪgjʊəs] 形 模糊的　衍 **ambiguity** 名

★ ambi（兩個）+ guous（形容詞字尾）→ 兩個分不清楚的 → 模糊的

例 He gave us an ambiguous answer.
　他給了我們一個模稜兩可的答案。

ambiance [`æmbɪəns] 形 氣氛

★ ambi（兩個）+ ance（名詞字尾）→ 前後兩面、左右兩面（也就是周遭的）
　→ 氣氛

例 We were impressed with the ambiance of the restaurant.
　我們很欣賞這家餐廳的氣氛。

auto- 有「自己」的意思。

 老派的全腦解讀	諧音記：自己在「挖土」（auto-）。

auto-

 Track 015

automobile [`ɔtəməˌbɪl] 名 汽車

★ auto（自動）+ mobile（移動）→ 汽車

例 Automobile sales have declined since the latest recession started six months ago.
自從這一波經濟衰退在半年前開始以來，汽車銷售量逐漸下滑。

順便學一下 auto 單獨使用時，就是汽車的意思。

automaker [`ɔtəˌmekə] 名 汽車製造商

★ auto（車）+ maker（製造者）→ 汽車製造商

例 Ford, General Motors, and Chrysler are the top three automakers in the U.S.
福特、通用汽車與克萊斯勒是美國前三大汽車製造商。

autobiography [ˌɔtəbaɪ`ɑgrəfɪ] 名 自傳

★ auto（自動）+ biography（傳記）→ 自傳

例 Agassi's autobiography hits bookshelves on Monday.
阿格西的自傳在週一上架。

automatic [ˌɔtə`mætɪk] 形 自動的　衍 automation 名 自動化

例 A small window of automatic updates popped up when I switched off my computer.
關上電腦時，螢幕冒出一個自動更新的小視窗。

順便學一下 automatic teller machine 是「自動提款機」（ATM）。

bene- 有「好」的意思。	
 老派的全腦解讀	bene- 聽起來像「幫你」，所以想成：幫你（bene-）變「好」。

bene-

 Track 016

benefit [ˋbɛnəfɪt] 名 好處；福利

★ bene（好）+ fit（製作）→ 做的好 → 好處

例 Here are five major benefits of eating healthy every day.

以下是每天吃得健康的五大好處。

You should consider the employee benefits before you take the job.

決定要接下這份工作前，你應該考慮員工福利。

✷寓教於樂 電影《好友萬萬睡》的英文是 Friends With Benefits，請讀者自行揣摩一下（挑眉）。

---

beneficial [ˌbɛnəˋfɪʃəl] 形 有益的；有利的

★ benefit（好處）+ cial（形容詞字尾）→ 有利的

例 Setting up a website is beneficial to your business.

成立網站對生意很有幫助。

有關「時間」的字根

co-：com-、con-、cor- 有「一起」的意思。

|
老派的全腦解讀 | 有多種變形是因為要跟後面的字母連結的關係，我們只要記 co- 就好了。讀起來像「扣」，所以想像「扣」在「一起」。 |

co-

 Track 017

cooperate [ko`ɑpə‚ret] 動 合作　衍 **cooperation** 名

★ co（一起）+ operate（運作）→ 一起運作 → 合作

例 Every one needs to cooperate with each other on this project.
　這個專案的每個人都必須合作。

combine [kəm`baɪn] 動 結合　衍 **combination** 名

★ com（一起）+ bine（=bi，二）→ 兩個變在一起 → 結合

例 This book combines theory and practice.
　這本書結合了理論與實務。

compete [kəm`pit] 動 競爭　衍 **competition** 名

★ com（一起）+ pete（追尋）→ 你追我，我追你 → 競爭

例 Can Sony and Samsung compete against Apple in the tablet PC market?
　新力跟三星能夠在平板電腦市場跟蘋果一較高下嗎？

communicate [kə`mjunə‚ket] 動 溝通　衍 **communication** 名

★ com（一起）+ muni（服務）+ cate（動詞字尾）→ 你服務我，我服務你
　→ 溝通

例 The secretary communicated well with her boss.
　那位秘書跟她的上司溝通良好。

67

commodity [kə`mɑdətɪ] 名 （大宗）商品；日用品；大宗商品

★ com（一起）+ mod（= mode，方式）+ ity（名詞字尾）→ 使用方式都一樣 → 商品

例 Prices of gold, silver and other commodities are rising.
黃金、銀與其他商品的價格正在上揚。

---

consensus [kən`sɛnsəs] 名 共識

★ con（一起）+ sens（= sense，情感）+ us → 情感一致 → 共識

例 After weeks of communications, the three parties have finally reached a consensus on how to prevent commodity prices from rising further.
經過數週溝通，三黨終於在如何避免物價進一步上揚達成共識。

---

contest [`kɑntɛst] 名 比賽　衍 **contestant** 名 參賽者

★ con（一起）+ test（測試）→ 大家一起測試 → 比賽

例 To enter the National Geographic wildlife photography contest, you need to complete the registration form online.
要參加國家地理野生動物攝影比賽，你必須填好網路登記表格。

---

correspond [ˌkɔrɪ`spɑnd] 動 符合

★ cor（一起）+ respond（反應）→ 你跟我一起有回應 → 符合

例 The salesman is good at picking the right car that corresponds to a customer's taste.
這位業務員很會挑選符合客戶品味的車。

---

sym-、syn- 有「共同、同時」的意思	
老派的全腦解讀	sym- 諧音像「心」，所以背：「同」心（sym）。

sym- 、syn-

symbol [ˋsɪmbl̩] 名 象徵　衍 symbolize 動

例 Roses are a symbol of love.
玫瑰是愛情的象徵。

sympathy [ˋsɪmpəθɪ] 名 同情

★ sym（一起）+ pathy（感受）→ 兩者的感受一致 → 同情

例 Should we have sympathy for credit card slaves?
我們應該同情卡奴嗎？

symphony [ˋsɪmfənɪ] 名 交響曲

★ sym（一起）+ phony（聲音）→ 一起出現的聲音 → 交響曲

例 When I was caught cheating by the teacher, it felt like Beethoven's Fifth symphony was playing in my head.
我被老師捉到作弊時，耳邊彷彿響起貝多芬的命運交響曲。

symmetry [ˋsɪmɪtrɪ] 名 對稱

★ sym（一起）+ metry（測量）→ 兩邊測量結果一樣 → 對稱

例 Scientists say that facial symmetry is one of the traits associated with beauty.
科學家說，臉部對稱是美麗的條件之一。

synonymous [sɪˋnɑnəməs] 形 同義（詞）的
衍 synonym 名 同義詞

★ syno（=syn，一起）+ nym（名字）+ ous（形容詞字尾）→ 名稱一起出現 → 同義的

例 Taiwan is synonymous with information technology.
台灣是資訊技術的同義詞（台灣跟資訊技術畫上等號）。

以上是同時（時間上在一起），我們再來看看其他跟「時間」有關的字根。

ann- 有「年」之意。	
 老派的全腦解讀	諧音記：安（ann）養天「年」。

ann-

annual [ˋænjuəl] 形 每年的

★ ann（年）+ ual（形容詞字尾）→ 每年的

例 The Taiwan Lantern Festival is one of the annual events hosted by the Tourism Bureau.
台灣燈會是觀光局舉辦的年度盛會之一。

✲寓教於樂 老派英文打字很快，以前常把工廠歲修（每年關廠維修）的英文打成 anal（肛門）maintenance，外國編審、老闆看到都哭笑不得。注意，不要把 annual 和 anal 搞混了唷！

anniversary [ˌænəˋvɝsərɪ] 形 週年紀念

★ anni（年）+ vers（轉）+ ary（名詞字尾）→ 轉換到新的一年 → 週年紀念

例 Tomorrow will be our first wedding anniversary.
明天是我們結婚一週年。

annuity [əˋnjuətɪ] 名 年金（險）

★ annu（年）+ ity（名詞字尾）

例 Annuities allow people to retire in peace and live the rest of their lives in comfort.
年金險讓人可以安心退休，舒服地過下半輩子。

tempo- 有「時間」的意思。

 老派的全腦解讀	相信大家對 tempo（節奏）這個字很熟了，不妨用它反過來背字根。

tempo-

 Track 020

tempo [ˋtɛmpo] 名 節奏

例 Leave behind the fast tempo of city life and relax your senses in our spa.
把快節奏的城市生活拋在腦後，來我們的水療館放鬆身心。

來句順口溜 這座 temple（寺廟）賣 tempura（甜不辣）的 tempo 很快。

temporary [ˋtɛmpəˏrɛrɪ] 形 暫時的

★ tempor（時間）+ ary（形容詞字尾）→ 暫時的

例 Residents in this district are fed up with temporary power shortages.
這區常會暫時停電，住戶實在受夠了。

contemporary [kənˋtɛmpəˏrɛrɪ] 形 同時代的；當代的

★ con（一起）+ tempor（時間）+ ary（形容詞字尾）→ 存在於同一時間
→ 同時代的

例 China's contemporary art is gaining increasing attention around the world.
中國的當代藝術愈來愈受到世界矚目。

chron- 有「時間」的意思。

 老派的全腦解讀	有句中文成語說「曠日廢時」，我們就背：曠（chron）日廢「時」吧。

chron-

 Track 021

chronic [ˋkrɑnɪk] 形 （疾病）慢性的；（惡習）長期的

★ chron（時間）+ ic（形容詞字尾）→ 慢性的

例 Common chronic diseases include asthma, hepatitis and diabetes.
常見慢性病包含氣喘、肝炎與糖尿病。

synchronize [ˋsɪŋkrənaɪz] 動 使同時發生

★ syn（一起）+ chron（時間）+ ize（動詞字尾）→ 把時間同步

例 I called and complained to the TV company that the sound and the images were not synchronized.
我打電話向電視台抱怨，說聲音跟影像有秒差。

◁:老派碎碎唸 synchronized swimming 是「水上芭蕾」的意思（還好當初發明中文名稱的人沒有說成「同步游泳」）。

有關「手和手部動作」的字根

man(u)- 有「手」的意思。
老派的全腦解讀	「手」打「蠻牛」（manu-）。

man(u)-

 Track 022

manage [`mænɪdʒ] 動 管理；經營

衍 **management** 名　**manager** 名 管理者；經理

★ man（手）+ age（動詞字尾）→ 用手掌握 → 管理

例 Come to our seminar and learn how to manage your career.

參加我們的座談會，學習經營職業生涯。

---

manual [`mænjʊəl] 名 操作手冊　衍 **manual** 形 手動的

★ manu（手）+ al（名詞字尾）→ 手冊

例 I asked the store manager to give me another Wii manual.

我請店長再給我一本 Wii 操作手冊。

I prefer a manual car to an automatic one.

我比較喜歡手排，比較不喜歡自排。

---

manufacture [ˌmænjəˈfæktʃə] 動 生產；加工　衍 **manufacturer** 名 生產商

★ manu（手）+ fact（製造）+ ure（動詞字尾）→ 用手製造 → 生產

例 We manufacture cars. We are a car manufacturer.

我們生產汽車，我們是汽車製造商。

---

manipulate [məˈnɪpjəˌlet] 動 操控　衍 **manipulation** 名

★ mani（手）+ pul（推動）+ ate（動詞字尾）→ 用手去推動 → 操縱

例 Consumers are often manipulated by TV ads.

消費者經常被電視廣告所操控了。

manifest [ˋmænəˌfɛst] 動 顯示；表明

衍 **manifestation** 名　**manifest** 形 顯然的；明顯的

★ mani（手）+ fest（打擊）→ 用手打到看得出來 → 顯示

例 Our successful switch to another manufacturer has been manifested in our sales figures.

我們成功轉向跟另一家生產商合作，從營收數據可以看出來。

---

cap-、capt-、cept- 有「抓、握」的意思。

各位捧油會說，怎麼那麼多字根啊，但有沒有發現它們都長得有點相似。原來，古英文傳來傳去，外國朋友有時口齒不清，就會演變出不同的發音跟形狀了，我們要體諒人家。

老派的全腦解讀	用諧音記：「握」著手卡（cap-）；如果你早認得以下其中一個單字，例如 capture，不妨用這個單字來反背字根。

---

cap-、capt-、cept-

 Track 023

capable [ˋkepəbl] 形 能幹的　衍 **capability** 名

★ cap（抓握）+ able（形容詞字尾）→ 能一手掌握的 → 能幹的

例 He is a very capable manager. He is capable of managing the whole department.

他是個很能幹的經理。他有管理整個部門的能力。

✲拜託記一下 be capale of + Ving 是指「有能力做某事」，請當成慣用語記起來。

capture [ˋkæptʃɚ] 動 捕獲；取得　衍 **capture** 名

★ capt（抓握）+ ure（動詞字尾）→ 抓住 → 捕獲

例 Nike's new advertisement was so successful that it captured everybody's attention immediately.

耐吉的新廣告很成功，立刻引起每個人的注意。

capacity [kə`pæsətɪ] 名 容量

★ cap（握）+ ac + ity（名詞字尾）→ 能夠握住 → 容納

例 The hall has a seating capacity of 500.

大廳可以容納五百個人。

captivate [`kæptə‚vet] 動 吸引；使著迷

★ capt（抓握）+ iv + ate（動詞字尾）→ 抓住大家的注意力 → 吸引

例 I have been captivated by *Harry Potter* novels since childhood.

我從小就對《哈利波特》的小說很著迷。

concept [`kɑnsɛpt] 名 概念　衍 conceptual 形

★ con（共同）+ cept（抓獲）→ 共同都能抓住 → 概念

例 Inventors like to turn concepts into reality.

發明家喜歡把概念變成事實（把抽象變具體）。

port- 有「拿」的意思。	
 老派的全腦解讀	「手拿」波特（port-）包。

port-

 Track 024

portable [`portəbl] 形 可攜帶的

★ port（拿）+ able（形容詞字尾）→ 可拿來拿去的 → 可攜帶的

例 Copying music from portable devices such as an MP3 player to a computer is very easy.

要把音樂從 MP3 播放器等可攜式裝置複製到電腦很簡單。

---

report [rɪˋport] 名 報導 衍 reporter 名 記者

★ re（再）+ port（拿）→ 把好料的再拿出來跟大家說 → 報導

例 Mr. Lee, your report is not captivating at all. Are you sure you still want to be a reporter at *Fruit Daily*?

小黎，你的報導很不吸引人，你確定你要繼續當《水果日報》的記者嗎？

---

support [səˋport] 動 支撐；支持 衍 support 名

★ sup（下面）+ port（拿）→ 從下面捧著拿 → 支撐

例 Chien-Ming Wang thanked his fans for supporting him when he struggled.

王建民感謝粉絲在他表現不佳時仍支持他。

---

portfolio [portˋfolɪo] 名 公事包；投資組合

★ port（拿）+ folio（對開的）→ 用拿的、又是對開的東西 → 公事包（裡面裝投資組合的表格）

例 Fund managers check their investment portfolios regularly.

基金經理人定期檢查他們的投資組合。

---

pos- 有「放置」的意思。	
💡 老派的全腦解讀	可用 pose（擺姿勢）來理解，姿勢就是把手腳「放置」在固定位置。

---

pos-

◎ Track 025

pose [poz] 動 擺姿勢；造成 衍 pose 名

例 The world's growing population poses serious threats to rain forests.
全球人口持續成長，對雨林造成威脅。

position [pə`zɪʃən] 名 位置；地位

★ posi（放置）+ tion（名詞字尾）→ 放置的地方 → 位置

例 Maintaining a wrong position during sleep may cause you a number of health problems.
維持錯誤的睡姿可能會導致各種健康問題。

positive [`pazətɪv] 形 正面的；積極的

★ posi（放置）+ tive（形容詞字尾）→ 心情放在定位 → 正面的

例 We should keep a positive attitude when preparing for TOEIC tests.
準備多益考試時，必須維持積極的態度。

possess [pə`zɛs] 動 擁有　衍 **possession** 名

★ pos（放置）+ sess（= sit，坐）→ 把東西放下來坐著（想必東西是他的）
→ 擁有

例 It is illegal to possess any kind of weapon in Taiwan.
在台灣持有任何一種武器都屬違法。

oppose [ə`poz] 動 反對
衍 **opposition** 名　**opposite** 形 相反的

★ op（相反）+ pose（放置）→ 放在相反的地方 → 反對

例 The workers strongly opposed a 10% pay cut.
工人強烈反對減薪一成。

Little Beauty slapped Ning and flew in the opposite direction.
小倩賞了甯采臣一巴掌，往反方向飛去。

propose [prə`poz] 動 提議　衍 **proposition** 名

★ pro（往前）+ pose（放置）→ 往前放 → 提議

例 I want to propose a carpool with co-workers who live near my house.
我想跟住在我家附近的同事提議汽車共乘。

dispose [dɪˋspoz] **of** 動 消除；去除

★ dis（相反）+ pose（放置）→ 連放都沒得放 → 消除

例 The factory was ordered to shut down because it failed to dispose of its toxic waste.
這家工廠勒令停業，因為它沒有清理有毒廢料。

compose [kəmˋpoz] 動 組成　衍 **composition** 名

★ com（一起）+ pose（放置）→ 放在一起（形成整體）→ 組成

例 The Lego castle is composed of 20,000 small pieces. It is such a complex job!
這座樂高城堡由兩萬片所組成，真是費工啊！

deposit [dɪˋpɑzɪt] 動 存（錢）；存放　衍 **deposit** 名 存款；定金

★ de（往下）+ pos（放置）+ it → 往下放 → 放置

例 This ATM machine allows you to deposit money.
這個提款機有存款功能。

-press 有「壓」的意思。

 老派的全腦解讀	用 pressure（壓力）去理解，就知道 -press 有「壓」的意思。

-press

impress [ɪmˋprɛs] 動 使感動　衍 **impression** 名 印象
衍 **impressed** 形 感到佩服的　**impressive** 形 厲害的

★ im（往內）+ press（壓）→ 在心頭壓出印記 → 印象；心中感動

例 Cloud Gate left a good impression on me. I was very impressed by the choreography. The dancers were also impressive.

雲門舞集給我很好的印象。我很佩服他們的編舞，舞者也都很讚。

---

suppress [sə`prɛs] 動 鎮壓　衍 **suppression** 名

★ sup（= sub，往下）+ press（壓）→ 往下壓 → 鎮壓

例 The police came in and suppressed the riot quickly.

警方抵達現場，迅速鎮壓暴動。

---

express [ɪk`sprɛs] 動 表達

衍 **expression** 名　**express** 形 快遞的；快速的

★ ex（往外）+ press（壓）→ 把情緒往外壓出去 → 表達

例 She expressed her gratitude by enclosing a huge check.

她在信中放了一張大支票以表達謝意。

The parcel was sent by express delivery.

包裹以快遞送出。

Jason Hu caught the 3:00 express train to Taichung.

胡小強趕上三點到台中的快車。

---

tract- 有「拉」的意思。	
 老派的全腦解讀	attract「吸引」應該是大家早就知道的單字，我們可以用它來學 tract- 是「拉」的字根；或是也可以這樣記：把踐哥（tract，《哈利波特》中的壞人）「拉」過來。

tract-

 Track 027

traction [`trækʃən] 名 拉力

★ tract（拉）+ ion（名詞字尾）→ 拉力

例 The solar energy is gaining traction.
太陽能愈來愈受歡迎。

🔊 **老派碎碎唸** gain traction 可以當成片語來記，是「被注意到；受到矚目」的意思。

---

attract [əˋtrækt] 動 吸引　衍 **attraction** 名
衍 **attracted to** 形（人）被……吸引　**attractive** 形 有吸引力的

★ at（使）+ tract（拉）→ 把注意力都拉過來 → 吸引

例 My sister thinks Colin Firth is very attractive. She is particularly attracted to his role in *Bridget Jones's Diary*.
我老姐覺得柯林・佛斯很有魅力，尤其喜歡他在《BJ 單身日記》的角色。

---

distract [dɪˋstrækt] 動 分散注意力　衍 **distraction** 名

★ dis（相反）+ tract（拉）→ 把注意力往反方向拉走 → 分散注意力

例 Sorry, can you repeat your question again? I was distracted by her miniskirt.
歹勢，你重複一下問題好嗎？我剛才被她的迷你裙給分心了。

---

contract [ˋkɑntrækt] 名 合約

★ con（一起）+ tract（拉）→ 一起拉著我們要遵守 → 合約

例 Miss Chen, send the contract to our consultant for a review.
陳秘書，請把合約送到顧問那邊讓他檢查。

---

subtract [səbˋtrækt] 動 減去　衍 **subtraction** 名 減法

★ sub（在……之下）+ tract（拉）→ 從下方拉走 → 減去

例 If you subtract one from ten, you will get nine.
十減一等於九。

-tain 有「持；拿」的意思。	
 老派的全腦解讀	「手裡拿」著藤（-tain）條；或者：「拿在手上」好好疼（-tain）愛一下。

-tain

contain [kən`ten] 動 包含；含有　衍 **container** 名 容器

★ con（一起）+ tain（拿）→ 拿在一起 → 包含

例 According to the latest report, all major brands of instant noodles contain preservatives.

根據最新報導，所有大品牌的泡麵都含有防腐劑。

---

maintain [men`ten] 動 維持　衍 **maintenance** 名

★ main（主要）+ tain（拿）→ 拿最重要的 →（來）維持

例 Brad Pitt and Jennifer Aniston have maintained their relationship as good friends since their divorce.

小布和珍妮佛‧安妮斯頓離婚後仍然維持是好朋友。

順便學一下　maintenance 還有「保養」的意思，所以 repair and maintenance 就是「維修」。

---

attain [ə`ten] 動 達成

★ at（加強）+ tain（拿）→ 拿到手 → 達成

例 His job is to help people attain their goals in life.

他的工作是幫助人們達成人生目標。

---

abstain [əb`sten] 動 棄權；戒，禁

★ abs（離開）+ tain（拿）→ 到手的東西不要了 → 棄權

例 Several members in the committee abstained from voting.

有幾位委員會成員放棄投票權。

obtain [əbˋten] 動 獲得

★ ob（朝向）+ tain（拿）→ 拿到手 → 獲得

例 Local maps can be obtained at the tourist information desk.
當地地圖可在遊客服務櫃台拿到。

---

retain [rɪˋten] 動 保持；保有　衍 **retention** 名

★ re（再）+ tain（拿）→ 一再拿在手上 → 保有

例 The sales team has helped our company retain the number one market share in the PC industry.
在銷售團隊的幫助下，我們公司保住了電腦產業市占率第一的寶座。

---

sustain [səˋsten] 動 維持　衍 **sustainable** 形 可維持的

★ sus（在……之下）+ tain（拿）→ 從底下一直拿著 → 維持

例 Children need to have enough protein-rich food to sustain their energy levels throughout the day.
小孩需要攝食足夠的高蛋白質食物，才能維持一整天的能量。

🔊 老派碎碎唸　sustainable development 是「永續發展」的意思。

-scribe、-script 有「書寫」的意思。

 老派的全腦解讀	scribe 唸起來像「石塊」，所以可以這樣記：在石塊（scribe）上「書寫」。如果你原本就會 describe 或 script 這兩個字，就直接用它們來理解字根。

-scribe、-script

◎ **Track 029**

describe [dɪˋskraɪb] 動 描述　衍 **description** 名

★ de（往下）+ scribe（寫）→ 往下寫 → 描述

例 Words cannot describe Chiling's beauty.
言語無法形容志玲姐姐的美。

prescribe [prɪˋskraɪb] 動 開處方　衍 **prescription** 名 處方箋

★ pre（在……之前）+ scribe（寫）→ 在拿藥之前寫的東西 → 開處方

例 The doctor prescribed some cream for my piles.
醫生開了乳膏藥治療我的痔瘡。

subscribe [səbˋskraɪb] **to** 動 訂閱　衍 **subscription** 名

★ sub（在……之下）+ scribe（寫）→ 在（訂閱單）下方簽寫名字 → 訂閱

例 My brother denies subscribing to *Playboy*.
我老哥否認訂閱《花花公子》雜誌。

sign- 有「標記」的意思。	
 老派的全腦解讀	sign 這個單字大家應該都會，原本就是「標記」的意思。

sign-

 Track 030

signal [ˋsɪɡnḷ] 名 信號

例 Give me a signal when you are about to run.
你要落跑時給我個信號。

design [dɪˋzaɪn] 名 設計

★ de（做成）+ sign（標記）→ 做成標記 → 設計

例 My design was rejected by the client, saying it is too tacky.
我的設計被客戶拒絕了，說設計得太俗了。

assign [əˋsaɪn] 動 指派

★ as（加強）+ sign（標記）→ 強力標記（某東西）→ 指派

例 My boss assigned the coordination task to me.
　　老闆把協調的工作指派給我。

signature [ˋsɪgnətʃə] 名 簽名

★ sign（標記）+ a + ture（名詞字尾）→ 簽名

例 Sir, we need your signature here on the bill.
　　先生，我們需要你在帳單上簽名。

significant [sɪgˋnɪfəkənt] 形 意義重大的；重要的　衍 **significance** 名

★ sign（標記）+ ifi + cant（形容詞字尾）→ 重大的

例 The two design firms reached a significant milestone by signing a
collaboration agreement.
　　這兩家設計公司簽訂合作協議，是一個意義重大的里程碑。

not- 有「標記」的意思。	
 老派的全腦解讀	可以用 note 來理解 not- 這個字根。

not-

 Track 031

note [not] 名 筆記；記錄；紙條

★ not（標記）+ e → 筆記

例 When the big boss talks, everybody takes notes.
　　大老闆一開口，每個人都在記筆記。

順便學一下 notebook 筆記本；notebook PC 筆電。

notable [`notəbl̩] 形 顯著的

★ not（標記）+ able（形容詞字尾）→（重要到）可以記下的 → 顯著的

例 Since their marriage counseling, Chunjiao and Zhiming have made notable progress in their relationship.
自從去婚姻諮詢後，春嬌和志明的關係出現了顯著進展。

notice [`notɪs] 名 公告；通知　衍 **notice** 動 注意

★ not（標記）+ ice（名詞字尾）→ 公告

例 Didn't you notice that there was a non-smoking notice on the door.
你沒注意到門上有個禁止抽煙的通知嗎？

notify [`notəˌfaɪ] 動 通知　衍 **notification** 名

★ not（標記）+ ify（動詞字尾）→ 通知

例 Please notify all staff of the fire drill.
請通知所有員工要進行消防演練。

notion [`noʃən] 名 觀念；看法

★ not（標記）+ (t)ion（名詞字尾）→ 標記在心中的東西 → 觀念

例 The notion of becoming rich overnight is appealing but stupid.
一夜致富的觀念很吸引人，但很愚蠢。

annotation [ˌænoˋteʃən] 名 註解　衍 **annotate** 動

★ an（加強）+ not（標記）+ ation（名詞字尾）→ 註解

例 The book has more annotations than its own content.
這本書的註解比內容還多。

connotation [ˌkɑnoˋteʃən] 名 隱含的意義

★ con（共同）+ not（標記）+ ation（名詞字尾）→ 內有共同標記 → 隱意

例 The word "glamour" has connotations of fame and wealth.
「風華」這個詞隱含著名氣與財富的意思。

◁ 老派碎碎唸 有沒有發現 annotation 跟 connotation 長得很像，還有一招可以分別：想像你教科書的「註解」都寫滿 a；想像「隱意」是要用「扛（con）」的。

老派的全腦解讀	**-graph、-graphy 有「寫」的意思。** 寡婦（-graph）「寫」東西；如果你早就會 photograph 這個單字，就用它來反背 -graph 這個字根。

-graph、-graphy

 Track 032

photograph [ˋfotəˏgræf] 名 照片

★ photo（照片）+ graph（寫）→ 照片

比較 **autograph** [ˋɔtəˏgræf] 名 親筆簽名

★ auto（自動）+ graph（寫）→ 自己寫的 → 親筆簽名

例 Excuse me, Jennifer Lopez. Could we take a photograph together? Also, can I have your autograph?

珍妮花・羅培茲，不好意思，我們可以一起照張相嗎？另外，可不可以跟你要簽名？

---

biography [baɪˋɑgrəfɪ] 名 傳記

★ bio（生命）+ graph（寫）→ 寫你的一生 → 傳記

例 There are several biographies of George Clooney, but none of them is an autobiography.

市面上有很多喬治・克隆尼的傳記，但沒有一本是他的自傳。

---

paragraph [ˋpærəˏgræf] 名 段落

★ para（旁邊）+ graph（寫）→ 寫幾個句子後，旁邊又寫幾個句子 → 段落

例 I'd like to draw your attention to the first paragraph of the biography.

請各位看到這本傳記的第一段。

geography [ˋdʒɪˋɑgrəfɪ] 名 地理　衍 **geographic** 形 地理的

★ geo（地球）+ graphy（寫）→ 寫在地球表面 → 地理

例 Our geography teacher likes to watch National Geographic Channel every day.
我們的地理老師每天都看國家地理頻道。

有關「腳和腳部動作」的字根

ped- 有「腳」的意思。
老派的全腦解讀   有主角也有配（ped-）「腳」。

ped-
 Track 033

---

pedal [ˋpɛdl̩] 名 踏板

★ ped（腳）+ al（名詞字尾）→ 踏板

例 I was riding my bicycle when one of the pedals fell off.
　　我在騎腳踏車時，居然有個踏板掉了。

◤ 順便學一下 ▸ 把 d 改成 t，就變成 petal「花瓣」了。

---

pedestrian [pəˋdɛstrɪən] 名 行人

★ pede（腳）+ stri（= street，街道）+ an（人）→ 用腳走在街道的人 → 行人

例 Several pedestrians were hit by the drunk driver.
　　有幾名行人被那個酒醉駕駛撞到。

---

peddler [ˋpɛdlə] 名 攤販 　衍 **peddle** 動 兜售

★ ped（腳）+ dle（動詞字尾）+ er（人）→ 走來走去的人 → 攤販

例 All the street peddlers ran off when two policemen showed up.
　　兩名警察一出現，所有的路邊攤販都跑掉了。

---

pedicure [ˋpɛdɪkjʊr] 名 修腳指甲；足部保養

★ pedi（腳）+ cure（治療）→ 足部保養

例 During the pedicure, the pedicurist said my feet were too smelly.
　　足部保養時，小姐說我的腳太臭了。

順便學一下 mani（手）+ cure（治療）→ 手部美容

expedite [`ɛkspɪˌdaɪt] 動 加速

★ ex（往外）+ ped（腳）+ ite（動詞字尾）→ 往外跑 → 加速

例 Installation or expedited delivery services require additional fees.
安裝或急件運送服務需要額外費用。

expedition [ˌɛkspɪˋdɪʃən] 名 遠征（隊）

★ ex（往外）+ ped（腳）+ ition（名詞字尾）→ 往外跑很遠的一群人 →
遠征隊

例 He organized an expedition to the Arctic.
他組了一支遠征隊到北極。

pediatric [ˌpidɪˋætrɪk] 形 小兒科的   衍 pediatrician 名 小兒科醫生

★ ped（腳）+ iatric（形容詞字尾）→（想像小孩子抱著你的腳）→ 小兒科

例 She is married to a pediatrician but takes her child to another pediatric clinic.
她嫁給小兒科醫生，卻把小孩帶到其他的小兒科診所。

＼有「走、移動」的意思。	
 老派的全腦解讀	「走」到西德（ced-）；或用 process 這個單字來反背字根。

ced-   ◎ Track 034

recede [rɪˋsid] 動 後退

★ re（往後）+ cede（移動）→ 往後移動 → 後退

例 I am shocked to find that my hairline is receding.
我很驚訝發現我的髮際線愈來愈後退了。

precede [prɪˋsid] 動 在前；先於

★ pre（在……之前）+ cede（移動）→ 比某人更早行動 → 先於

例 A-bian preceded Ma as president and A-hui preceded A-bian as president.
阿扁比小馬早當總統，阿輝又比阿扁更早當總統。

---

process [ˋprɑsɛs] 名 過程　衍 **process** 動 處理

★ pro（往前）+ cess（移動）→ 從這兒往前移動 →（是一個）過程

例 I made a mistake in the process of processing orders.
我在處理訂單的過程中出了錯。

---

access [ˋæksɛs] 名 進入　衍 **accessible** 形 可進入的

★ ac（加強）+ cess（移動）→ 進入

例 Staff members need to use a card to gain access to the building.
員工必須用卡才能進入大樓。

The building is accessible to people with disabilities.
肢障朋友要進出大樓沒有問題。

---

exceed [ɪkˋsid] 動 超越

★ ex（往外）+ ceed（移動）→ 走到（原有空間的）外面 → 超過

例 I am glad to notify you that we had a successful month and our monthly earnings exceeded previous expectations.
很高興跟大家報告，我們上個月營運很好，單月獲利超越原本預期。

-gress 有「走動」的意思。	
老派的全腦解讀	起來「走一走」，不然會跪死（-gress）。

-gress

progress [`prɑgrɛs] 名 進展；進步　衍 **progressive** 形

★ pro（往前）+ gress（移動）→ 往前一直走 → 進步

例 The movie *Avatar* represents huge progress in 3D technology.
《阿凡達》代表了 3D 技術的長足進展。

順便學一下 「民進黨」的英文是 Democratic Progressive Party。

aggressive [ə`grɛsɪv] 形 好鬥的，有侵略性的；積極的

★ ag（加強）+ gress（走）+ ive（形容詞字尾）→ 走得很急 → 積極

例 Our neighbor's dog is quite aggressive.
我家鄰居的狗很兇。

We need to take aggressive measures to solve the problem.
我們必須採取積極手段來解決問題。

congress [`kɑŋgrəs] 名 會議；代表大會

★ con（共同）+ gress（移動）→ 一起來 → 開會

例 The issue will be discussed in tomorrow's congress.
這項議題將會在明天的代表大會討論。

-cur 有「跑」的意思。

老派的全腦解讀	「跑」完之後很渴（-cur）。

-cur

current [`kɝnt] 形 目前的　衍 **current** 名 河流

★ cur（跑）+ ent（形容詞字尾）→ 一直跑 → 目前的

例 The current economic situation in Europe is getting worse.

歐洲目前的經濟情況愈來愈糟。

currency [ˋkɝənsɪ] 名 貨幣

★ current 是「河流」，貨幣就像河流一樣流來流去。

例 The dollar fell against most major currencies yesterday.

美元昨天相較於多數主要貨幣貶值了。

cursor [ˋkɝsɚ] 名 游標

★ curs（跑）+ or（人事物字尾）→ 跑來跑去的東西 → 游標

例 Where did you download this cute cursor?

你從哪裡下載這個可愛的游標？

occur [əˋkɝ] 動 發生 衍 occurrence 名

★ oc（朝向）+ cur（跑）→（從無到有）跑出來 → 發生

例 More than half of falls occur at home. Learn how to prevent them by checking our website.

有超過半數的跌倒意外都是在家裡，請到我們的網站瞭解如何避免跌倒。

incur [ɪnˋkɝ] 動 招致 衍 incurrence 名

★ in（在……裡面）+ cur（跑）→ 跑到裡面 → 招來

例 Payment by credit card will incur a 2% charge.

刷卡需要支付 2% 費用。

recur [rɪˋkɝ] 動 一再發生 衍 recurrence 名

★ re（再次）+ cur（跑）→ 又跑出來 → 一再發生

例 If the headache recurs, take these tablets.

如果又頭痛，就吃這些藥。

-sist 有「站」的意思。	
老派的全腦解讀	「站著」也有喜事（-sist）。

-sist

 Track 037

assist [ə`sɪst] 動 協助　衍 **assistance** 名　**assistant** 名 助理

★ as（加強）+ sist（站）→ 使對方能站好 → 協助

例 Can you assist me with the problem?
可以幫我解決這個問題嗎？

The assistant is very affectionate toward the handsome executive.
助理很喜愛那個帥哥主管。

consist [kən`sɪst] **of** 動 由……組成

★ con（加強）+ sist（站）→ 站在一起（表示都是整體的一份子）→ 組成

例 A secure password consists of at least eight letters and numbers.
一組安全的密碼包含了至少八個字母與數字。

insist [ɪn`sɪst] 動 堅持

★ in（在……裡面）+ sist（站）→ 站在裡面（屹立不動）→ 堅持

例 I insist that we split the cost.
我堅持要大家平均分攤費用。

resist [rɪ`zɪst] 動 抵擋　衍 **resistance** 名

★ re（反向）+ sist（站）→ 站在反方向 → 抵擋

例 People who resist change will never make progress.
抗拒改變的人永遠不會進步。

93

 老派的全腦解讀	這個字根很好記，因為 stand（站立）裡面就有。

sta-

statue [ˋstætʃʊ] 名 雕像

例 The Statue of Liberty is a significant landmark in New York.
自由女神像是紐約的重要地標。

status [ˋstetəs] 名 身份；狀況

例 Please fill in your name, age and marital status.
請填下你的姓名、年齡與婚姻狀況。

stadium [ˋstedɪəm] 名 運動場

★ sta（站）+ dium（場所名詞字尾）→ 站著很多人的地方 → 運動場

例 The 8000-capacity stadium was packed for the championship baseball game.
這座八千人運動場座無虛席，等著看棒球冠軍賽。

stance [stæns] 名 站姿；立場

★ st(a)（站）+ ance（表示行為、性質的名詞字尾）→ 站姿（引申為立場）

例 What's your stance on nuclear power?
你對核能的立場為何？

statistics [stəˋtɪstɪks] 名 數據

★ statis（=status，立場）+ tics（名詞字尾）→ 把各界立場都蒐集起來
→ 數據

例 According to statistics, more than 10% of shoppers make purchases online.
根據數據指出，有超過一成的購物民眾上網買東西。

establish [əˋstæblɪʃ] 動 成立　衍 **establishment** 名

★ e（往外）+ stab（站）+ lish（動詞字尾）→ 把東西往外立起來 → 成立

例 With the assistance of her family and friends, the pregnant woman established a high-end maternity shop.

在親友的協助下，這位孕婦成立了一家高檔的嬰幼兒用品店。

有關「其他感官動作」的字根

看完了手腳，我們來看看五官的動作，包括：看（vis, vid, spect）和聽（audi）。

vis-、vid- 有「看」的意思。	
老派的全腦解讀	這個字根你國中就會了，像是 visit、television、video 中都有。不妨記成：visit 去「看」他。

vis-、vid-

 Track 039

visual [ˋvɪʒuəl] 形 視覺的　衍 **vision** 名

★ vis（看）+ ual（形容詞字尾）→ 看的 → 視覺的

例 Men are visual animals. No wonder my boyfriend likes to look at bimbos.
男人是視覺性的動物，難怪我男友喜歡看辣妹。

visible [ˋvɪʒəbl] 形 看得見的　衍 **visibility** 名 能見度
反 **invisible** 形 看不見的

★ vis（看）+ ible（形容詞字尾，可以的）→ 可以看的 → 看得見的

例 The poster of the movie *The Invisible Man* is clearly visible.
電影《隱形人》的海報清楚可見。

evident [ˋɛvədənt] 形 明白的；明顯的

★ e（往外的）+ vid（看）+ ent（形容詞字尾）→ 連外面都看得到 → 明白的

例 It is evident that Popeye will excel at his new job at the spinach farm.
很明顯，大力水手卜派在菠菜菜園的新工作會有傑出表現。

spec-、spect- 有「看」的意思。

 老派的全腦解讀	這個字根你很早就會了，special（特別的）裡面就有出現 spec-，因為特別，所以才會用眼睛看嘛！

spec-、spect-

 Track 040

spectator [spɛkˋtetə] 名 觀眾

★ spect（看）+ at + or（人的名詞字尾）→ 看的人 → 觀眾

例 The stadium was filled with spectators rooting for Jeremy Lin.

球場坐滿了來為林書豪加油的觀眾。

spectacular [spɛkˋtækjələ] 形 壯觀的

衍 spectacle 名 壯觀的事物　　spectacles 名 眼鏡

★ spect（看）+ aclar（形容詞字尾）→ 值得看的事物 → 壯觀的

例 I can't see how spectacular Niagara Falls are, because I forgot to bring my spectacles.

我看不到尼加拉瓜瀑布有多壯觀，因為我忘了帶眼鏡了。

specimen [ˋspɛsəmən] 名 標本

★ spec（看）+ cimen → 要看的東西 → 標本

例 The doctor proudly displays foreskin specimens at his clinic. Gross!

這位醫生在診所裡驕傲地展示包皮標本。好噁！

🔊 老派碎碎唸 單數就是 specimen，複數加 s，萬萬不能以為單數是 speciman。

inspect [ɪnˋspɛk] 動 視察；查驗　衍 inspection 名

★ in（往裡面）+ spect（看）→ 往裡面看 → 檢查

例 The plumber inspected all the pipes, but couldn't find any leak.

水電工檢查所有水管，但找不到有漏水的地方。

prospect [ˋprɑspɛkt] 名 展望　衍 **prospective** 形 可能的；潛在的

★ pro（往前）+ spect（看）→ 往前看 → 展望

例 I see great prospects for his new business as he has identified many prospective clients.
我看好他的新事業，因為他已經找到很多潛在客戶。

---

respect [rɪˋspɛkt] 動 尊敬　衍 **respect** 名

★ re（再次）+ spect（看）→ 看了又看 → 尊敬

例 You respect me, and I will respect you even more.
你敬我一尺，我敬你一丈。

---

suspect [səˋspɛkt] 動 懷疑；認為……有嫌疑

★ sus（往下）+ spect（看）→ 往下看（表示輕視）→ 懷疑

例 I have no respect for him, because he is suspected of fraud.
我對他沒有任何敬意，因為他被懷疑詐欺。

---

specify [ˋspɛsəͺfaɪ] 動 指明　衍 **specific** 形 明確的

★ spec（看）+ ify（動詞字尾）→ 指明

例 If subscribers do not specify which issue they wish to begin with, they may need to wait two months for delivery of the first issue.
若訂購人並未表明由哪一期開始訂閱，可能要等候兩個月才會收到第一期。

---

speculate [ˋspɛkjəͺlet] 動 猜測；投機　衍 **speculative** 形

★ specu（看）+ late（動詞字尾）→ 只用看的 → 猜測

例 The first rule of investing in the real estate market is not to speculate.
投資房地產的第一法則是：不要投機買賣。

老派的全腦解讀	聽到「奧迪」（audi）車開來的聲音；或用 audio「聲音的」來記這個字根。

audi-

 Track 041

audible [`ɔdəbl] 形 聽得見的

★ audi（聽）+ ble（形容詞字尾）→ 可以聽到的 → 聽得見的

例 The speaker is hardly audible.
講者的聲音幾乎聽不見。

---

audience [`ɔdɪəns] 動 聽眾

★ audi（聽）+ ence（名詞字尾）→ 聽的人 → 聽眾

例 Because the speaker is hardly audible, the audience is getting bored.
因為講者的聲音幾乎聽不見，聽眾開始覺得很無聊。

---

audit [`ɔdɪt] 動 查核帳目　衍 auditor 名 稽核員

★ audi（聽）+ t → （想像查帳的人拿帳簿起來聽）→ 查核

例 These government-owned companies are audited annually.
這些國營企業每年查帳一次。

---

audition [ɔ`dɪʃən] 動 徵選　衍 audition 名

★ audi（聽）+ tion（原為名詞字尾，在此變成動詞字尾）→ 被人聽 → 徵選

例 I auditioned for *Super Idol* but the audience didn't appreciate my voice.
我去參加超偶的徵選，但觀眾不欣賞我的歌藝。

---

auditorium [ˌɔdə`torɪəm] 名 禮堂；音樂廳

★ auditor(y)（聽覺的）+ ium（場所的名詞字尾）→ 聽東西的地方 → 禮堂

例 The auditorium has a capacity of more than 10,000 seats.
這個禮堂有超過一萬個座位。

第二章

老派的全腦解讀	dic-「豬哥」愛說話。

dic-、dict-

 Track 042

dictionary [ˈdɪʃən‚ɛrɪ] 名 字典

例 He doesn't need an electronic dictionary. He himself is a walking dictionary.
他不需要電子字典，他自己就是活字典。

---

dictate [ˈdɪktet] 動 口述　衍 **dictation** 名

★ dict（說）+ ate（動詞字尾）→ 說出來 → 口述

例 The teacher dictates an English passage for students to write down.
老師唸一段英文段落，要學生聽寫。

---

indicate [ˈɪndə‚ket] 動 指出；表示　衍 **indication** 名

★ in（在裡面）+ dic（說）+ ate（動詞字尾）→ 說到對方心裡面 → 指出

例 Research indicates a glass of red wine a day is good for our health.
研究顯示，每天喝一杯紅酒有益健康。

---

predict [prɪˈdɪkt] 動 預估　衍 **prediction** 名

★ pre（在……之前）+ dic（說）→ 還沒發生就先說出來 → 預估

例 Analysts predict the stock market will bounce back next year.
分析師預估明年股市會回升。

---

verdict [ˈvɜdɪkt] 名 （法院）判決；意見

★ ver（真的）+ dict（說）→ 說真的 → 判決

例 What's your verdict on the latest Samsung Galaxy mobile phone?
你對三星新款 Galaxy 手機的看法如何？

老派的全腦解讀	大聲講，吵「鬧死」（nounce-）人了

nounce-

announce [ə`naʊns] 動 宣布　衍 **announcement** 名

★ an（加強）+ nounce（大聲講）→ 宣布

例 Nicholas and Cecilia announced that they had separated.
謝霆峰與張柏芝宣布兩人已分居。

---

pronounce [prə`naʊns] 動 發音　衍 **pronunciation** 名

★ pro（往前）+ nounce（大聲講）→ 往前大聲說出來 → 發音

例 She pronounces every word very clearly.
她每個字發音都發得很清楚。

---

denounce [dɪ`naʊns] 動 公開譴責

★ de（往下）+ nounce（大聲講）→ 由高往下講（想像罵人的模樣）→
公開譴責

例 Edison was denounced by the public after the photos were leaked.
照片流出來後，陳小希受到大眾譴責。

|
老派的全腦解讀 | spir- 諧音「師婆」，所以記：「師婆」的「呼吸」很大聲。 |

spir-

aspire [ə`spaɪr] 動 立志；追求　衍 **aspiration** 名

★ a（加強）+ spire（呼吸）→ 人呼吸（就是要達到目標）→ 立志

例 I aspired to be a housewife when I was a kid, but now I am a company president.
我小時候立志要當家庭主婦，現在卻成了公司總裁。

inspire [ɪn`spaɪr] 動 鼓舞；激勵　衍 **inspiration** 名 靈感

★ in（在裡面）+ spire（呼吸）→ 讓對方心裡有呼吸 → 鼓舞

例 Steve Jobs inspired a great number of young people.
賈伯斯鼓舞了很多年輕人。

expire [ɪk`spaɪr] 動 到期　衍 **expiration** 名

★ ex（往外）+（s）pire（呼吸）→ 往外呼氣呼到氣快沒了 → 到期

例 The warranty of our Wii will expire next month.
我們家的 Wii 保固期下個月到期。

💬 順便學一下　expiry date 指的是「截止日期」。

respiratory [rɪ`spaɪrə͵torɪ] 形 呼吸（系統）的

★ re（再次）+ spire（呼吸）+ atory（形容詞字尾）→ 一再呼吸的 → 呼吸的

例 People with respiratory conditions should stay indoors during a sand storm.
遇到沙塵暴時，有呼吸系統病症的民眾應該留在室內。

有關「反面、相反」的字根

代表「反面、相反」的字根包含：contra-、counter-、dis-、un-，唸起來就像：鋼床、鋼桃、的士（計程車）與紅（台語）。可以將這幾個字用誇張的小故事串連起來：你的「反面」有輛的士（dis），裡面載著紅鋼桃（un、counter），撞上鋼床 (contra)。

contra-、contro- 有「相反」的意思。
 老派的全腦解讀   諧音記：鋼床（contra-）。

contra-、contro-

◎ Track 045

contrast [`kɑn,træst] 名 對比；對照

★ contra（相反）+ st → 對比

例 There is huge contrast between Little S and Big S.

小 S 跟大 S 形成強烈對比。

Little S is talkative. In contrast Big S is quiet.

小 S 很愛講話，反觀大 S 很安靜。

 順便學一下   電視與電腦螢幕都可以調整顏色「對比」，就是這個單字。

contrary [`kɑntrɛrɪ] 形 相反的

★ contra（相反）+ ry（形容詞字尾）→ 相反的

例 Contrary to popular belief, eating a vegetarian diet on a long-term basis is no guarantee of good health.

跟一般所想的不一樣，長期吃素其實不一定是健康的保證。

contradict [ˌkɑntrə`dɪkt] **動** 反駁;互相矛盾

★ contra(相反)+ dict(說)→ 說相反的話 → 反駁

例 He likes to contradict his colleagues.
他喜歡反駁同事。

What he says contradicts what he does.
他說的跟他做的互相矛盾(言行不一)。

controversial [ˌkɑntrə`vɝʃəl] **形** 有爭議的 **衍** **controversy** **名**

★ contro(相反)+ vers(轉變)+ ial(形容詞字尾)→ 立場相反又變來變去
→ 有爭議的

例 *Lust Caution* was very controversial when it was released.
《色戒》剛上映時備受爭議。

counter- 有「相反」的意思。
 老派的全腦解讀   也可以看成是 contra- 的變形;諧音記:鋼桃。

counter-

 Track 046

counteract [ˌkaʊntɚ`ækt] **動** 抵銷

★ counter(相反)+ act(行動)→ 往反方向行動 → 抵銷

例 Some experts assert caffeine counteracts the effects of alcohol while
some say it doesn't. It is a controversial topic.
有些專家主張咖啡因可以抵銷酒精的效力,另外有些專家則表示不會。這是個有爭議
性的話題。

counterfeit [`kaʊntɚˌfɪt] **名** 贗品;偽造物

★ counter(相反)+ feit(做)→ 做真品的相反 → 偽造

例 The LV bag is a counterfeit.
這個 LV 包是假貨。

---

counterpart [ˋkaʊntəˏpɑrt] 名 相對的人或物

★ counter（相反）+ part（部分）→ 跟你站在相對位置的人 → 相對的人或物

例 Our CEO invited his counterparts for a meeting.
我們的執行長邀請其他公司的執行長來開會。

dis- 也有「相反」的意思。	
 老派的全腦解讀	諧音像「的士」；或者也可以記成：抵死（dis）也要「反」。

dis-

 Track 047

dislike [dɪsˋlaɪk] 動 不喜歡

★ dis（相反）+ like（喜歡）→ 喜歡的相反 → 不喜歡

例 I dislike the feeling of losing.
我不尬意輸的感覺。

---

disagree [ˏdɪsəˋgri] 動 反對 衍 disagreement 名

★ dis（相反）+ agree（同意）→ 同意的相反 → 不同意

例 The directors disagreed with each other at the board meeting.
董事們在董事會上意見不合。

---

disappear [ˏdɪsəˋpɪr] 動 消失 衍 disappearance 名

★ dis（相反）+ appear（出現）→ 出現的相反 → 消失

例 My mother wants to buy the new SKIII lotion, which promises to make wrinkles disappear.
我家阿母想買新的 SKIII 乳液，因為產品保證能夠消除皺紋。

disappoint [ˌdɪsə`pɔɪnt] **動** 使失望　**衍 disappointment** **名**

★ dis（相反）+ appoint（委任）→ 委任的相反（想像沒有委任某人）→
使某人失望

例 The August sales disappointed everyone on the team.
八月營收讓每個團隊成員都覺得失望。

discourage [dɪs`kɝɪdʒ] **動** 使喪氣；勸人不要

★ dis（相反）+ courage（鼓勵）→ 鼓勵的相反 → 使喪氣

例 Meifeng feels discouraged about her lack of progress in cooking.
美鳳因為烹飪遲遲沒有進步而覺得沮喪。

We discouraged Chu from proceeding with his plan to get a hair transplant.
我們勸邱亦不要進行他的植髮計畫。

discover [dɪs`kʌvɚ] **動** 發現；發覺

★ dis（相反）+ cover（蓋上）→ 蓋上的相反 → 打開 → 發現

例 Toyota discovered there were some defects and recalled the cars
immediately.
豐田發現有些瑕疵品，立即把車召回。

discount [`dɪskaʊnt] **名** 折扣

★ dis（相反）+ count（計算）→ 計算的相反 → 不算原本的價格 → 折扣

例 Sogo and Shinkong offer many discounts during their annual sales.
Sogo 和新光百貨週年慶時都有很多折扣。

disadvantage [ˌdɪsəd`væntɪdʒ] **名** 缺點

★ dis（相反）+ advantage（優點）→ 優點的相反 → 缺點

例 There are advantages and disadvantages to working for a large company.
在大公司工作有優點也有缺點。

✽拜託記一下 「優缺點」還可以說是 pros and cons。

dismiss [dɪs`mɪs] 動 解僱；開除　　衍 **dismissal** 名

★ dis（相反）+ miss（傳送）→ 不再傳遞任務給某人 → 解僱

例 He was dismissed only five days after he was hired.
　　他受僱五天後就被解僱了。

disabled [dɪs`ebḷd] 形 有肢體障礙的

★ dis（相反）+ abled（有能力的）→ 肢體沒有能力 → 肢障的

例 Please give up your seat to disabled passengers.
　　請讓位給行動不便的乘客。

disburse [dɪs`bɝs] 動 支付

★ dis（離開）+ burse（= purse，錢包）→ 錢離開錢包 → 支付

例 The bank will disburse the mortgage loans in two payments.
　　銀行會將房貸分兩次給我們。

 un- 也有「相反」的意思。	
 老派的全腦解讀	諧音記：紅 (un-)。

un-

 Track 048

unclear [ʌn`klɪr] 形 不清楚的

★ un（相反）+ clear（清楚的）→ 清楚的相反 → 不清楚

例 Unclear orders will only lead to chaos in the office.
　　不明確的指令只會造成辦公室的混亂。

unlock [ʌn`lɑk] 動 開鎖

★ un（相反）+ lock（鎖）→ 鎖的相反 → 開鎖

例 You need three sets of codes to unlock the safe.

你要有三組號碼才能把保險箱的鎖打開。

undo [ʌnˋdu] 動 使恢復原狀

★ un（相反）+ do（做）→ 做過的相反 → 使恢復原狀

例 She undid the parcel.

她打開包裹。

❋ 寓教於樂 老派很喜歡這句 You can't undo what has been done.，你不能把已經做過的事情再恢復，不就是「覆水難收」嗎？台語掛的會說「水潑落地難收回」。請背起來。

uncomfortable [ʌnˋkʌmfətəbl] 形 不舒服的
衍 discomfort 名 不適感

★ un（相反）+ comfortable（舒服的）→ 舒服的相反 → 不舒服

例 Your singing makes me uncomfortable.

你的歌聲讓我不舒服。

unfortunate [ʌnˋfɔrtʃənɪt] 形 不幸的　衍 unfortunately 副 可惜地
衍 misfortune 名 壞運

例 Unfortunately, the movie star can't come to the premier because his wife had an unfortunate accident.

真可惜，那個電影明星沒辦法來首映會，因為他太太發生不幸的意外。

mis- 有「錯誤」的意思。

老派的全腦解讀	可以用 mistake（錯誤）來背字根；或者把 mis 看成 miss，記成 Miss 錯誤（錯誤小姐）。

mis-

 Track 049

mislead [mɪs`lid] 動 誤導　衍 **misleading** 形

★ mis（錯誤）+ lead（引導）→ 誤導

例 Julia Roberts' make-up ads are banned for being misleading.

茱莉亞・羅伯茲的化妝品廣告因有誤導民眾之嫌而遭禁。

misunderstand [ˋmɪsʌndəˏstænd] 動 誤解

★ mis（錯誤）+ understand（瞭解）→ 誤解

例 My wife misunderstood me and thought I had an affair.

老婆大人誤解了我，以為我有小三。

misfortune [mɪs`fɔrtʃən] 名 惡運；災難

★ mis（錯誤）+ fortune（運氣）→ 壞運氣

例 Master Black and White says: "I take pleasure in others' misfortunes."

黑白郎君說：「別人的痛苦就是我的快樂。」

※拜託記一下 「不幸的」是 unfortunate，請回頭複習一下 p. 108。

misconduct [mɪs`kɑndʌkt] 名 不當行為

★ mis（錯誤）+ conduct（行為）→ 不當行為

例 The salesman manipulated the sales figures and was punished for his misconduct.

這位銷售人員竄改銷售數字，因為不當行為而受罰。

---

miscalculate [ˋmɪsˋkælkjəˌlet] 動 計算錯誤；錯估

★ mis（錯誤）+ calculate（估算）→ 錯估

例 The headquarters miscalculated the figures from the affiliate.

總公司算錯了關係企業的數據。

---

cred- 有「相信」的意思。

老派的全腦解讀	會「相信」才有「鬼」（cred-）。

cred-

 Track 050

---

credit [ˋkrɛdɪt] 名 信用、信譽；讚許、光榮

★ cred（相信）+ it → 信用

例 My credit card company increased my credit limit.

我的信用卡公司增加了我的信用（額度）上限。

Annie got a lot of credit for successfully organizing the meeting.

安妮因為成功籌辦會議而獲得許多讚賞。

---

credible [ˋkrɛdəbl] 形 可信的；可靠的　衍 **credibility** 名

★ cred（相信）+ ible（形容詞字尾）→ 可信的

例 The candidate's record is not credible.

這位候選人的紀錄並不可靠。

---

creed [krid] 名 信條；信念

★ cre（相信）+ ed → 信條

例 Our company creed is the customer is always right.

我們的公司信念是，顧客永遠是對的。

---

accredited [əˋkrɛdɪtɪd] 形 經認可的；經認證的　衍 **accredit** 動 認證

★ ac（加強）+ credit（信用）+ ed（形容詞字尾）→ 讓別人看得出你的信用
→ 經認可的

例 He is an accredited personal financial planning specialist.

他是經過認證的個人理財專員。

---

dem-、demo- 有「人」的意思。

 老派的全腦解讀	諧音記：瞪（dem-）「人」。

dem-、demo-

 Track 051

democracy [dɪˋmɑkrəsɪ] 名 民主　衍 **democratic** 形

★ demo（人）+ cracy（治理）→ 人民治理 → 民主

例 Aung San Suu Kyi is committed to helping Burma establish a true democracy.

翁山蘇姬致力於協助緬甸建立真正的民主體制。

---

demographic [ˌdiməˋgræfɪk] 形 人口的

★ demo（人）+ graph（寫）+ ic（形容詞字尾）→ 把有關人的東西寫下來 →
人口的

例 The reports discuss the demographic trends in Asia.

這些報告探討亞洲的人口趨勢。

---

epidemic [ˌɛpɪˋdɛmɪk] 名 流行病；傳染病

★ epi（接近的）+ dem（人）+ ic（形容詞字尾）→ 接近人群的 → 傳染病

例 A cold epidemic is spreading quickly in schools.
　　流行性感冒在各學校迅速擴散。

---

pandemic [pænˋdɛmɪk] 名 大規模的流行病　衍 **pandemic** 形

★ pan（全部的）+ dem（人）+ ic（形容詞字尾）→ 涉及全部人的 → 大型傳染病

例 The H1N1 flu became a pandemic in 2009.
　　新型流感在 2009 年演變成大規模的流行病。

---

dia- 有「穿越；彼此之間」的意思。

老派的全腦解讀	諧音可以這樣記：帶兒（dia-）「穿越」馬路。

dia-

---

dialect [ˋdaɪəlɛkt] 名 方言

★ dia（穿越）+ lect（讀）→ 讀了彼此都知道 → 方言

例 Taiwanese and Hakka are considered two important dialects in Taiwan.
　　台語跟客家話被視為是台灣兩個重要方言。

---

dialogue [ˋdaɪəˌlɔg] 名 對話

★ dia（穿越）+ logue（言語）→ 你來我往的言語 → 對話

例 Politicians urged Taiwan and China to resume peaceful dialogue.
　　政治人物呼籲台灣與中國重新開啟和平對話。

---

diagonally [daɪˋægənlɪ] 形 斜對角地　衍 **diagonal** 形

★ dia（穿越）+ gon（角）+ ally（副詞字尾）→ 從一角穿到另一角 → 對角

例 Chef Agi always cuts his sandwiches diagonally.

阿基師都是斜對角切三明治。

diagnose [`daɪəgnoz] 動 診斷　衍 **diagnosis** 名

★ dia（穿越）+ gnos（=know，知道）→ 穿越表層知道病情 → 診斷

例 A lot of movies stars are diagnosed with an eating disorder.

很多電影明星都被診斷出患有飲食失調。

　　下列還有些以「dia-」為字首的單字，有空可以記一下：

- **diameter** [daɪˋæmətə] 名 直徑（記法：穿越一公尺）
- **diamond** [`daɪəmənd] 名 鑽石（記法：光能穿越）
- **diarrhea** [ˌdaɪəˋriə] 名 腹瀉（記法：腸子通到底）

duce-、**duct-** 有「領導、帶」的意思。	
 老派的全腦解讀	諧音記：「領導」他去「讀詩」（duce）。

duce-、duct-

 Track 053

produce [prəˋdjus] 動 生產

★ pro（往前）+ duce（帶領）→ 帶領向前走 → 生產

例 Taiwan has produced a lot of good music over the years.

台灣幾年來創造出許多好音樂。

✽拜託記一下 produce [ˋprɑdjus] 當名詞是「農產品」，注意重音在第一音節。

induce [ɪnˋdjus] 動 引起；導致

★ in（裡面）+ duce（帶領）→ 帶到裡面 → 引起

例 Overwork induces fatigue and resentment.

過勞會導致身體疲倦，心生不滿。

seduce [sɪ`djus] 動 引誘；勾引　衍 seductive 形

★ se（離開）+ duce（帶領）→ 把某人的魂勾走 → 引誘

例 Stop seducing me with your beauty.

不要用美色來勾引我。

conduct [kən`dʌkt] 動 實行；處理

★ con（共同）+ duct（帶領）→ 帶領眾人共同做事 → 處理

例 Victor is responsible for conducting a meeting with clients.

維特負責跟客戶開會。

deduct [dɪ`dʌkt] 動 扣除；減除

★ de（去除）+ duct（帶領）→ 把某東西帶出去 → 扣除

例 Because of the discount, NT$100 is deducted from the price tag.

因為有打折，所以標價要減掉一百元。

e- 有「出、外」的意思。	
 老派的全腦解讀	可以把這個字根當作是 ex- 的變形。

e-　　　　　　　　　　　　　　　　　　　　

eliminate [ɪ`lɪmə‚net] 動 淘汰　衍 elimination 名

★ e（往外）+ limin（=limit，限制）+ ate（動詞字尾）→ 丟到門檻之外 → 淘汰

例 Two contestants were eliminated from today's *Super Star Show*.

有兩位選手在今天的《超級星光大道》節目被淘汰了。

emerge [ɪˋmɝdʒ] 動 浮現；露出　衍 **emergence** 名

★ e（往外）+ merge（混合）→ 混合後往外出現 → 浮現

例 Differences on this issue are starting to emerge.
對這項議題的歧見開始浮現。

比較 **emergency** [ɪˋmɝdʒənsɪ] 名 緊急情況

例 All employees need to know how to use a fire extinguisher in an emergency.
遇到緊急情況時，所有員工都應知道如何使用滅火器。

emigrate [ˋɛməˏgret] 動 移居國外

★ e（往外）+ migrate（移民）→ 往外移民 → 移居國外

例 A Briton who emigrated to Australia in 2002 auctioned his entire life on eBay—for the starting price of one Australian dollar.
有個二〇〇二年移民到澳洲的英國人，在 eBay 上拍賣他的人生，起標價只有一澳元。

evade [ɪˋved] 動 逃避；迴避　衍 **evasion** 名

★ e（往外）+ vade（走）→ 走到外面 → 逃避

例 It is illegal to evade taxes.
逃漏稅屬於違法行為。

---

em- 、en- 有「使成為；使有」的意思。

 老派的全腦解讀	諧音記：硬（en-）是想「成為……」。

em- 、en-

embark [ɪmˋbɑrk] 動 上船；裝載

★ em（使有）+ bark（小船）→ 上船

例 We embarked in Kaohsiung and arrived in Penghu several hours later.
我們在高雄上船，幾個小時後到達澎湖。

📖 順便學一下 embark on 是「著手；從事」的意思，例：J.K. Rowling embarked on her new book right after the *Harry Potter* novels.「J.K. 羅琳在《哈利波特》小說後立刻開始新書的寫作。」

embody [ɪm`badɪ] 動 體現

★ em（使有）+ body（身體）→ 使某物擁有身體的具象 → 體現

例 The brand embodies fun, energy and excitement.
這個品牌體現了好玩、活力與熱情。

embrace [ɪm`bres] 動 擁抱

*em（使有）+ brace（支撐）→ 使彼此有支撐 → 擁抱

例 Buzz Lightyear embraced Jessie at the end of *Toy Story*.
《玩具總動員》結尾時，巴斯光年抱住潔西。

emphasize [`ɛmfə͵saɪz] 名 強調　衍 emphasis 名

★ em（使有）+ phas（呈現）+ ize（動詞字尾）→ 使重要的事情呈現出來 → 強調

例 I'd like to emphasize our product is the best in the market.
我想強調一下，本公司的產品是市面上最好的。

Our company places an emphasis on product quality.
敝公司把重點放在產品品質上。

employ [ɪm`plɔɪ] 動 聘用　衍 employment 名

★ em（使有）+ ploy（折疊，引申為「安排」）→ 安排 → 聘用

例 Coca Cola is planning to employ 1,000 people worldwide in August.
可口可樂計畫八月在全球聘用一千個人。

✷ 拜託記一下 employee [͵ɛmplɔɪ`i] 名 員工；employer [ɪm`plɔɪɚ] 名 雇主。想像員工叫依依（ee），就不會跟 employer 搞混了。

enable [ɪn`ebl] 動 使能夠

★ en（使有）+ able（有能力的）→ 能夠

例 The new Mad Cow will enable you to stay awake all night.
新蠻牛能讓你整夜不想睡。

enclose [ɪn`kloz] 動 圍起；把……放入信封　衍 enclose 名

★ en（使有）+ close（關閉）→ 使關閉 → 圍起

例 The sacred tree is enclosed with a railing.
神木用欄杆圍起。

I've enclosed a check for NT$10,000.
隨信附上一萬元支票。

encounter [ɪn`kaʊntɚ] 動 遇到；遭遇　衍 encounter 名

★ en（使有）+ counter（相反）→ 使某人某事從相反方向走過來 → 遇到

例 We encountered many problems in finding the right person for this position.
我們在為這個職位找適當人選時，遇到很多問題。

encourage [ɪn`kɝɪdʒ] 動 鼓勵　衍 encouragement 名

★ en（使有）+ courage（勇氣）→ 使有勇氣 → 鼓勵

例 My parents encouraged me to apply for this job.
我爸媽鼓勵我應徵這份工作。

◁ 老派碎碎唸 跟 discourage（不鼓勵；勸人不要）做比較，見 p. 106。

endanger [ɪn`dendʒɚ] 動 使受害；危急

★ en（使有）+ danger（危險）→ 使危險 → 危急

例 Overwork will endanger your health and relationships.
工作過度會危及你的健康和感情生活。

◁ 順便學一下 endangered species 瀕臨絕種生物

117

enforce [ɪn`fors] 動 執行；實施　衍 **enforcement** 名

★ en（使有）+ force（力量）→ 使有效力 → 執行

例 Our company enforces a strict dress code.
我們公司執行嚴格的服裝規定。

engage [ɪn`gedʒ] 動 引起（興趣）

衍 **engagement** 名 訂婚　**engaged** 形 訂婚的

★ en（使有）+ gage（= pledge，誓約）→ 跟你定下誓約 → 吸引

例 Bill Clinton's autobiography engages the reader tremendously.
柯林頓的自傳很吸引讀者。

Brad Pitt and Angelia Jolie are not engaged.
布裘二人還沒訂婚。

enlarge [ɪn`lɑrdʒ] 動 加大

★ en（使有）+ large（大）→ 加大

例 I will have these photos enlarged by Photoshop.
我要用 Photoshop 把這些照片放大。

enroll [ɪn`rol] 動 使入會；註冊　衍 **enrollment** 名

★ en（使有）+ roll（捲軸）→ 使進到冊子裡 → 使入會

例 The university enrolled over 1,000 students last year.
這所大學去年招收超過一千名學生。

ensure [ɪn`ʃur] 動 確保

★ en（使有）+ sure（確信）→ 確保

例 A retirement plan will ensure your well-being when you are old.
退休計畫能確保你老年生活的福祉。

entitle [ɪn`taɪtl] 動 使……有權；使……有資格　衍 **entitlement** 名

★ en（使有）+ title（頭銜）→ 使有權

例 The voucher entitles you to a free session at the gym.

憑此券可以免費使用健身房一次。

equ- 有「相等」的意思。
 老派的全腦解讀	相等的「衣褲」(equ-)；或是用 equal（等於）這個單字 來記字根。

equ-

---

equal [`ikwəl] 動 等於

衍 **equal** 形 等於的；相同的　**equality** 名 平等

★ equ（相等）+ al（動詞字尾）→ 等於

例 One plus one equals two.

一加一等於二。

We should advocate equal pay for equal work.

我們應該鼓吹同工同酬。

---

equivalent [ɪˋkwɪvələnt] 名 相等物　衍 **equivalent** 形 相等的

★ equ（相等）+ vale（價值）+ (e)nt（名詞字尾）→ 相等的

例 Lady Gaga is the equivalent to Madonna in the 90's.

女神卡卡就等於是九〇年代的瑪丹娜。

順便學一下 equivalence 當名詞，也是「相等；等值」的意思。

---

equator [ɪˋkwetə] 名 赤道

★ equa（相等）+ tor（名詞字尾）→ 到北半球跟南半球剛好相等的距離 → 赤道

例 Singapore is located close to the equator.

新加坡位於赤道附近。

adequate [ˈædəkwɪt] 形 充分的；適當的

★ ad（加強）+ equ（相等）+ ate（形容詞字尾）→ 跟某人事物相等的 → 適當的

例 Do you have adequate skills for your dream job?
你擁有足夠技能來勝任夢想中的工作嗎？

fin- 有「結束」的意思。	
老派的全腦解讀	用 final 或 finish 來反背字根；或者記：我們「結」婚（fin）吧！

fin-

 Track 057

finalize [ˈfaɪn̩ˌaɪz] 動 定案；完成

★ final（最終）+ ize（動詞字尾）→ 把它給結束掉 → 完成

例 The agreement between the two companies has finally been finalized.
這兩家公司的協議終於定案。

finite [ˈfaɪnaɪt] 形 有限的　反 **infinite** 形 無限的

★ fin（結束）+ ite（形容詞字尾）→ 有結束的時候 → 有限的

例 We are given finite resources to work on this project.
我們只拿到有限的資源進行這項專案。

※ 寓教於樂　巴斯光年要起飛前都會喊 To infinity and beyond。Infinity 就是 infinite 的名詞形態。

confine [kənˈfaɪn] 動 把……侷限於

★ con（共同）+ fine（結束）→（想像敵人從四面八方過來要把你結束掉）
　→ 侷限於

120

例 If you wish to speak, please confine it to ten minutes.
如果您想發言，請將時間限制在十分鐘。

---

define [dɪˋfaɪn] 動 下定義；界定

衍 **definition** 名　**definite** 形 明確的

★ de（去除）+ fine（結束）→ 設下界線結束籠統概念 → 下定義

例 It's difficult to define beauty.
很難為美下定義。

Do you or do you not love me? I want a definite answer.
你到底愛不愛我，我要明確的答案。

---

refine [rɪˋfaɪn] 動 淨化；精煉

★ re（再次）+ fine（結束）→ 結束之後，再做一次然後再結束 → 精煉

例 The CPC imports crude oil and refines it into gasoline.
中油進口原油，再把原油精煉成汽油。

---

flu-、fluct- 有「流動」的意思。	
 老派的全腦解讀	諧音記：葫蘆（flu-）在流動。

flu-、fluct-

 Track 058

influence [ˋɪnfluəns] 名 影響　衍 **influential** 形 有影響力的

★ in（裡面）+ flu（流動）+ ence（名詞字尾）→ 流入人心 → 影響

例 Music has a big influence on my life.
音樂對我的生活很重要。

---

fluent [ˋfluənt] 形 流利的

★ flu（流動）+ ent（形容詞字尾）→ 流利的

例 Peggy Ho interviews Justin Beiber in fluent English.
侯佩岑用流利的英文訪問小賈思汀。

---

flush [flʌʃ] 動 沖走；沖洗

★ flu（流動）+ sh（動詞字尾）→ 讓東西流出去 → 沖

例 My dad forgot to flush the toilet after doing number two. The whole bathroom stank!
我老爸大號之後忘了沖馬桶，整個廁所臭死了！

---

fluctuate [`flʌktʃʊ‚et] 動 波動　衍 **fluctuation** 名

★ fluct（流動）+ u + ate（動詞字尾）→ 流來流去 → 波動

例 Last year the stock market fluctuated like a roller coaster ride.
去年股市上下波動，就好像在坐雲霄飛車一樣。

---

form- 有「形狀」的意思。	
老派的全腦解讀	form 本身就是形狀的意思。

form-
 Track 059

reform [ɪn`fɔrm] 動 改革　衍 **reform** 名

★ re（再次）+ form（形狀）→ 讓某東西有新形狀 → 改革

例 The government vowed to reform the education system.
政府誓言要改革教育系統。

---

inform [‚ɪn`fɔrm] 動 告知；通知

★ in（裡面）+ form（形狀）→ 讓對方心裡面知道事情的形狀 → 告知

例 He informed friends of his decision to leave the company.

他告知朋友他要離開公司的決定。

📢 老派碎碎唸 information（資訊）就是從 inform 這個字演變來的。

formal [ˋfɔrml] 形 正式的

★ form（形狀）+ al（形容詞字尾）→ 有形狀的（表示有憑有據）→ 正式的

例 I am still waiting for the formal offer from Samsung.

我還在等三星的正式聘書。

formula [ˋfɔrmjələ] 名 方程式；配方

★ form（形狀）+ ula（名詞字尾）→ 某事物特定的形狀 → 方程式

例 Jolin's success formula is hard work.

蔡依林的成功秘方就是努力。

📖 順便學一下 F1 賽車就是 Formula One（一級方程式）；baby formula 不是嬰兒方程式，是嬰兒奶粉！

frag- 有「破裂」的意思。	
 老派的全腦解讀	呼拉（frag-）圈「破裂」了。

frag-

 Track 060

fragile [ˋfrædʒl] 形 易碎的；（人）脆弱的

★ frag（破裂）+ ile（形容詞字尾）→ 易碎的

例 Fragile. Handle With Care

易碎，小心輕放。

📢 老派碎碎唸 上面的例句是在很多包裝上，常可看見的提醒文字。

fragment [ˋfrægmənt] 名 碎片

★ frag（破裂）+ ment（名詞字尾）→ 破掉的東西 → 碎片

例 Patrick Star dropped the vase, which broke into tiny fragments.
派大星失手掉了花瓶，破成許多小碎片。

fracture [ˋfræktʃɚ] 名 骨折

★ frag（破裂）+ ture（名詞字尾）→ 骨頭破裂 → 骨折

例 SpongeBob SquarePants has a fracture and needs to take a few days off work.
海綿寶寶骨折了，需要請假幾天。

fraction [ˋfrækʃən] 名 一小部分

★ frag（破裂）+ tion（名詞字尾）→ 破掉之後的東西 → 一小部分

例 This Bentley is only a fraction of my sports car collection.
這台賓利只是我跑車收藏裡的一小部分。

grate-、grati- 有「喜悅、感謝」的意思。	
 老派的全腦解讀	我向您跪（grate）「謝」。

grate-、grati-

 Track 061

grateful [ˋgretfəl] 形 感激的 反 **ungrateful** 形 忘恩負義的

★ grate（感謝）+ ful（充滿的，形容詞字尾）→ 充滿感謝的 → 感激的

例 Victims of the tsunami are grateful to Taiwanese people for their donations.
海嘯受災戶非常感謝台灣人民的捐款。

✲拜託記一下 用法如下：be grateful to 人 for 事。

gratitude [ˈgrætəˌtjud] 名 謝意

★ grati（感謝）+ tude（名詞字尾）→ 謝意

例 Students show their gratitude to lecturers by taking them to thank-you parties.

學生舉辦謝師宴，表達對老師的感謝。

---

gratuity [grəˈtjuətɪ] 名 小費；服務費

★ grat（感謝）+ uity（名詞字尾）→ 謝謝你的服務 → 小費

例 A gratuity is automatically added to your bill in most restaurants in Taiwan.

台灣大多數餐廳都已經把服務費自動加進帳單裡。

🔊 老派碎碎唸 小費的另外一個說法是 tip，但 gratuity 在多益考試中常看到。

---

congratulate [kənˈgrætʃəlˌet] 動 恭喜；祝賀　衍 congratulation 名

★ con（共同）+ grat（喜悅）+ ulate（動詞字尾）→ 一起為人感到喜悅 → 恭喜

例 At the start of the commencement ceremony, I would like to congratulate you on your achievements.

畢業典禮一開始，我想針對各位的成就向你們恭喜。

✱ 拜託記一下 congratulate 人 on 事；另外別忘了當名詞時一定是複數形態 congratulations，不妨用中文來思考，我們都會說恭喜恭喜（兩次），所以英文也要複數才對。

---

grate [gret] 動 磨碎

★ 這個字似乎跟字根搭不上關係，不妨用諧音記「跪」著磨東西。

例 You can either grate cheese by yourself or buy pre-grated cheese.

你可以自己現磨起司，也可以買已經磨好的起司。

habit-、**hibit-** 有「住」的意思，引申為「擁有」。

 老派的全腦解讀	諧音記：「住」在哈比（habit）家裡，或是 SHE 的 Hebe（hibit）所「擁有」的東西。

habit-、hibit-

 Track 062

---

habitat [`hæbə͵tæt] 名 棲息地

★ habit（住）+ at（名詞字尾）→ 住的地方 → 棲息地

例 The panda's natural habitat is located in Sichuan.
熊貓的自然棲息地位於四川。

---

inhabit [ɪn`hæbɪt] 動 居住於　衍 **inhabitant** 名 居民

★ in（裡面）+ habit（住）→ 住在裡面 → 居住於

例 No one inhabits the remote island.
沒有人住在那個偏遠島嶼。

---

inhibit [ɪn`hɪbɪt] 動 限制　衍 **inhibition** 名

★ in（裡面）+ hibit（擁有）→ 只能在裡面有（不能拿到外面來）→ 限制

例 His lack of confidence inhibits him from realizing his potential.
他缺乏自信，限制他無法發揮潛力。

---

exhibit [ɪg`zɪbɪt] 動 展覽；展示
衍 **exhibit** 名 展覽品　**exhibition** 名 展覽

★ ex（往外）+ hibit（擁有）→ 把有的東西拿到外面（給大家看）→ 展覽

例 Ju Ming, a world-class sculptor from Taiwan, will soon exhibit his new work in our art gallery.
來自台灣的世界級雕刻大師朱銘，即將在本藝廊展出新作。

---

prohibit [prə`hɪbɪt] 動 禁止　衍 **prohibition** 名

★ pro（前面）+ hibit（擁有）→ 在擁有什麼東西之前（就等於沒有）→（不
讓人有什麼東西）→ 禁止

例 Smoking is prohibited in all restaurants.
所有餐廳都禁止抽煙。

---

ject- 有「投擲」的意思。
 老派的全腦解讀	諧音記：把傑克（ject-）「投擲」出去。

ject-

 Track 063

project [prəˋdʒɛkt] 動 投射；預計
衍 **projection** 名　**projector** 名 投影機

★ pro（前面）+ ject（投擲）→ 把東西往前投 → 投射

例 The satellite was projected into space. We project it will go into the orbit in
three hours.
人造衛星被射到太空，我們預估三小時後會進入軌道。

Could you replace the old projector? It is not functioning well.
麻煩你把舊投影機換掉，它有點故障。

---

project [ˋprɑdʒɛkt] 名 計畫

例 We are collaborating on the project.
我們攜手進行這個計畫。

---

inject [ɪnˋdʒɛkt] 動 注射　衍 **injection** 名

★ in（裡面）+ ject（投擲）→ 把東西往裡投 → 注射

例 Can I ask that cute nurse to inject me?
我可以找那位俏護士幫我打針嗎？

object [əb`dʒɛkt] 動 反對　衍 **objection** 名

★ ob（相反）+ ject（投擲）→ 不投 → 反對

例 All of my friends object to going to Cashbox tonight.
我朋友全都反對今晚去錢櫃。

比較 **object** [`ɑbdʒɪkt] 名 物體；東西

例 You need to choose one from all these objects.
你要從這些東西裡頭選出一個。

objective [əb`dʒɛktɪv] 形 客觀的

★ object（物體）+ ive（形容詞字尾）→ 只講物體，就事論事，不談感覺
　→ 客觀的

例 The board stayed objective when they went through potential chairmen.
董事會在挑選董事長可能人選時維持客觀。

subject [`sʌbdʒɪkt] 名 主題

★ sub（在……之下）+ ject（投擲）→ 以某事爲基礎，一直拋東西出來 → 主題

例 The subject of my speech today is "How to Build an Affluent and Polite Society."
我今天演講的題目是：如何建立一個富而好禮的社會。

◁⁝ **老派碎碎唸** 說起來很丟臉，老派國中時被老師逼去參加演講比賽，就是講這個題目（當然是中文演講）。

labor- 有「工作」的意思。
老派的全腦解讀 　諧音記：老婆（labor）在「工作」。

labor-

labor [`lebə] 名 勞力；人力

例 This project requires a lot of labor.
這項工程需要許多勞力。

laborer [`lebərə] 名 勞工

★ labor（工作）+ er（人的字尾）→ 在工作的人 → 勞工

例 The number of foreign laborers in Taiwan increased by 9.73 percent in June.
台灣外籍勞工人數在六月增加了 9.73%。

laboratory [`læbrə,torɪ] 名 實驗室

★ labor（工作）+ atory（名詞字尾）→ 工作的地方 → 實驗室

例 They spent a tremendous amount of time in the laboratory.
他們花了很多時間在實驗室。

collaborate [kə`læbə,ret] 動 合作　衍 **collaboration** 名

★ col（= co，共同）+ labor（工作）+ ate（動詞字尾）→ 一起工作 → 合作

例 Jay and Fang often collaborate on music.
杰倫跟方文山經常在音樂方面合作。

elaborate [ɪ`læbə,ret] 動 詳細說明
衍 **elaborate** [ɪ`læbərɪt] 形 精巧的；詳盡的

★ e（向外）+ labor（工作）+ ate（動詞字尾）→ 對外努力 → 詳細說明

例 Could you elaborate on your previous job as a betel nut girl?
可以請你仔細談一下你之前當檳榔西施的工作嗎？

I love that dress with an elaborate pattern.
我好愛那件花樣精巧的洋裝。

🔊 老派碎碎唸 注意到了嗎？！雖然拼法相同，但動詞和形容詞的發音不同喔！

lect-、lig- 有「選擇」的意思。
老派的全腦解讀	要拉客（lect-）也要「選」一下。

lect-、lig-

（略）

 Track 065

elect [ɪˋlɛkt] 動 選舉　衍 **election** 名

★ e（向外）+ lect（選）→ 選出來 → 選舉

例 Thank you for electing me as President of the club.
感謝各位選我當本俱樂部的會長。

collect [kəˋlɛkt] 動 收集　衍 **collection** 名

★ col（= co，一起）+ lect（選）→ 選來放在一起 → 收集

例 My mom's biggest hobby is to collect coupons.
我娘最大的嗜好是收集折價券。

neglect [nɪgˋlɛkt] 動 忽視；忽略　衍 **neglect** 名

★ neg（= negative，負面）+ lect（選）→ 不選 → 忽視

例 He was so focused on organizing the exhibit that he neglected his family life.
他太專注於籌備展覽會，因此忽略了家庭生活。

eligible [ˋɛlɪdʒəb!] 動 合適的

★ e（向外）+ lig（選）+ ible（形容詞字尾）→ 可選出來的 → 合適的

例 You have to be a subscriber to be eligible for the discount.
您必須是我們的訂戶才有資格享受折扣。

delegate [ˋdɛləˏget] 動 授權　衍 **delegation** 名

★ de（向下）+ leg（選）+ ate（動詞字尾）→ 選出來往下給 → 授權

（略）

例 Successful bosses delegate as much responsibility and authority as their subordinates can handle.

將部屬有能力處理的工作與權力授權給他們，這樣才是成功的老闆。

---

intellectual [ˌɪntl̩`ɛktʃʊəl] **動** 智力的；要動腦的

★ intel（=inter，裡面）+ lect（選）+ ual（形容詞字尾）→ 心裡知道怎麼選擇 → 智力的

例 *Million Dollar Classroom* is too intellectual for me. I may fail at the first question.

《百萬小學堂》對我來說太難了，我可能第一題就失敗。

---

lecture [`lɛktʃə] **名** 演講；講課

★ lect（選擇）+ ure（名詞字尾）→ 選好資料（才講出來）→ 演講

例 Our course will invite business leaders to give insightful lectures.
我們的課程將邀請業界領導人做精闢的演講。

---

loc- 有「位置」的意思。	
 老派的全腦解讀	可用 local 或 location 來理解和背這個字根。

loc-

 Track 066

local [`lokl̩] **形** 當地的；地方上的

例 He is a local celebrity.
他是我們這個地方的名人。

---

location [lo`keʃən] **名** 地點

例 The resort is in a prime location.
這個渡假勝地位於黃金地段。

locate [lo`ket] 動 位於

例 Kenting is located at the southern tip of Taiwan.
墾丁位於台灣南端。

◁ 老派碎碎唸 locate 這個單字常用被動式 be located at。

allocate [`ælə͵ket] 動 分配；撥出 衍 allocation 名

★ al（使）+ locate（位於）→ 把某東西放在某地方 → 分配；撥出

例 The president will allocate NT$10 million to each department.
總裁將撥款一千萬元到每個部門。

relocate [ri`loket] 動 搬遷

★ re（再次）+ locate（位於）→ 又要到新的地方 → 搬遷

例 Mr. Lien relocated to the eight floor while he had his office redecorated.
連先生在整修辦公室時，先搬到八樓去。

---

mal- 有「壞的、不好的」意思。	
 老派的全腦解讀	諧音記：謀（mal-）害是壞事。

mal-

 Track 067

malfunction [mæl`fʌŋkʃən] 動 故障 衍 malfunction 名

★ mal（壞）+ function（功能）→ 功能壞了 → 故障

例 The flashing red light indicates the projector is malfunctioning.
閃紅燈顯示投影機故障了。

malicious [mə`lɪʃəs] 形 惡意的　衍 **malice** 名

★ mal（壞）+ li + cious（形容詞字尾）→ 壞的 → 惡意的

例 Facebook was attacked by malicious hackers last week.
臉書上週遭到不肖駭客的侵入。

malignant [mə`lɪgnənt] 形 惡性的

★ mal（壞）+ ig（否定）+ nant（形容詞字尾）→ 惡性的

例 Since Michael Douglas had a malignant tumor removed, he has recovered really well.
自從麥克‧道格拉斯把惡性腫瘤割除後，復原狀況很好。

malnutrition [ˌmælnju`trɪʃən] 名 營養不良

★ mal（壞）+ nutrition（營養）→ 營養不良

例 Angelina Jolie visits Africa regularly, where many children suffer from malnutrition.
安潔莉娜‧裘莉定期到非洲探視，那裡有許多兒童營養不良。

malpractice [mæl`præktɪs] 名 失職；瀆職

★ mal（壞）+ practice（執業）→ 失職

例 Chumei sued the plastic surgeon for malpractice.
許存美告整型醫生醫療疏失。

mit-、miss- 有「傳送」的意思。	
 老派的全腦解讀	諧音記：「傳送」到 MIT，或她是「傳送」小姐（miss）。

mit-、miss-　 Track 068

emit [ɪˋmɪt] 動 放射；釋放　衍 **emission** 名

★ e（往外）+ mit（傳送）→ 往外送 → 釋放

例 Cars, which emit carbon dioxide, are a big source of air pollution.

車輛釋放出二氧化碳，是空氣污染的一大來源。

[來句順口溜] A-Mit（阿密特）emits great energy（熱力四射）。

---

vomit [ˋvɑmɪt] 動 嘔吐

★ vo（聲音）+ mit（傳送）→ 傳送的聲音（請想像嘔吐發出的聲音）→ 嘔吐

例 I panicked when my baby vomited milk.

我家小寶貝吐奶，我整個人都慌了。

---

admit [ədˋmɪt] 動 承認；允許入內　衍 **admission** 名

★ ad（加強）+ mit（傳送）→ 把資訊傳送給對方 → 承認

例 After Flower was admitted to hospital for vomiting, I admitted to her I let her drink expired milk by accident.

阿花因為嘔吐被送到醫院後，我跟她承認我不小心讓她喝了過期牛奶。

[拜託記一下] admission fee 入場費

---

submit [səbˋmɪt] 動 提交　衍 **submission** 名

★ sub（在……之下）+ mit（傳送）→ 從下往上傳 → 提交

例 Feeling neglected by his supervisor, he submitted his resignation.

他覺得被上司冷落，所以提出辭職信。

---

omit [oˋmɪt] 動 略去；刪去　衍 **omission** 名

★ o（離開）+ mit（傳送）→ 把某東西傳走 → 刪去

例 Some characters of the *Twilight* novel have been omitted from the film.

《暮光之城》小說裡有些角色在電影中被刪掉了。

---

mission [ˋmɪʃən] 名 使命

★ mis（傳送）+ sion（名詞字尾）→ 傳送出去（想像使命必達）→ 使命

例 Celebrity chef Jamie Oliver is on a mission to get primary school children eating healthier food.

名廚奧利佛有個使命，就是要讓國小學生吃得更健康。

❀ 寓教於樂 感謝阿湯哥的電影《不可能的任務》（*Mission Impossible*），讓這兩個單字無人不知無人不曉。

✎ 順便學一下 missionary 是「傳教士」的意思。偶爾在街上看到的摩門教朋友，就是 missionary。

---

over- 之前學過有「上面」的意思，這裡引申為「超過」的意思。

 老派的全腦解讀	我們常說這個人太 over（超過）了。

over-

 Track 069

overseas [`ovɚ`siz] 形 海外的　衍 **overseas** 副

★ over（超過）+ seas（海洋）→ 超過這片大海 → 海外

例 Carrefour made profits by expanding into overseas markets.

家樂福拓展到海外市場而獲利。

overdue [`ovɚ`dju] 形 過期的

★ over（超過）+ due（到期）→ 超過到期日 → 過期

例 I have to pay fines because my comic books are overdue.

我借的漫畫書過期了，所以得付罰金。

overestimate [ˌovɚ`ɛstəˌmet] 動 高估（金額、能力）

反 **underestimate** 動 低估

★ over（超過）+ estimate（預估）→ 超過預估 → 高估

例 I overestimated your capabilities. You really disappointed me.
我高估了你的能力,你太讓我失望了。

---

overnight [`ovɚ`naɪt] 副 隔夜地;一夕之間地　衍 **overnight** 形

★ over(超過)+ night(晚上)→ 超過一個晚上 → 隔夜

例 Don't leave dirty dishes in the sink overnight.
不要把髒碗盤放在洗碗槽裡隔夜不洗。

Susan Boyle is a classic example of an overnight success.
蘇珊大嬸是一夜成名的最佳例子。

---

overtime [`ovɚ͵taɪm] 副 超時地　衍 **overtime** 形 加班的

★ over(超過)+ time(時間)→ 超過時間 → 超時地

例 I am really upset that I worked overtime but didn't get any overtime pay.
加班又沒有加班費,我真的很不爽。

---

part- 有「部分」的意思。
 老派的全腦解讀	這個字根太簡單了,part 本來就是「部分」的意思。

part-

 Track 070

partial [`pɑrʃəl] 形 偏袒的　衍 **impartial** 形 公正的

★ part(部分)+ ial(形容詞字尾)→ 有分的 → 偏袒的

例 My parents are partial to my brother. Maybe I am adopted.
我爸媽總是偏袒我哥。搞不好我是領養來的。

---

partner [`pɑrtnɚ] 名 伙伴;合夥人　衍 **partner** 動 與……合作

★ part(部分)+ ner(人,字尾)→ 大家都是一份子 → 伙伴

例 Barbie and Kenny are partners in life and in business.

芭比和肯尼是人生伴侶，也是事業合夥人。

particular [pəˋtɪkjələ] 形 特別的；特殊的　衍 **particularly** 副 尤其

★ part（部分）+ icul（=icle，小東西）+ ar（形容詞字尾）→ 整體裡的一部分
→ 特別的

例 Mr. Krabs dismissed Spongebob Squarepants for no particular reason.

蟹老闆沒有特殊理由就把海綿寶寶解僱。

participate [pɑrˋtɪsə‚pet] 動 參與　衍 **participation** 名

★ parti（部分）+ cip（握拿）+ ate（動詞字尾）→ 拿著東西成為一份子 → 參與

例 The teacher encouraged everybody to participate in the seminar.

老師鼓勵大家踴躍參加座談會。

depart [dɪˋpɑrt] 動 啟程；出發
衍 **departure** 名　反 **arrival** 名 抵達

★ de（離開）+ part（部分）→ 從整體離開 → 啟程

例 Dear passengers, may I have your attention please! The train to Taichung
will be departing soon.

親愛的乘客請注意，開往台中的火車即將出發。

◁ 老派碎碎唸　機場、車站等場景是多益聽力常考類型，arrival 和 departure 出
現頻率很高。

pass- 有「通過」的意思。
 老派的全腦解讀	這個字根太簡單了，pass 本來就是通過的意思。

pass-

passport [`pæs,port] 名 護照

★ pass（通過）+ port（港口）→ 通過機場、港口要拿的東西 → 護照

例 Before you travel abroad, make sure your passport hasn't expired.

出國前請確認護照還沒有過期。

passerby [`pæsɚ`baɪ] 名 路人

★ pass（通過）+ er（人）+ by（經過）→ 經過的人 → 路人

例 The street performer's music attracted many passersby.

這位街頭藝人的音樂吸引了許多路人。

✽ 拜託記一下 複數是 passersby（s 加在 -er 後面）

passage [`pæsɪdʒ] 名 通道、走廊；（文章的）一小段

★ pass（通過）+ age（名詞字尾）→ 通道

例 His office is just at the end of the passage.

他的辦公室就在走廊底。

Doraemon, could you please read the passage for us.

哆啦 A 夢，麻煩你為大家讀一下這段文字。

passenger [`pæsn̩dʒɚ] 名 乘客

★ pass（通過）+ eng（ing 的變形）+ er（人）→ 正在通過的人 → 乘客

例 The Titanic had a capacity of 3,600 passengers.

鐵達尼號可容納 3,600 名乘客。

trespass [`trɛspəs] 動 擅自進入

★ tres（傳輸）+ pass（通過）→ 通到（我家裡）→ 擅自進入

例 We are considering suing our neighbor, who trespassed into our garden last night.

我們正在考慮告鄰居，他昨晚擅自闖入我們家的院子。

✱寓教於樂 妮可‧基嫚和尼可拉斯‧凱吉 2011 年合演了一部《非法入侵》，英文片名就叫 *Trespass*。

per- 有「穿透」的意思。
老派的全腦解讀   諧音記：「穿透」後就破（per-）了。

per-

permit [pə`mɪt] 動 准許；許可

衍 **permission** 名 許可   **permit** [`pɜmɪt] 名 許可證

★ per（穿透）+ mit（傳送）→ 傳透透 → 許可

例 Sir, you are not permitted to linger here. You need a permit to be in this area.
先生，你不能在這裡逗留，你需要有許可證才能在這裡。

◁ 老派碎碎唸 請留意 permit 當動詞和名詞時的發音不同喔。

---

perform [pə`fɔrm] 動 表演

衍 **performance** 名 表演   **performer** 名 表演者

★ per（穿透）+ form（形狀）→ 讓藝術有形狀 → 表演

例 Fahrenheit performed ten songs at the concert. I enjoyed their performance. They were great performers.
飛輪海在演唱會表演了十首歌，我很享受他們的表演，他們是很好的表演者。

---

permanent [`pɜmənənt] 形 永久的

★ per（穿透）+ man（人）+ ent（形容詞字尾）→ 橫貫古今人類 → 永久的

例 Oh, A-hua! My love for you is permanent.
喔，阿花！我對妳的愛綿綿無絕期。

✎ 來句順口溜 髮型師幫我燙了個 permanent 的 perm（燙髮）。

perceive [pɚ`siv] 動 意識到；看成是　衍 **perception** 名

★ per（穿透）+ ceive（握拿）→ 穿透皮膚，掌握到你的心思 → 意識到

例 Employers often perceive older workers to be more mature or reliable.
雇主常會覺得年紀較大的員工做事比較成熟可靠。

persist [pɚ`sɪst] 動 繼續存在　衍 **persistent** 形

★ per（穿透）+ sist（站）→ 從頭站到底 → 一直都在

例 Justin Bieber's cough has persisted for weeks. I don't think he will be able to perform today.
小賈斯汀的咳嗽持續了好幾週，今天應該無法表演了。

persuade [pɚ`swed] 動 說服　衍 **persuasion** 名
反 **dissuade** 動 勸阻

★ per（穿透）+ suade（勸告）→ 說服

例 The marketing manager persuaded his boss to give the department a bigger budget.
行銷部經理說服老闆給部門更多預算。

perspective [pɚ`spɛktɪv] 名 看法，觀點；洞察力

★ per（穿透）+ spect（看）+ ive（名詞字尾）→ 看透透 → 看法

例 Keeping an objective perspective on your investment will help you make more profit.
對你的投資維持客觀看法，有助於你獲利更多。

老派的全腦解讀	諧音記：「點點」你那顆龐克頭（punct-）。

punct-

punctual [ˋpʌŋktʃʊəl] 形 準時的；精確的

★ punct（點）+ ual（形容詞字尾）→ 整點的 → 準時的

例 The shuttle bus is never punctual.
這路接駁公車每次都會誤點。

---

punctuate [ˋpʌŋktʃʊ͵et] 動 加標點　衍 **punctuation** 名 標點符號

★ punt（點）+ u + ate（動詞字尾）→ 加標點

例 The comma and the period are two of the most commonly used punctuation marks.
逗點與句點是兩個最常用到的標點符號。

---

puncture [ˋpʌŋktʃɚ] 動 刺破　衍 **puncture** 名

★ punt（點）+ ure（動詞字尾）→ 刺出一小點的洞 → 刺破

例 Shit! Someone punctured my tires!
可惡！我的輪胎被人刺破了！

---

acupuncture [ˋækjʊ͵pʌŋktʃɚ] 名 針灸

★ acu（敏銳的）+ puncture（刺）→ 敏銳地刺 → 針灸

例 I got over 100 needles stuck all over my body during the acupuncture session. I looked like a porcupine.
我去針灸時全身上下被刺了超過一百多針，看起來活像刺蝟。

-quir、-quis、-quest、-quer 有「尋求；問」的意思。

 老派的全腦解讀	諧音記：「尋求」龜兒（quir）要「問」清楚；或用 question（問題）來反背字根。

-quir-、-quis、-quest、-quer Track 074

inquire [ɪn`kwaɪr] 動 詢問　衍 inquiry 名

★ in（裡面）+ quire（尋求）→ 往對方心裡面尋求（答案）→ 詢問

例 Hi, I am calling to inquire about a particular product in your latest furniture catalogue.
你好，我打（電話）來是想詢問你們最新家具目錄上的一個產品。

acquire [ə`kwaɪr] 動 取得；收購　衍 acquisition 名

★ ac（要去）+ quire（尋求）→ 去找對象（有目的）→ 收購

例 We plan to acquire a smaller rival in the foreseeable future.
我們計畫在可預見的未來收購一家規模較小的對手。

require [rɪ`kwaɪr] 動 需要　衍 requirement 名 必要的事物

★ re（再次）+ quire（尋求）→ 求了又求 → 需要

例 This position requires excellent communications skills and at least five years of relevant experience.
本職位需要有絕佳的溝通技巧與至少五年的相關經驗。

request [rɪ`kwɛst] 動 請求；要求　衍 request 名

★ re（再次）+ quest（尋求）→ 求了又求 → 請求

例 I am writing to request a quote for the following conference materials: ten large banners and 20 full-color posters.
寫這封信是想請你們針對以下會議用品報價：十幅大型旗幟以及二十張全彩海報。

順便學一下 打電話到電台點歌，可以講 I'd like to request a song.

老派的全腦解讀	這個字根在「方位」字根就講過了，但實在太重要，我們再來複習一次。

re-

remind [rɪˋmaɪnd] 動 提醒

★ re（再次）+ mind（心裡）→ 讓某事再度回到心裡 → 提醒

例 My wife reminded me of our wedding anniversary and she requested a diamond ring.

我老婆提醒我結婚紀念日到了，還要求要鑽戒。

---

renew [rɪˋnju] 動 更新　衍 **renewal** 名

★ re（再次）+ new（新）→ 再次變成新的 → 更新

例 The gym called me and reminded me to renew my membership.

健身房打電話給我，提醒我要記得更新會員資格。

---

restore [rɪˋstor] 動 恢復；重新採用

★ re（再次）+ store（儲存）→ 讓某事物再度存回來 → 恢復

例 The top priority after the natural disaster is to restore order.

這次天災發生後的首要之務是要重建。

---

recycle [riˋsaɪkl] 動 回收

★ re（再次）+ cycle（循環）→ 再循環 → 回收

例 We should educate our children about the importance of recycling.

我們應該教育小孩子回收的重要性。

 順便學一下 recycled paper 再生紙；recycle bin 資源回收桶

---

refund [ˋriˌfʌnd] 名 退款

★ re（反向）+ fund（資金）→ 錢反過來給 → 退款

例 I asked for a refund when I saw a cockroach floating in my beef noodles.
　　我看到有隻蟑螂飄在牛肉麵裡，要求老闆退錢。

📖 **順便學一下** refundable 可退款的；a full refund 全額退款

---

repay [rɪ`pe] 動 償還

★ re（反向）+ pay（付錢）→ 你之前借我錢，我現在反向還給你 → 償還

例 I repaid the money she lent me but I will never be able to repay her kindness.
　　她借我的錢，我還了，但她的恩惠，我是永遠還不完的。

---

replace [rɪ`ples] 動 取代　衍 replacement 名

★ re（再次）+ place（位置）→ 換個人再站在同樣位置 → 取代

例 Cher Wang has replaced Terry Gou to become Taiwan's wealthiest person.
　　王雪紅取代郭台銘成為台灣首富。

---

review [rɪ`vju] 動 回顧；檢討　衍 review 名

★ re（再次）+ view（看）→ 再看一次 → 回顧

例 The executives are reviewing my proposal.
　　幾位主管正在審視我的提案。

---

repair [rɪ`pɛr] 動 修理　衍 repair 名

★ re（再次）+ pair（一對）→ 再讓東西恢復原狀（和原本好像一對）→ 修理

例 The sign indicates there are people repairing the road ahead.
　　這個標記顯示前面有人在修路。

---

reaction [rɪ`ækʃən] 名 反應

★ re（反向）+ action（行動）→ 對方有行動，我反向行動回去 → 回應

例 What was her reaction when you proposed to her?
　　你跟她求婚時，她的反應是什麼？

 老派的全腦解讀	細（se）「分」；或用 separate 來反背字根。

se-

 Track 076

sever [`sɛvə] 動 切斷　衍 severance 名

★ se（分開）+ ver（動詞字尾）→ 切斷

例 Our company has decided to sever all ties with that distributor.
我們公司決定要跟那家通路商斷絕所有關係。

✲ 拜託記一下 severance pay 資遣費

section [`sɛkʃən] 名 部分；部門（處，科）

★ se(c)（分開）+ tion（動詞字尾）→ 切分成小部分 → 部門

例 Please revise these sections of the document and submit it to the accounting section as soon as possible.
請把文件這幾個部分修一下，明天送交到會計室。

🖋 順便學一下 橘子、柳丁的一塊或一片也叫 section。

select [sə`lɛkt] 動 挑選　衍 selection 名

★ se（分開）+ lect（選擇）→ 選其中一個，跟整體分開 → 挑選

例 Sally and Sam selected the Maldives as their honeymoon destination and set out on the election day.
莎莉和山姆蜜月旅行選擇去馬爾地夫，在選舉日出發。

secure [sɪ`kjʊr] 形 安全的；穩固的　衍 security 名

★ se（分開）+ cure（照料）→ 把東西分出來特別照料 → 安全的

例 The rich guy didn't feel secure at his home and hired a security guard.
那個好野人在家也覺得不安全，請了一個保鏢。

老派的全腦解讀	「跟隨」拜四果（sequ）。

sequ-、secu-

sequel [`sikwəl] 名 續集

★ sequ（跟隨）+ el（名詞字尾）→ 接著下來的東西 → 續集

例 When will the sequel of *Golden Ferris Wheel* come out?
《金色摩天輪》的續集什麼時候出來？

sequence [`sikwəns] 名 次序；連續

★ sequ（跟隨）+ ence（動作的名詞字尾）→ 一個接著一個來 → 連續

例 The Yankees had a sequence of victories last season.
洋基隊上季連續贏球。

consequence [`kɑnsə͵kwɛns] 名 後果

★ con（一起）+ sequence（連續）→ 接續在某事後面一起出現 → 後果

例 Drunk driving can have disastrous consequences.
酒醉駕車可能會導致不堪設想的後果。

consecutive [kən`sɛkjʊtɪv] 形 連續的；連貫的

★ con（一起）+ sequ（連續）+ tive（形容詞字尾）→ 連續的

例 The important negotiation has lasted for three consecutive days.
這場重要談判連續進行了三天。

sens-、sent- 有「感覺」的意思。

老派的全腦解讀	三思（sens）而後行的「感覺」。

sens-、sent-

 Track 078

sensible [ˋsɛnsəb]] **形** 明智的；合理的

★ sens（= sense，明智）+ ible（形容詞字尾）→ 明智的

例 Our trainers give sensible advice on how to lose weight.
我們的教練針對減重給予聰明建議。

sensation [sɛnˋseʃən] **名** 感覺，知覺；轟動的人事物
衍 sensational 形 轟動的

★ sens（感覺）+ ation（名詞字尾）→ 感覺

例 Celine Dion is a sensational singer. Her music always gives me wonderful sensations.
席琳‧迪翁是個超讚的歌手，聽她的歌都會讓我感覺很好。

sentimental [ˌsɛntəˋmɛnt]] **形** 多愁善感的
衍 sentiment 名 感情；感傷

★ senti（感覺）+ ment（名詞字尾）+ al（形容詞字尾）→ 感覺豐富
→ 多愁善感的

例 Dayu is so sentimental that she buries fallen petals.
黛玉多愁善感，會把掉落的花瓣埋葬起來。

sensitive [ˋsɛnsətɪv] **形** 敏感的　　**衍 sensitivity 名**

★ sensi（感覺）+ tive（形容詞字尾）→ 敏感的

例 Stop talking about my bald patch. I am very sensitive about it.
不要再聊我禿頭的地方，我很敏感的。

consent [kən`sɛnt] 名 同意

★ con（相同）+ sent（感覺）→ 感覺跟你一樣 → 同意

例 You will need your parents' consent to buy this video game.
買這款遊戲你需要有父母的同意。

trans- 有「轉移、轉換」的意思。	
 老派的全腦解讀	太好記了吧，trans- 剛好聽起來像「傳輸」。

trans-

 Track 079

transform [træns`fɔrm] 動 轉變　衍 **transformation** 名

★ trans（轉換）+ form（形狀）→ 轉換形狀 → 轉變

例 In the film *Transformers*, the truck transforms into Optimus Prime.
在電影《變形金剛》中，這輛卡車會變成柯博文。

transfer [træns`fɜ] 動 轉移；調動　衍 **transfer** [`trænsfɜ] 名

★ trans（轉移）+ fer（攜帶）→ 把東西從 A 轉到 B → 轉移

例 Due to his excellent performance, he will be transferred to China to run a factory.
因為他表現優異，之後將會調到中國管理一家工廠。

◀》老派碎碎唸　注意到了沒，transfer 當動詞和名詞時的重音不同喔。

transport [`træns,pɔrt] 名 交通；運輸

★ trans（轉移）+ port（攜帶）→ 把東西從 A 轉到 B → 交通

例 Taipei has a convenient public transport system.
台北擁有便利的大眾交通運輸系統。

transit [ˋtrænsɪt] 名 過境

★ trans（轉移）+ it（名詞字尾）→ 從 A 國轉到 B 國 → 過境

例 Passengers in transit need to go through security checks again.
過境旅客必須再進行一次安檢。

translate [trænsˋlet] 動 翻譯　衍 **translation** 名

★ trans（轉移）+ late（動詞字尾）→ 從一種語言轉換到另一種 → 翻譯

例 I can translate Mandarin Chinese into four languages, including American English, British English, Australian English and broken English.
我能把中文翻成四種語言，包括美式英文、英式英文、澳洲英文，以及破英文。

transmit [trænsˋmɪt] 動 傳輸；傳染　衍 **transmission** 名

★ trans（轉移）+ mit（傳送）→ 傳播

例 Data is transmitted more quickly over a broadband network than a dial-up connection.
資訊經由寬頻網路傳輸的速度快過撥接連線。

transplant [ˋtræns͵plænt] 名 (器官)移植　衍 **transplant** 動

★ trans（轉移）+ plant（種植）→ 把某物從 A 植入 B → 移植

例 The doctor has done so many kidney transplants that he could operate with his eyes closed.
這位醫生動過太多次腎臟移植手術，眼睛閉著都能開。

transparency [trænsˋpɛrənsɪ] 名 透明　衍 **transparent** 形

★ trans（轉移）+ parency（= appear，顯現）→ 轉移到能顯現的對立一端 → 透明

例 Investors should avoid companies that lack transparency in their business operations.
投資人應該避開營運缺乏透明化的公司。

transaction [træn`zækʃən] 名 交易

★ trans（轉移）+ action（行動）→ 轉來轉去的行爲 → 交易

例 I currently use my credit card for every possible transaction, because I can accumulate bonus points.

我目前有任何交易都盡量使用信用卡，因為這樣可以累積紅利點數。

vac-、vacu- 有「空」的意思。

老派的全腦解讀	諧音記：「空」乏（vac-）其身；或是由 vacuum 來反背字根。

vac-、vacu-

 Track 080

vacation [ve`keʃən] 名 假期

★ vac（空）+ a + tion（名詞字尾）→ 家裡空空的，去渡假了 → 假期

例 We are having afternoon tea everyday since our boss is on vacation with his mistress.

我們每天都吃下午茶，因為老闆正在跟小三去渡假。

vacuum [`vækjʊəm] 名 真空

衍 **vacuum** 動 用吸塵器吸　　**vacuum cleaner** 名 吸塵器

★ vac（空）+ uum（名詞字尾）→ 空 → 眞空

例 Gosh, this vacuum cleaner is so effective that it sucks up all the dog hair.

媽啊，這台吸塵器太強了，把狗毛都吸光了。

vacant [`vekənt] 形 空的；空缺的　　衍 **vacancy** 名

★ vac（空）+ ant（形容詞字尾）→ 空的

例 I was told your company has several vacant positions.

我聽說貴公司目前有幾個職缺。

evacuate [ɪˋvækjʊˏet] 動 撤離　衍 **evacuation** 名

★ e（= ex，往外）+ vac（空）+ ate（動詞字尾）→ 都往外跑而空空如也
　→ 撤離

例 People living within 30 kilometers of the Fukushima Daiichi plant were
　evacuated after reports of possible radiation leaks.
　傳出輻射可能外洩的消息後，居住在福島第一核電廠三十公里內的民眾立刻被撤離。

-rupt 有「破裂」的意思。

老派的全腦解讀	可以用諧音這樣記：「爛葡萄」（rupt）容易破裂。

-rupt

 Track 081

erupt [ɪˋrʌpt] 動 爆發　衍 **eruption** 名

★ e（= ex，往外）+ rupt（破裂）→ 往外破裂 → 爆發

例 After a volcano erupted in Iceland, many flights in Europe were cancelled.
　Passengers' tempers also erupted at airports.
　冰島有座火山爆發後，許多歐洲航班都被取消。機場裡，乘客的脾氣也爆發了。

abrupt [əˋbrʌpt] 形 突然的　衍 **abruption** 名

★ ab（離開）+ rupt（破裂）→ 從正常情況分裂 → 突然的

例 The abrupt change in the entrance exam policy has upset parents and
　students alike.
　入學考試政策突然改變，讓家長跟學生都很抓狂。

corrupt [kəˋrʌpt] 形 腐敗的；受賄的　衍 **corrupt** 動 使腐敗

★ cor（= co，一起）+ rupt（破裂）→ 你我一起破掉 → 腐敗

例 Some corrupt government officials are taking bribes from big companies.
有些腐敗的官員向大企業收賄。

disrupt [dɪsˋrʌpt] 動 擾亂　衍 disruption 名

★ dis（相反）+ rupt（破裂）→ 跟別人相反而造成對方破裂 → 擾亂

例 The traffic is disrupted by a group of protesters in the middle of the road.
交通被路中間的一群抗議人士所打亂。

bankrupt [ˋbæŋkrʌpt] 形 破產的　衍 bankruptcy 名

★ bank（銀行）+ rupt（破裂）→ 銀行破裂了 → 破產的

例 How am I going to survive if LV and Gucci go bankrupt?
如果 LV 跟 Gucci 破產了，叫我怎麼活？

📖 順便學一下　公司破產也可以說 out of business 或 go bust。

interrupt [ˌɪntəˋrʌpt] 動 打斷（說話、行動）　衍 interruption 名

★ inter（互相）+ rupt（破裂）→ 互相的溝通破局了 → 打斷

例 One of the protesters shouted and interrupted the president's speech.
有個抗議者破口大罵，打斷了總統的演講。

vert-、vers- 有「轉變」的意思。	
 老派的全腦解讀	「轉變」成佛陀（vert-）或佛寺（vers-）。

vert-、vers-

 Track 082

convert [kənˋvɝt] 動 轉換　衍 conversion 名

★ con（強調）+ vert（轉變）→ 轉換

例 My apartment is small, so I bought a sofa that converted to a bed.
我住在小公寓，所以買了一張沙發床（可以轉變成床的沙發）。

version [`vɜʒən] 名 版本

★ vers（轉變）+ ion（名詞字尾）→ 轉變之後的東西 → 版本

例 Madonna will release a new version of her popular single *Like a Virgin*.
瑪丹娜要推出她暢銷單曲《宛如處女》的新版本。

✻ 寓教於樂 請留意 version 跟 virgin 的發音，不要每次唱 Like A Virgin（宛如處女），都唱成了「宛如版本」，挖哩咧。

versatile [`vɜsət!] 形 多才多藝的

★ versa（= vers，轉變）+ tile（形容詞字尾）→ 變來變去 → 多才多藝的

例 She sends her son to all kinds of classes. No wonder the boy is versatile.
她把兒子送到各種才藝班去，難怪他這麼多才多藝。

vertical [`vɜtɪk!] 形 垂直的
反 horizontal [ˌhɑrəˈzɑnt!] 形 水平的

★ vert（轉變）+ ical（形容詞字尾）→（原本都是水平線，突然變了方向）
→ 垂直的

例 It is difficult to draw a vertical line without a tool.
沒有工具要畫出垂直線很難。

✎ 順便學一下 怕把水平和垂直搞混的人，可以這樣記：勝利手勢 V(ertical)
都是比垂直的，對吧。

subvert [səbˈvɜt] 動 推翻；顛覆

★ sub（往下）+ vert（轉變）→ 往下把某物剷走，帶來新變化 → 推翻

例 Lady Gaga's success has subverted the common notion that female
singers have to look gorgeous and be extremely slim.
女神卡卡的成功顛覆了一般人的觀念，那就是女歌手看起來要美如天仙、瘦不啦嘰的。

老派的全腦解讀	微微（vivi）有「生命」跡象；薇薇（vivi）安很有「生命力」。

vivi-、vive-

 Track 083

---

vivid [ˋvɪvɪd] 形 生動的；鮮明的

★ vivi（生命）+ (i)d（形容詞字尾）→ 有生命的 → 生動的

例 I have a vivid memory of my first kiss. The guy was literally licking my face.
我初吻的記憶很鮮明。那個男的根本是用舔的。

---

revive [rɪˋvaɪv] 動 復活；（使）再流行　衍 **revival** 名

★ re（再次）+ vive（生命）→ 再次有生命 → 復活

例 The new CEO has revived our morale by allowing everyone to play PlayStation games at lunch break.
新執行長允許大家午餐休息時間打 PS，把大家的士氣又帶起來了。

---

survive [səˋvaɪv] 動 存活　衍 **survival** 名

★ sur（在……之上）+ vive（生命）→ 凌駕生命 → 存活

例 All the passengers miraculously survived the accident.
所有乘客在車禍後都奇蹟地存活下來。

---

vital [ˋvaɪtl] 形 重要的　衍 **vitality** 名

★ vita（= vivi，生命）+ l → 攸關生命的 → 重要的

例 A strong command of business English vocabulary is vital to scoring high on TOEIC.
多益要考高分，擁有大量的商業英文字彙很重要。

vitamin [`vaɪtəmɪn] 名 維他命

★ vita（= vivi，生命）+ min（名詞字尾）→ 攸關生命的東西 → 維他命

例 While vitamins are no substitute for medicine, they can still play a positive role in many women's health.

儘管維他命不能替代藥物，但卻能有益許多婦女朋友的健康。

✱ 寓教於樂 下次喝維大力時，注意一下它的英文名字是 Vitali。

各種詞性的字尾

看了以上單字的拆解，大家對各種詞性的字尾應該都有印象了吧。現在就為大家把最常出現的幾個詞性字尾統整如下：

◎ Track 084

名詞字尾：-sion、-tion、-ment

 老派的全腦解讀	-sion、-tion、-ment 唸起來像「聲」、「雄」、「門」，我們為了把三個音跟「名」詞作結合，所以諧音記成：民（名）雄生於有名聲的名門。

-tion、-sion

例字 **action**（動作）、**notion**（觀念）、**option**（選擇）、**attraction**（吸引）、**election**（選舉）、**prevention**（預防）、**decision**（決定）、**discussion**（討論）、**expansion**（擴張）

-ment

例字 **agreement**（同意）、**punishment**（處罰）、**treatment**（待遇）、**advertisement**（廣告）

◎ Track 085

動詞字尾：-ate、-ize

 老派的全腦解讀	-ate、-ize 唸起來像「せ」、「矮子」，我們為了把兩個音跟「動」詞作結合，所以諧音記成：せ、矮子「動」了。

-ate

例字 **activate**（啟動）、**originate**（發源於）、**concentrate**（集中）

-ize

例字 **realize**（實現）、**organize**（組織）、**sterilize**（消毒）

形容詞字尾：-able（-ible）、-ous、-ive、-ate、-ful

 老派的全腦解讀	這個我們不用諧音，直接從我們原本就知道的單字來反背字根。例如：able、full 原本就是形容詞，現在只是把它們拿來當作字根。其他幾個不妨從以下舉例的單字，找出你本來就會的（已知），再來反背字根（未知）。

-able

例字 **doable**（可行的）、**agreeable**（宜人的）、**preventable**（可預防的）

-ful

例字 **beautiful**（美麗的）、**useful**（可用的）、**harmful**（有害的）、**successful**（成功的）、**mouthful**（滿嘴的）

-al

例字 **total**（完全的）、**oral**（口頭的）、**natural**（自然的）、**personal**（個人的）、**national**（國家的）

-tive

例字 **active**（活躍的）、**creative**（有創意的）、**talkative**（多話的）

-ate

例字 **late**（遲到的）、**private**（私人的）、**fortunate**（幸運的）、**intimate**（親密的）

-(i)ous

例字 **delicious**（美味的）、**serious**（嚴肅的）、**previous**（先前的）、**curious**（好奇的）、**humorous**（幽默的）

和「數字」有關的字根

uni-、bi-、tri-、cent-、kilo-

 老派的全腦解讀	可以用諧音這樣記：由你（uni）的「意（一）」、拜（bi）「兩」次、踹（tri）「三」下。「百」顆仙桃（cent）、「千」塊肌肉（kilo）。

uni-

例字 **uniform**（制服）、**unique**（獨特的）、**unite**（聯合）

bi-

例字 **bicycle**（腳踏車）、**bilingual**（雙語的）、**bilateral**（雙邊的）

tri-

例字 **triple**（三倍）、**tripod**（三腳架）、**trilogy**（三部曲）

cent-

例字 **century**（世紀，一百年）、**centimeter**（公分，一公尺的百分之一）、**cent**（美分，一美元的百分之一）、**percent**（百分比）

kilo-

例字 **kilometer**（公里）、**kilogram**（公斤）

第三章

升級版諧音法

中文裡頭，很少字沒有部首可尋，例如：「中」、「文」、「少」等字就沒有。英文單字也是同樣的情況，經過上一章的「搞笑版字根法」後，你會發現幾乎絕大多數的英文字都是有字根可循的，既然如此，我們當然要用字根（已知）來學新單字（未知），但這時候聰明的你，腦筋動一動，頭頂可能會冒出兩個疑問號，一個是：有的單字雖然拆得出字根來，但字根字首字尾根本就很少用，背起來反而增加負擔；另一個是：有些單字的字根連拆都拆（也可說是「猜」）不出來，這時老派強烈建議來試試「升級版諧音法」！

講到諧音法，有些人會覺得這樣學英文很不正統，甚至有點幼稚，好像是小學生在學英文。老實說，老派在好幾年前也是這麼想，但後來鑽研全腦開發的學問，再加上融合自己口筆譯的專業背景，才發現諧音法其實是好物，不應該排斥，只要對單字學習有高報酬率，我們何樂而不爲，諧音法的好處有：

① 遵循以「已知連結未知」的黃金原則：上一章我們以字根當作已知，連結到未知的新單字，用字根來背單字。這一章我們用搞笑諧音當作已知，要背的單字是未知，用諧音來背單字。
② 現學現賣更好玩：由於是用單字的諧音來記，所以是以聽覺爲主，耳朵一聽到單字就能立刻聽懂，也容易立刻說出來，而跳脫了拆解字根的過程。

舉例來說，「遵守鵝爸爸的規定」這句中文很簡單易懂吧，其實唸過一遍，你已經把多益的一個重要片語 abide by 背下來了。abide by 聽起來像不像是「鵝爸爸」，所以你在學這個片語時，腦筋想著「遵守鵝爸爸

的規定」，並務必像在做白日夢一樣，想像出這個情景，同時嘴巴唸出字正腔圓的「遵守 abide by 的規定」，這樣保證你學得快又記得牢。

在編排上，老派在這一章大多採用多益擬真的例句，讓你能夠輕鬆把單字背起來之外，還能夠挑戰自己，閱讀類似出現在多益聽力與閱讀的句子。例句之下，特別教你獨家撇步，用形、音、義三招背單字，還有一些好玩的招數，包括：

- **用音記**：諧音。也就是本章的主軸。
- **用義記**：字根。常出現的字根已經列在前一章，這章列出比較不常見的。
- **用形記**：字群。列出形狀（拼法）很近似的單字，舉一反三。
- **來句順口溜**：老派自創跟單字發音相關的好玩句子，讓你練習發音、加強印象，值得熟唸。

當然，如果是你本來就會的單字，當然不需要再看諧音法，但強烈建議其他部分、尤其是例句還是要看，因為每個細節老派都是唱過彩樺姊姊的「保庇保庇保庇喔」寫出來的，有看就會有印象，有印象就會成為已知，有了逐漸龐大的已知，未知就更好記了。

最後，老派再次貼心叮嚀，諧音法因人而異，本章只是老派天馬行空的想像力、加上一點點台語的功力，所得出的解讀，你絕絕對對可以創造出屬於你自己的解讀法（有好玩的記得告訴我）。另外，升級版諧音法是幫助你從短期記憶到長期記憶的強力膠，等到單字成為你的已知資料庫，成為潛意識之內的單字後，請立即銷毀。

abide by [əˋbaɪd baɪ] 動 遵守

例 Both of them agreed to abide by the judge's decision.
他們兩人同意遵守法官的決定。

🔍 用音記 諧音 鵝爸爸 聯想口訣 遵守「鵝爸爸」的規定。

📖 順便學一下 law-abiding citizen 守法公民

achieve [əˋtʃiv] 動 達成；達到 衍 achievable 形 可達成的

例 Our training program will teach you six steps to achieve your goal.
本公司訓練課程會教你達成目標的六步驟。

🔍 用音記 諧音 愛肌膚 聯想口訣 達成「愛肌膚」的目標。

📖 來個順口溜 The chief achieved his goal. 老大完成了他的目標。

accommodate [əˋkɑməˌdet] 動 容納；提供住宿 衍 accomodation 名

例 Our hotel will be accommodating some of the most well-known athletes during the London Olympic Games.
倫敦奧運期間,我們的飯店將有知名運動員下榻。

🔍 用音記 諧音 爾康摸茶 聯想口訣 提供住宿,讓「爾康摸(摸)茶」。

✱ 用義記 ac(加強語氣)+ commod(寬敞舒適)+ ate(動詞字尾)→ 提供住宿

account for [əˋkaʊnt fɔr] 動 占了

例 The US market accounted for 30% of our sales last year.
美國市場占了我們去年營收的三成。

✱ 用義記 ac(加強語氣)+ count(計算)→ 占了

📖 順便學一下 也可用 make up、comprise 來取代。

accurate [ˈækjərɪt] 形 準確的 衍 accuracy 名

例 Weather forecasting is complex and not always accurate.
氣象預報很複雜，並非每次都準。

🔍 用音記 諧音 愛國淚 聯想口訣 很準確地留下「愛國淚」。
✱ 用義記 ac（加強語氣）+ cur（= cure，照顧）+ ate（形容詞字尾）→ 照料得好好的 → 準確的

administer [ədˈmɪnəstə] 動 給予；施給 衍 administration 名

例 Before administering medication, the nurse has to verify the patient's identity.
給藥前，護士必須驗證病人的身份。

✱ 用形記 minister「部長、牧師」前面加個 ad 就變成 administer。

adopt [əˈdɑpt] 動 採取 衍 adoption 名

例 The new managers think we should adopt a new business plan for the new year.
新主管認為我們新的一年應該採取新的業務計畫。

✱ 用義記 ad（加強語氣）+ opt（選擇）→ 採取

advance [ədˈvæns] 名 進展；預付款

例 There have been great advances in electric car technology over the last decade.
過去十年，電動車技術出現了很大的進展。

in advance 預先；提前

例 If you will be traveling with elderly passengers, it is wise to let the airline know in advance.
如果跟你同行的人裡頭有年長者，最好事先告知航空公司。

alert [ə`lɜt] 形 警覺的　衍 **alert** 名

例 A severe storm warning has been issued. Stay alert and listen to local broadcasts.
暴風雨警報已經發布，請保持警覺，並收聽地方廣播。

🔍**用音記** 諧音 二楞　**聯想口訣** 要警覺「二楞」子。
📢**老派碎碎唸** 類似句型常出現在多益聽力，一定要熟悉。

---

allege [ə`lɛdʒ] 動 指控　衍 **allegation** 名

例 The newspaper alleged the company was trying to bribe some politicians.
報紙指控該企業企圖向某些政客行賄。

✳**用義記** al（加強語氣）+ lege（=leg，法律）→ 拿法律出來 → 指控

---

alleviate [ə`livɪ,et] 動 紓解；解決

例 The Ministry of Transportation launched a series of measures in order to alleviate traffic congestion.
交通部推出一系列措施，希望能紓解交通阻塞問題。

🔍**用音記** 諧音 奧莉維　**聯想口訣** 有問題就找「奧莉維」解決。
✳**用義記** al（加強語氣）+ levi（輕）+ ate（動詞字尾）→ 使變輕 → 紓解
📦**來個順口溜** Olivia's music alleviates my pain.「Olivia 的音樂舒緩了我的傷痛。」

---

allot [ə`lɑt] 動 分配；撥出

例 The school has allotted NT$1 million for classroom facilities.
學校撥出一百萬元用於教室設施。

✳**用義記** al（加強語氣）+ lot（一批）→ 一批一批的 → 分配

---

amenity [ə`mɛnətɪ] 名 便利設施

例 All our suites have the full-service business amenities you need.
我們所有套房都有您需要的全套商務設施。

---

apparel [ə`pærəl] 名 成衣；服裝

例 We are an apparel manufacturer called Apollo.

我們是一家成衣製造商，名為阿波羅。

🔍用音記 諧音 阿波羅　　聯想口訣 想像有家成衣商叫做「阿波羅服飾」，英文是 Apollo Apparel，唸個幾次，讓耳朵習慣一下發音。

---

apparatus [͵æpə`retəs] 名 機械；器具

例 Our application to buy more medical apparatus has been approved.

我們申請要買更多醫療儀器已經通過了。

🔍用音記 諧音 阿婆裂鐵絲　　聯想口訣 「阿婆（撕）裂鐵絲」所需要的器具。

---

appetite [`æpə͵taɪt] 名 食慾

例 I lost my appetite for fried chicken after watching the program on processed food.

看完介紹加工食物的節目後，我對炸雞就沒有食慾了。

🔍用音記 諧音 阿布達比　　聯想口訣 「阿布達比」的民眾都很有食慾；或是，「愛布袋」的人都很有食慾。

---

architecture [`ɑrkə͵tɛktʃə] 名 建築 衍 architect 名 建築師

例 The leaflet contains some interesting facts about ancient Greek architecture.

這張傳單裡有一些有關希臘古建築的有趣知識。

🔍用音記 諧音 阿哥踢球　　聯想口訣 在建築物裡，「阿哥踢球」。

✱ 用義記 archi（=arch，主要）+ tect（覆蓋）+ ure（名詞字尾）→ 主要覆蓋物 → 建築

array [ə`re] 名 一長串；一系列；大量

例 Nike provides an array of running shoes to choose from.
耐吉有很多跑鞋可供選擇。

✲ 用義記 ar（加強）+ ray（光束）→ 光束很長 → 一長串

✲ 拜託記一下 an array of 是常見用法，是「一長串、一系列」的意思。

---

arrogant [`ærəgənt] 形 傲慢的 衍 **arrogance** 名

例 Dear Sirs, I am writing to complain about an arrogant customer service representative in your call center.
敬啟者：寫本封信，是想針對貴客服中心一位客服專員的傲慢態度提出申訴。

✎ 用音記 諧音 鴨肉羹 聯想口訣 吃「鴨肉羹」的人都很自負。

---

artificial [ˌɑrtə`fɪʃəl] 形 人工的；人造的；虛假的

例 We need to avoid food that contains artificial coloring ingredients.
我們應該避開含有人工色素的食品。

✲ 用義記 arti（= art，藝術）+ fic（製作）+ ial（形容詞字尾）→ 製作出（人為）藝術 → 人工的

✲ 寓教於樂 好幾年前有部電影《A.I. 人工智慧》，其中 AI 就是 artificial intelligence 的縮寫。

---

artistic [ɑr`tɪstɪk] 形 藝術的；藝術性強的

例 Sign up for our art class and help your children explore their artistic side.
加入我們的美勞課程，幫助您的小孩探索他們的藝術天分。

✲ 用義記 arti（= art，藝術）+ stic（形容詞字尾）→ 藝術的

---

aspect [`æspɛkt] 名 方面

例 Our job fair will allow students to explore all aspects of a workplace.
我們的工作博覽會讓學生能探索職場各層面。

❋ 用義記 小考一下，還記得 spect 這個字根嗎，包括 respect、expect、prospect 等單字都有，是「看」的意思！

---

asset [ˋæsɛt] 名 資產

例 He sold all his assets and donated the money to charity.
他買掉所有資產，把錢捐給了慈善機構。

🔍 用音記 **諧音** 阿西（台語） **聯想口訣** 「阿西」的資產。

❋ 用形記 ass（屁股）＋et。

◁ᵏ 老派碎碎唸 assets and liabilities 是「資產與負債」的意思，在多益財務報表的考題常出現。

---

astonish [əˋstɑnɪʃ] 動 使吃驚

例 Everyone was astonished by his sudden resignation.
大家都被他的突然辭職嚇到。

❋ 用形記 單字看起來很長，但不過就是 as＋ton＋ish（動詞字尾）的組合，每個部分你都認識。

---

attempt [əˋtɛmpt] 動 嘗試；企圖 衍 **attempt** 名

例 This dangerous magic trick is performed by an experienced magician.
Kids, don't attempt this at home.
這個危險魔術由經驗豐富的魔術師所表演。各位小朋友，在家不要嘗試！

❋ 用義記 at（加強字義）＋tempt（誘惑）→受到誘惑→（所以想）嘗試

---

attend [əˋtɛnd] 動 參加；出席 衍 **attendance** 名

例 Please sign here if you wish to attend Brian's farewell party.
如果你想出席布萊恩的歡送派對，請在這裡簽名。

🔍 用音記 **諧音** 阿天 **聯想口訣** 「阿天」要出席。

❋ 用義記 at（加強語氣）＋tend（伸展）→伸過去→參加

❋ 拜託記一下 flight attendant 空服員

attention [ə`tɛnʃən] 名 注意　衍 **attentive** 形 留心的；專心的

例 Please pay attention to this number in the table.
請注意表格中的這個數字。

🔊老派碎碎唸 多益聽力中常考的賣場情境，常會以 Attention Please! Dear Customers ...「親愛的顧客請注意……」來開頭。

---

attest to [ə`tɛst `tu] 動 證明

例 I hereby attest to an agreement between Patrick and Evertrust.
本人在此證明派屈克與永慶房屋的協議為真。

✳用義記 at（加強語氣）+ test（測試）→ 試過之後就知道真偽 → 證明
🔊老派碎碎唸 attest to 常出現在多益的合約相關文章中。

---

attribute [ə`trɪbjʊt] 動 把……歸因於

例 Analysts attribute Microsoft's profit growth to cost-cutting measures.
分析師把微軟的獲利成長歸因於刪減成本的措施。

✳用義記 請先移駕到單字 tribute（第 270 頁）。
✳拜託記一下 這個單字的用法為：attribute 果 to 因。

---

authorize [`ɔθə,raɪz] 動 授權

例 Steve Jobs authorized Walter Isaacson to write his biography.
賈伯斯授權華特‧艾薩克森寫他的傳記。

✳用義記 author（作者）+ rize（動詞字尾）→ 簽東西 → 授權

---

authority [ə`θɔrətɪ] 名 權威

例 Jonathan Lee is an authority in music.
李宗盛是音樂教父。

🔊老派碎碎唸 用複數 authorities 則是指「當局、主管機關」的意思。

available [ə`veləb!] 形 可獲得的；可用的 衍 **availability** 名

例 Cell phones first became widely available in the United States in the 1990s.

手機在九０年代首先在美國普遍起來。

🔍用音記 諧音 二肥蘿蔔 聯想口訣 您可獲得「二（顆）肥蘿蔔」。

✱用義記 avail（好處）＋able（形容詞字尾）→ 有好處的 → 可用的

---

avoid [ə`vɔɪd] 動 避免

例 To avoid gaining weight, many people stop eating after eight in the evening.

為了避免變胖，許多人晚上八點後就不進食。

✱用義記 a（加強）＋void（空）→ 使某事物不存在 → 避免

✱拜託記一下 avoid＋V-ing

---

aware [ə`wɛr] 形 知道的；意識到的 衍 **awareness** 名 察覺

反 **unware** 形 不知道的；未察覺的

例 Most people are aware of the dangers of ultraviolet rays to the skin.

大多數人都知道紫外線會對皮膚造成傷害。

---

award [ə`wɔrd] 名 獎品；獎金 衍 **award** 動 授予；頒獎給

例 *Lord of the Rings* won 11 Academy Awards in 2003.

《魔戒》在 2003 年榮獲 11 座金像獎。

🔍用音記 諧音 二窩頭（一種酒） 聯想口訣 拿「二窩頭」當獎品。

baggage [`bægɪdʒ] 動 行李

例 Airlines only allow one piece of carry-on baggage these days.

航空公司現在都只允許攜帶一件隨機行李。

🔊 老派碎碎唸 把 baggage 當作是 bag 的集合名詞來記，不可數。另外，baggage 跟 luggage 同義。

ballot [`bælət] 名 選票

例 We cast our ballots this morning to decide who our next president will be.

我們今天早上投下選票，決定下任總統由誰當選。

✻ 用形記 把 o 改成 e 變成 ballet，就是「芭蕾」。把 ballot 的 o 想成是在選票上畫的圈圈，就不會搞錯了。

barrier [`bærɪr] 名 柵欄；關卡；障礙

例 The fans broke through the barriers to get close to Andy Lau.

粉絲衝破柵欄，想靠近華仔。

🔍 用音記 諧音 卑劣　聯想口訣 居然用柵欄擋起來，手段真「卑劣」。

📖 來句順口溜 有隻 bear，穿過 barrier，前進 Burberry。

📖 順便學一下 barrier-free building 無障礙空間的建築

best-selling [`bɛst`sɛlɪŋ] 形 暢銷的　衍 best-seller 名 暢銷作品

例 The best-selling author signed copies of his new book.

這名暢銷作家為新書簽名。

✻ 用義記 sell best（賣最好）顛倒過來加 ing，就變成形容詞 best-selling 了。

beat [bit] 動 超越

例 HTC's latest sales figures beat everyone's expectations.

宏達電最新銷售數據超越所有人預期。

✻ 用義記 beat 本來就有打敗的意思，以例句來看，打敗預期，不就是超越預期嗎？多益出現股市情境時，常會出現這個字。

✻ 寓教於樂 沒錯，麥可・傑克森的 best-selling 單曲中，有一首就叫 Beat It，「滾開」的意思。

---

on behalf of 人 / on 人's behalf 代表某人

例 On behalf of my company, I would like to thank you for your support of our products.

謹代表本公司，在此謝謝各位對我們產品的支持。

✻ 用義記 half 有一半的意思，當某個人的一半分身，不就是代表他嗎？

---

big-name [`bɪg `nem] 形 知名品牌的

例 Nike and Adidas are two big-name sporting goods brands.

耐吉跟愛迪達是兩家知名運動品牌。

✻ 用義記 這個太簡單了，big（大）＋ name（名）→ 知名品牌的

---

blame [blem] 動 歸咎於

例 Rising interest rates on loans should be blamed for the fall in automobile sales in the US.

美國車輛銷售下跌，應可歸咎於貸款利率上揚。

✻ 拜託記一下 blame 原因 for 結果（例句為被動用法）；blame 結果 on 原因

---

blanket [`blæŋkɪt] 動 覆蓋 衍 blanket 名 毛毯

例 It is blanketed with snow outside. You'd better wrap the baby up in a warm blanket if you want to take him outside.

外面都蓋滿了雪，如果妳要帶寶寶出去，最好幫他包上厚毛毯。

✻ 順便學一下 把 et 去掉就變成 blank（空白）。

171

blockbuster [ˋblɑk͵bʌstɚ] 名 轟動的事物

例 When it came out, *Avatar* became an instant blockbuster and broke many records.
《阿凡達》上映時，立刻造成轟動，並打破許多紀錄。

✽ 用義記 block（街區）＋ bust（打碎）＋ er（人事物的名詞字尾）→ 把街區都打碎（可見威力有多大）→ 轟動的事物

✽ 寓教於樂 「百事達」就是 Blockbuster 的諧音；另外電影《魔鬼剋星》的英文是 *Ghostbusters*。

---

board [bord] 動 登上（交通工具）　衍 **aboard** 副 在船、飛機、車上地

例 Please have your ticket in your hand before you board the train.
上（火）車前請備好車票。

✽ 用義記 board 本來就有「板子」的意思，想像要在甲板上放張木板，才能登船。

比較 **board** [bord] 名 董事會

例 The board (of directors) has decided to pay dividends to shareholders.
董事會決定配發股利給股東。

✽ 用義記 想像董事會成員都站在板子（board）上。
順便學一下 chairman 董事長；director 董事

---

boast [bost] 動 誇口

例 The room boasts an ocean view.
這間客房號稱有海景。

順便學一下 -oast 的組合常出現，例如：coast（海灘）、roast（烘烤）、toast（土司）；另外，把 o 改成 e 就變成：beast（野獸）。

---

bonus [ˋbonəs] 名 獎金

例 Half of the people surveyed did not receive a bonus in 2011.

受訪者有一半的人在 2011 年沒拿到獎金。

🔍 用音記 諧音 破爛死　聯想口訣 年終獎金「破爛死」了。

---

bond [bɑnd] 動 培養感情；結合　衍 **bond** 名 債券

例 Co-workers bond by going on company trips.

同事藉由參加公司旅遊來培養感情。

🔍 用音記 諧音 龐德　聯想口訣 詹姆斯「龐德」喜歡買債券，也喜歡跟 007 女郎結合（有點限制級，不要打我）。

---

boost [bust] 動 促進；激勵　衍 **boost** 名

例 The U.S. is hoping to boost its economy through a series of monetary policies.

美國希望藉由一系列的貨幣政策來刺激經濟。

✽ 寓教於樂 之前老派看到一個生活新聞標題：Boots Boost Appeal（靴子增加你的吸引力）。

---

brainstorm [ˋbrenˏstɔrm] 動 腦力激盪

例 The writing coach helped our marketing team brainstorm and generate further ideas about how to pitch our new product.

寫作教練協助我們行銷人員腦力激盪，激發出更多推銷新產品的想法。

✽ 用義記 brain（大腦）＋storm（風暴）→ 大腦裡捲起風暴 → 腦力激盪

---

bribe [braɪb] 名 賄賂（金）　衍 **bribery** 名 賄賂行為

例 The government officials are stepping up efforts to combat bribery, but they themselves have also taken bribes.

政府官員正加強取締賄賂，但他們自己也收賄了。

✽ 用形記 bribe 跟 bride（新娘）只有一字之差，可以想成：b 看起來像是屁股口袋裝了很多要賄賂的錢，所以是 bribe；d 看起來好像是女生懷孕，所以是 bride。

brokerage [`brokərɪdʒ] 名 經紀業　衍 **broker** 名 經紀人

例 You will need to set up an account with a brokerage house, such as Fubon or Yuanta, before you can trade stocks.

你必須到富邦或元大等等的證券商開帳戶，才能交易股票。

✱ 用形記 broke 是破產的，er 是人的名詞字尾，broker 字面上是破產的人，所以記成：經紀人 broker 都是破產的人。

broad [brɔd] 形 （具體）寬闊的；（抽象）廣博的
衍 **broaden** 動 拓展

例 In today's program, we invite the director of Stockbrokers Association to share his broad knowledge about investing.

在今天的節目中，我們邀請到券商協會會長來分享他對投資的廣博知識。

✱ 用形記 broad 去掉 b 變成道路 road；前面加 a 變成 abroad。

✱ 來句順口溜 I like to travel abroad and walk on broad roads. 「我喜歡出國旅行，走在大馬路。」

broadcast [`brɔdˌkæst] 動 轉播；廣播　衍 **broadcast** 名

例 Master Cheng Yen's speeches are regularly broadcast on Dai Ai.

證嚴法師的演講固定在大愛台轉播。

✱ 用義記 broad（廣）＋cast（投擲）→ 投得很廣 → 廣播

✱ 寓教於樂 中國廣播公司的英文名稱是 Broadcasting Corporation of China。

browse [brauz] 動 瀏覽；翻閱

例 I enjoy going to Eslite bookstores, where I can browse books and magazines all day without having to pay for them!

我喜歡到誠品書局，我可以整天在那裡瀏覽書籍雜誌，還不用付錢咧！

✱ 用形記 browse 把 se 去掉就變成 brow（眉毛）。

buffet [bu`fe] 名 歐式自助餐　衍 **buffet** [`bʌfɪt] 動 衝擊；打擊

例 When his investments are buffeted in the market, Warren Buffett always goes to a buffet restaurant.

當旗下投資在市場遭到重挫時，股市之神巴菲特都會到歐式自助餐廳吃東西。

◢▷ 老派碎碎唸 buffet 當「歐式自助餐」用時的發音，大家應該耳熟能詳，但要留意一下當動詞時的意思和發音。

budget [`bʌdʒɪt] 名 預算

例 It is possible to travel almost anywhere on a tight budget.

預算緊還是有可能到處去旅行。

◥ 用畫記 諧音 巴結　聯想口訣 「巴結」愈大，拿到的預算就愈大。

175

◎ Track 090

cancel [ˋkænsḷ] 動 取消
衍 **cancellation** 名　同 **call off**、**postpone**

例 The record label stated that the concert is cancelled due to unresolved conflicts with the event organizer.
唱片公司表示，因為跟主辦單位出現無法解決的問題，因此取消演唱會。

✽ 用形記 cancel 把 l 改成 r 就變成 cancer（癌症），大寫 Cancer 則是巨蟹座。

---

casualty [ˋkæʒjʊəltɪ] 名 死傷者

例 The car accident happened during rush hour, but thankfully there were no casualties.
車禍發生在巔峰時刻，但所幸無人死傷。

🔍用音記 諧音 卡舊梯　聯想口訣 因為「卡舊梯」，所以有死傷。
✽ 用形記 casualty 把 ty 去掉，變成 casual（輕易的、不經心的）。
📖 來句順口溜 開車太 casual，當心變成 casualty。

---

cause [kɔz] 動 引起；導致　衍 **cause** 名 原因

例 Passive smoking can cause lung cancer.
二手煙可能導致肺癌。

✽ 用形記 cause 其實你早就會了，because 去掉 be 不就是了嗎？
📖 順便學一下 cause and effect 因果

---

caution [ˋkɔʃən] 名 小心；謹慎

例 Women traveling alone in this part of town are especially vulnerable and should exercise caution, particularly at night.
女性朋友在城裡這個地方獨自旅行特別容易有危險，應該要謹慎，尤其是晚上。

🔍用音記 諧音 靠山　聯想口訣 我有「靠山」，你給我小心點。

❋ 拜託記一下 把 exercise caution（要小心謹慎）當成字串背起來。

✎ 順便學一下 caution 搭配個 pre-（在……之前）的字根，就變成 precaution（預防措施）。

---

cease [sis] 動 停止；終止

例 The lease will cease to be in effect at the end of this month.
本租約從月底開始停止生效。

🔍用音記 **諧音** 息事　**聯想口訣** 事情終止了叫「息事」。

❋ 用形記 字尾以 ease 結尾的單字不少，例如：decrease（減少）、disease（疾病）、lease（租約）、please（請）、release（釋放）、tease（取笑）。

---

celebrate [ˋsɛləˌbret] 動 慶祝　衍 celebration 名

例 We will celebrate our company's 20th anniversary by organizing a bigger-than-ever year-end party.
我們公司將舉辦規模大於以往的尾牙派對，藉此慶祝二十週年紀念。

🔍用音記 **諧音** 「莎拉不來」或「沙拉盃」　**聯想口訣** 「莎拉不來」慶祝；或，我們要慶祝「沙拉盃」正式起跑。

✎ 順便學一下 celebrity 名人；celery 芹菜

---

ceremony [ˋsɛrəˌmonɪ] 名 典禮；禮節　衍 ceremonial 形

例 You are kindly invited to our opening ceremony.
誠摯歡迎各位蒞臨我們的開幕典禮。

🔍用音記 **諧音** 誰來摸你　**聯想口訣** 去參加一個叫「誰來摸你」的典禮。

✎ 順便學一下 Don't stand on ceremony. 「別拘束，別客氣。」

---

certify [ˋsɝtəˌfaɪ] 動 證明無誤；給予證書

例 Before travelling abroad, it is advisable to get a document from your bank that certifies your bank statement.
出國前，最好能向銀行取得證實你帳戶明細無誤的文件。

🔍用音記 **諧音** 十大法醫　**聯想口訣** 「十大法醫」都來證明沒問題。（法醫要唸快一點）。

certificate [sɚ`tɪfəkɪt] 名 證書；證明

例 After completing all five computer training courses, each student will receive a certificate.
上完五堂電腦訓練課程之後，每個學生都會獲得一張證書。

✻ 用義記 前一個單字 certify 會了，certificate 就簡單了。

📖 順便學一下 birth certificate 出生證書；marriage certificate 結婚證書；graduation certificate 畢業證書

challenge [`tʃælɪndʒ] 名 挑戰 衍 challenging 形 有挑戰性的；有難度的

例 Female business owners often face the challenge of balancing family life and work.
女性企業主常會面臨兼顧家庭與工作的挑戰。

🔍 用音記 諧音 掐你姐 聯想口訣 「掐你姐」是個大挑戰。

charge [tʃɑrdʒ] 動 收費；要價 衍 charge 名

例 How much do you charge for extra toppings on the pizza?
披薩多加配料要多少錢？

🔍 用音記 諧音 恰吉 聯想口訣 這個「恰吉」玩偶收費多少？

📖 順便學一下 charge 也有充電的意思，例：I forgot to charge up my mobile phone.「我手機忘了充電。」

charity [`tʃærətɪ] 名 慈善；慈善機構 衍 charitable 形 慈善的

例 Charity begins at home.
百善家為先。（英文諺語）

🔍 用音記 諧音 喬落去（台語） 聯想口訣 慈善就要「喬落去」。

classify [`klæsə,faɪ] 動 分類

例 Could you classify all the applications by age?
可否請你將所有應試文件依年齡分類？

commission [kə`mɪʃən] 名 佣金

例 Real estate agents have a base salary, plus the opportunity to earn commissions.

房地產仲介有底薪，另外還有機會賺取佣金。

🔍用音記 諧音 看面相　聯想口訣「看面相」也需要佣金。

✻用形記 上一章背過 commit（承諾），把它後面改成 –ssion 即可；不然可以在 mission（任務）前加 com-。

compatible [`kəm`pætəbl] 形 相容的

例 Is this software compatible with my Mac?

這個軟體跟我的麥金塔電腦相容嗎？

✻用義記 com（一同）＋pat（感情）＋ible（形容詞字尾）→ 感情是一起的 → 相容的

commute [kə`mjut] 動 通勤　衍 commuter 名 通勤族

例 Thanks to the MRT network, commuting in Taipei is no longer a headache.

多虧了捷運網絡，在台北通勤不再傷腦筋。

✻用義記 com（一同）＋mute（＝mut，轉變）→ 大家一起從 A 地轉到 B 地 → 通勤

📖順便學一下 mute 啞巴；靜音

competitive [kəm`pɛtətɪv] 形 有競爭力的

例 Their starting salary is very competitive.

他們公司的起薪很有競爭力。

✻用義記 compete（競爭）的形容詞。

📖順便學一下 competitive edge 競爭優勢；competitor 競爭者

179

conference [ˋkɑnfərəns] 動 會議

例 The automaker held an emergency conference yesterday in order to solve the shortage of components.

這家車廠昨天開了緊急會議，希望能解決零組件短缺的問題。

✳ 用義記 con（共同）＋fer（攜帶）＋ence（名詞字尾）→ 共同帶過來 → 會議

📖 順便學一下 press conference 記者會；conference call 電話會議

---

contact [ˋkɑntækt] 動 聯絡；接觸　衍 **contact** 名

例 For further information, please contact your local agency.

若欲瞭解進一步資訊，請洽當地代理商。

✳ 用義記 con（一起）＋tact（碰觸）→ 你碰我，我碰你 → 聯絡

📖 順便學一下 contact lenses 隱形眼鏡（接觸到你眼球的鏡片）

---

contagious [kənˋtedʒəs] 形 傳染的

例 SARS was highly contagious.

SARS 很容易傳染。

✳ 用義記 可以用 contact 來理解，跟很多人有 contact，是不是就容易 contagious？

---

convenience [kənˋvinjəns] 名 便利　反 **inconvenience** 名 不便

例 Please let me know at your earliest convenience if you are coming.

方便的話，請儘早讓我知道你是否會來。

---

coordinate [koˋɔrdnet] 動 協調　衍 **coordination** 名

例 We need to hire an expert to coordinate our media campaign.

我們有必要找專家策劃媒體宣傳工作。

✳ 用義記 co（一起）＋ordin（＝order，命令）＋ate（動詞字尾）→ 針對很多對象一起給命令 → 協調

📖 順便學一下 coordinator 協調人；協調員；策劃者

corporate [ˋkɔrpərɪt] 形 公司的；企業的　衍 **corporation** 名 企業

例 Currently corporate customers make up 80% of our sales.
目前企業客戶占了我們營收的八成。

✿ 用義記 corpor（＝corp，身體）＋ate（形容詞字尾）→ 很多身體在一起的地方 → 企業的

🔍 用音記　諧音 狗不理　聯想口訣 「狗不理」的企業。

---

cosmetics [kɑzˋmɛtɪks] 名 化妝品　衍 **cosmetic** 形 美容的

例 Most department stores dedicate the first floor to cosmetics shops.
多數百貨公司都把化妝品專櫃集中在一樓。

📖 順便學一下 cosmetic surgery 整形手術

---

cosmopolitan [ˌkɑzməˋpɑlətn̩] 形 世界性的；國際性的

例 Hong Kong is a very cosmopolitan city.
香港是個國際大都會。

📖 順便學一下 時尚女生應該早就會這個字了，因為《柯夢波丹》雜誌的英文名稱就叫 Cosmopolitan。

---

coupon [ˋkupɑn] 名 折價券

例 We are sending you a coupon that entitles you to 30% off your next purchase.
我們會寄折價券給您，讓您下次購買商品時可打七折。

🔍 用音記　諧音 貴幫　📖 來句順口溜 富貴要人幫，買東西用 coupon。

---

craft [kræft] 名 工藝；手藝

例 When you visit Meinong, you will find many craft shops selling traditional paper umbrellas.
到美濃時，可以發現許多販售傳統紙傘的藝品店。

✿ 用形記 craft 去掉 c 是 raft（木筏）；改成 d 是 draft（草稿）；改成 g 是 graft（移植／貪污）。

crash [kræʃ] 動 （使）衝撞　衍 **crash** 名

例 According to the radio broadcast, a car crashed into a truck on the highway, causing significant traffic jams.

根據電台廣播，高速公路有輛車撞上卡車，造成嚴重的交通阻塞。

✱ 寓教於樂　前幾年有部電影叫《衝擊效應》，英文片名是 *Crash*。

✐ 順便學一下　crash 還可當形容詞，是「速成」的意思。crash course 就是指「速成課程」。

---

creative [krɪˋetɪv] 形 有創造力的　衍 **creativity** 名　**create** 動

例 Pixar has created a working environment that encourages artists and animators to be creative.

皮克斯營造出的工作環境，鼓勵藝術家與動畫家要有創造力。

✱ 用形記　creat（＝create，創造）＋ive（形容詞字尾）→ 有創造力的

---

crime [kraɪm] 名 犯罪；罪行　衍 **criminal** 名 罪犯

例 The crime rate in Taiwan is decreasing.

台灣的犯罪率正在下滑。

✱ 寓教於樂　愛看辦案影集的人一定都知道《CSI 犯罪現場》。CSI 就是 crime scene investigation（犯罪現場偵辦）的縮寫。

---

criteria [kraɪˋtɪrɪə] 名 （判斷）標準

例 Applicants will have to meet all the criteria to be considered for an interview.

申請人必須符合所有標準，我們才會考慮是否面試。

✎ 用音記｜諧音　快提了呀　**聯想口訣**　既然符合你的標準，婚事就「快提了呀」。

✐ 順便學一下　criteria 去掉 cri 改成 cafe，變成 cafeteria（自助餐）。

---

critic [ˋkrɪtɪk] 名 評論家；批評的人

例 In many ways, the work of a critic is easy. We thrive on negative criticism.

從很多方面來看，評論家的工作很簡單。我們愈毒舌愈紅。（電影《料理鼠王》結局時美食評論家的獨白）

🔍 用音記 看過《料理鼠王》的人，對這段獨白應該印象很深刻，背起單字就容易了；沒看過的話：諧音 快遞哥 聯想口訣「快遞哥」是個評論家，喜歡評論大家的包裹。

criticize [ˋkrɪtɪˌsaɪz] 動 批評

例 All the judges in *Super Idol* criticized her performance, saying she didn't meet their criteria.

《超偶》的評審老師都批評她的表現，說她未達他們的標準。

✳ 用義記 critic（評論家）+ ize（動詞字尾）

critical [ˋkrɪtɪk!] 形 關鍵的、重要的；批評嚴厲的

例 Several people were injured in the car accident, with two of them in critical condition.

有好幾個人在車禍中受傷，其中有兩個人傷勢嚴重。

complement [ˋkɑmpləmənt] 動 補足；互補

例 Looking for ways to make you and your spouse better complement each other? Come to our free presentation this weekend!

想要讓你跟你另一半更能夠取長補短、相輔相成嗎？歡迎本週末來參加我們的免費講座。

✳ 用義記 com（共同）+ ple（填滿）+ ment（動詞字尾）→ 彼此互相填滿 → 補足
🔍 用音記 諧音 砍破門 聯想口訣「砍破門」，所以要補起來。

complex [ˋkɑmplɛks] 形 複雜的 衍 complexity 名 同 complicated 形

例 Companies with complex business structures are riskier investment targets.

企業結構複雜的公司是風險較大的投資標的。

✳ 用義記 com（加強字義）+ plex（= ply，折）→ 折了又折 → 複雜

compliment [ˈkɑmpləmənt] 動 讚美　衍 compliment 名

例 A manager who doesn't compliment his employees is not a good manager.
不讚美員工的經理不是好經理。

✱ 用形記　前面學過 complement，把中間的 e 改成 i 即可。可想像讚美的時候送給對方一根蠟燭（i）。

---

complimentary [ˌkɑmpləˈmɛntərɪ] 形 讚賞的、恭維的；免費的

例 Our hotel offers complimentary guest car parking.
本飯店提供免費停車。

✱ 用義記　compliment（讚美）＋ary（形容詞字尾）→ 爲了讚美你 → 免費

---

cordon off [ˈkɔrdn̩ ˈɔf] 動 用警戒線圍起　衍 cordon 名 警戒線

例 The police have cordoned off the area around the accident. Traffic congestion is expected.
警方已經封鎖事故現場周圍。預計會出現塞車。

🔍 用音記　諧音 褲襠　聯想口訣 用警戒線圍起「褲襠」。
✱ 用形記　cord（線）＋on。

184

D 結多益良緣

dairy [ˋdɛrɪ] 形 牛奶的；乳品的

例 If you think your child has a milk allergy, talk with your doctor about alternatives to dairy products.

如果你覺得家裡小孩喝牛奶會過敏，請教醫生看有無乳製品的替代品。

✱ 用形記 dairy 把 r 改成 l 變成 daily（每天），把 ai 對調變成 diary（日記），所以口訣記成：健康寶寶 daily 要寫 diary，也要喝 dairy product。

damage [ˋdæmɪdʒ] 名 損傷；破壞　衍 **damage** 名

例 The flood caused serious damage to many factories in the region.

洪水對這區許多工廠造成了嚴重損害。

🔍 用音記 諧音 大麻糬　聯想口訣 破壞了一個「大麻糬」。

✱ 用形記 dam（水庫）+ age（年紀）

📖 順便學一下 複數 damages 是「賠償金」的意思。

deadline [ˋdɛd‚laɪn] 名 期限

例 When is the deadline for our project proposal?

我們專案提議書的期限是什麼時候？

✱ 用義記 想像在行事曆上到期日那天畫了一條線（line），逾期超過那條線就死定了（dead）。

debt [dɛt] 名 債務

例 Europe's debt crisis is snowballing out of control.

歐洲的債務危機愈演愈烈，一發不可收拾。

📖 來句順口溜 不還 debt，你就 dead 了。

debut [`dɪ,bju] 名 (產品) 問世;初次登場

例 Steve Jobs passed away one day after the debut of iPhone 4S.
賈伯斯在 iPhone 4S 上市一天後辭世。

🔍 **用音記** **諧音** 爹必舞　**聯想口訣** 每次有新產品上市,「爹必舞」(必舞要唸快一點)。

---

declare [dɪ`klɛr] 動 申報　衍 **declaration** 名

例 If you have a salary in Taiwan every year, in May you have to declare your taxes.
如果你在台灣每年領薪水,五月時就必須報稅。

🔍 **用音記** declare 最主要的意思是「宣告」,可以用順口溜來記:Clare (克萊兒) 大聲 declare 她已經 declare tax 了。

---

dedicate [`dɛdə,ket] 動 致力於　衍 **dedication** 名

例 We at Dare Dairy have a long history of dedication to our customers and we will continue to dedicate ourselves to providing good dairy products and services.
我們戴兒乳品公司長久以來都是客戶至上,未來將持續致力於提供優良的乳製品跟服務。

✱ **用義記** de (往下) + dic (說) + ate (動詞字尾) → (因為有熱誠,所以) 一直對下面說 → 致力於

---

delicate [`dɛləkət] 形 脆弱的;精美的;(事情) 需要小心處理的

例 I asked the removal company to handle these delicate vases with care.
我叫搬家公司搬運這些易碎的花瓶時要小心。

🔍 **用音記** 上一章學過 delegate「授權」,所以順口溜是:老闆在 delegate 時,方法要 delicate。

delighted [dɪˋlaɪtɪd] 形 高興的　衍 **delight** 名

例 I am delighted to announce that our new laptop computer will hit the market next week.
我很高興宣布，我們的新款筆電下週將上市。

✷ 用形記 light（光線）前面加個 de。

---

demonstrate [ˋdɛmənˌstret] 動 展示；顯示；示威
衍 **demonstration** 名

例 The demonstration outside the city hall demonstrates the public is not happy with the new regulation.
市政廳外頭的示威活動顯示出民眾對新規定不滿意。

🔍 用音記　諧音 戴蒙死踹　聯想口訣 麥特「戴蒙死踹」道具，表示示威。
✷ 用義記 de（往下，去掉）+ mon（警告，提醒）+ stra（= struct，建造）+ (a)te（動詞字尾）→ 往下警告要建立某東西 → 示威
📖 順便學一下 demon（魔鬼）。

---

delivery [dɪˋlɪvərɪ] 名 運送　衍 **deliver** 動

例 UPS and Fedex are both major delivery service companies.
優比速和聯邦快遞兩家都是很大的運送服務公司。

✷ 用形記 liver 是「肝臟」的意思，這麼說來 de + liver 從字面上看，不就是：去掉肝臟嗎？有點恐怖耶。

---

demote [dɪˋmot] 動 降級；降職　衍 **demotion** 名

例 He was demoted for insider trading.
他因為內線交易而被降職。

✷ 用義記 de（向下）+ mote（移動）→ 往下移 → 降級
📖 順便學一下 把 d 改成 r，就變成 remote（偏遠的）。

depreciate [dɪ`priʃɪ,et] 動 貶值

衍 **depreciation** 名　反 **appreciate** 動 增值

例 The Australian dollar depreciated significantly against the US dollar yesterday.

澳幣兌美元昨日大幅貶值。

※用義記 de（往下）＋preci（＝price，價值）＋ate（動詞字尾）→價值往下→貶值

---

diabetes [,daɪə`bitiz] 名 糖尿病　衍 **diabetic** 形　**diabetic** 名 糖尿病患者

例 Diet plays a crucial role in controlling diabetes. Diabetics should avoid high-fat and high-sugar foods.

飲食在控制糖尿病上扮演重要角色。糖尿病患者應避免高脂肪與高糖分的食物。

🔍用音記 諧音 歹兒被甜死　聯想口訣 患了糖尿病的「歹兒被甜死」。

📢老派碎碎唸 上一章學到 dia- 這個字根是「穿越」的意思。

---

digest [daɪ`dʒɛst] 動 消化　衍 **digestion** 名

例 Yogurt contains some bacteria that help the stomach digest food.

優格含有一些細菌，能幫助胃消化。

🔍用音記 諧音 膽結石　聯想口訣 「膽結石」消化不了。

📖順便學一下 digest 當名詞有「文摘」的意思，重音在第一音節，像是《讀者文摘》（*Readers' Digest*）、《空中美語文摘》（*English Digest*），千萬不要以為是食譜！

---

discipline [`dɪsəplɪn] 動 懲處　衍 **disciplinary** 形

例 Any employee who smokes in these areas will be immediately disciplined.

在這些地方抽煙的員工會立刻遭到懲處。

🔍用音記 諧音 豬屎（台語）噴你　聯想口訣 用「豬屎噴你」來懲罰你。

---

distinguish [dɪ`stɪŋgwɪʃ] 動 辨認　衍 **distinguished** 形 著名的

例 The new device will enable banks to distinguish real bank notes from counterfeit ones.

這個新設備能讓銀行分辨出真鈔與假鈔。

🔍 用音記 諧音 的士頂怪石　聯想口訣 「的士頂怪石」，計程車上頂著怪石頭，難怪很好辨認。

📖 順便學一下 distinguished guest 貴賓

---

diverse [daɪ`vɜs] 形 多元的 衍 diversity 名

例 Coral reefs are considered the most diverse ecosystem in the ocean.

珊瑚礁被視為是海洋中最多元的生態系統。

✳ 用義記 di（二）＋verse（轉變）→ 一直轉兩翻 → 多元的

📖 順便學一下 verse 韻文；dive 潛水；diver 潛水伕

---

document [`dɑkjuəmənt] 名 文件
衍 document [`dɑkjuə,mɛnt] 動 記錄

例 The assistant organized all the documents in alphabetical order.

助理把所有文件依照字母順序排好。

🔍 用音記 諧音 打開門　聯想口訣 「打開門」就能看到文件。

📖 來句順口溜 Doctor 每天都看 document。

---

domestic [də`mɛstɪk] 形 國內的 反 overseas 形 海外的

例 The normal charge for a domestic call is NT$3 per connection.

國內通話一般一通是三塊錢。

✳ 用義記 dome（＝dom，領域；狀態）＋stic（形容詞字尾）→ 在領域內的 → 國內的

---

donate [`donet] 動 捐出 衍 donation 名

例 Our community will have a charity sale on the weekend. Please donate goods or money to help!

我們社區週末要舉辦義賣活動，請捐東西或捐錢幫忙。

用義記 don（給予）+ate（動詞字尾）→給→捐出

來句順口溜 Don（唐，男子名）喜歡 donate donuts。

順便學一下 捐血是 donate blood，也可以說 give blood。

---

double [ˋdʌbl] 動 加倍；是……的兩倍

例 Thanks to all your donations, the proceeds at the charity sale doubled.

多虧了各位的捐獻，這次義賣收入成長了一倍。

用音記 **諧音** 打啵 **聯想口訣** 加倍「打啵」。

---

down payment [ˋdaʊn ˋpemənt] 動 訂金；頭期款

例 After we receive your down payment, we will send you a confirmation email. Thank you for choosing our hotel.

收到您的訂金後，我們會寄確認信給您。謝謝您選擇下榻本飯店。

用義記 down 有「下」、「沮喪」的意思，所以可以想像「下」好離手的第一筆錢，或是「讓你心情低落的」第一筆錢。

---

draft [dræft] 名 草圖；草案

例 This draft still needs a lot of revisions.

這份草稿需要大幅修改。

用音記 **諧音** 捉夫的 **聯想口訣** 我需要擬定一個「捉夫的」草案。

用形記 draft 把 d 去掉，變成 raft（木筏）；改成 c 變成 craft（工藝）。

---

draw [drɔ] 名 吸引人的事物

例 Golf is a huge draw here.

高爾夫球在這裡很受歡迎。

老派碎碎唸 draw 的意思太多了，包括「描繪」、「拉」、「分數拉平」等。

順便學一下 drawer 抽屜；straw 吸管；drawback 缺點

---

duty [ˋdjutɪ] 名 責任；關稅

例 It's my duty to spend a fortune at duty-free shops.

在免稅商店花大錢是我的責任。

🔍 用音記 諧音 第五梯　聯想口訣 捍衛「第五梯」的弟兄是我的責任。（第五唸快一點）

---

dynamic [daɪˋnæmɪk] 形 有活力的；生氣蓬勃的

例 This renovation will make our office a dynamic working environment.

這次翻修能讓辦公室變成充滿活力的工作環境。

🔍 用音記 諧音 帶奈米　聯想口訣 「帶奈米」才會有活力。

📖 順便學一下 dynamics 動力學；dynamite 炸藥

E背就會

---

endorse [ɪn`dɔrs] 動 贊同；背書　衍 **endorsement** 名

例 Both Raine and Eason endorse Adidas.

楊小琳和陳小迅都為愛迪達背書。

🔍用音記　諧音 緣投桑（台語）　聯想口訣 贊助「緣投桑」。

---

effect [ɪ`fɛkt] 名 影響；效果　衍 **effective** 形 有效的

例 Smoking has many negative health effects and affects every organ in the body.

抽煙有許多健康上的負面影響，會影響到身體的每個器官。

✳用義記 ef（強調字義）＋fect（製作）→ 效果

📖來句順口溜 上一章背過動詞 affect，那剛好來個順口溜：affect the effect（影響效果），唸七遍讓大腦熟悉聲音。

📖順便學一下 take effect（某規定）生效

---

efficient [ɪ`fɪʃənt] 形 有效率的　衍 **efficiency** 名

例 Our gym's exercise programs are the most efficient way to tone your muscles.

本健身房的運動課程是鍛鍊肌肉最有效率的方法。

🔍用音記　諧音 一回生　聯想口訣 「一回生」兩回熟，就有效率了。

✳用義記 有沒有覺得這單字長得跟 effect 有點像，可拆解成：ef（強調字義）＋fic（＝fect，製作）＋ient（形容詞字尾）→ 有效率的

---

embarrass [ɪm`bærəs] 動 使難為情

衍 **embarrassment** 名　**embarrassing** 形 讓人難為情的

衍 **embarrassed** 形 感到難為情的

例 The executive embarrassed her by criticizing her work in public.

主管當眾批評她的工作,讓她覺得很丟臉。

🔍用音記 諧音 硬剝螺絲　　聯想口訣 你不要「硬剝螺絲」了啦,這樣我很難爲情。

---

enterprise [ˋɛntɚˏpraɪz] 名 企業

例 HTC, TSMC and Hon Hai are major enterprises in Taiwan.

宏達電、台積電與鴻海是台灣的大企業。

✱用義記 enter(＝inter,互相)＋prise(捉取)→ 互相合作 → 企業

順便學一下 prise(捉取)字根其實你也算熟,例如 comprise、surprise 等。

---

entrepreneur [ˏɑntrəprəˋnɝ] 名 企業家　衍 entrepreneurial 形

例 An entrepreneur must find the right balance between advertising and selling.

企業家必須在廣告與銷售之間找到平衡點。

🔍用音記 諧音 俺抓波妞　　聯想口訣 「俺抓波妞」,因爲俺是企業家。

✱用義記 這單字是從 enterprise 變過來的,但注意拼法不同。

---

equip [ɪˋkwɪp] 動 裝備　衍 equipment 名

例 Each of the exits on the plane is equipped with a safety slide.

飛機上每個出口都設有安全滑梯。

🔍用音記 諧音 一塊布　　聯想口訣 「一塊布」也是裝備。

✱用義記 e(往外)＋quip(運送)→ 要把東西往外運送 → 裝備

✱拜託記一下 be equipped with 三個字當成字串一起背。

---

equity [ˋɛkwətɪ] 名 股票

例 Equity markets in Asia ended higher yesterday.

亞洲股市昨天收高。

🔍用音記 諧音 愛闊地　　聯想口訣 股票賺錢就「愛闊地」。

※ 用義記 equi（相等）＋ty（名詞字尾）→ 相等面值的東西 → 股票
　※ 拜託記一下 多益常出現的金融市場字彙其實不會太多，equity（或 stock）、bond（債券）以及 derivatives（衍生性商品）等都是基本款。

essential [ɪˋsɛnʃəl] 形 非常重要的

例 Your opinion is essential to our customer service.
您的意見對我們的客戶服務很重要。

🔍 用音記 逸萱秀　聯想口訣 每天使用「逸萱秀」洗頭髮很重要。
※ 用義記 essence（要素）＋tial（形容詞字尾）→ 構成要素的 → 非常重要的

estimate [ˋɛstəˏmet] 名 估計　衍 estimate 動

例 Our estimates suggest that a 10% rise in house prices would discourage potential buyers.
我們的預估數字顯示，房價上漲一成會讓潛在買主卻步。

🔍 用音記 諧音 S 的美　聯想口訣 預估一下「（小）S 的美」。

evaluate [ɪˋvæljuˏet] 動 預估　衍 evaluation 名

例 The committee will evaluate each candidate's track record.
委員會將評估每位候選人的過去表現。

※ 用義記 e（往外）＋valu（＝value，價值）＋ate（動詞字尾）→ 把價值往外呈現 → 評估
※ 用形記 evaluate 把 l 改成 c，變成 evacuate（撤離）。

evidence [ˋɛvədəns] 名 證據　衍 evident 形 明白的；明顯的

例 We found evidence that the evaluation process was not fair.
我們找到評估過程不公的證據。

※ 用義記 e（往外的）＋vid（看）＋ence（名詞字尾）→ 連外面都看得到 → 證據

examine [ɪgˋzæmɪn] 動（仔細）檢查　衍 examination 名

例 The airport is equipped with advanced equipment that examines luggage.

機場有先進設備，能檢查行李。

🔍用音記 諧音 一個炸麵　聯想口訣 檢查「一個炸（醬）麵」。

✱用形記 exam（考試）+ ine。

---

execute [ˋɛksɪ͵kjut] 動 執行　衍 **execution** 名

例 The concept was good, but it was executed badly.

概念好，但執行差。

🔍用音記 諧音 XQ　聯想口訣 灌一瓶 XQ（相較於 XO）後來執行任務。

✱用形記 ex + e + cute（可愛）。

✱拜託記一下 executive 主管

---

expense [ɪkˋspɛns] 名 支出

例 It is important to consider all possible expenses before you start your own business.

要自己創業前，先考慮所有可能的支出很重要。

✱用義記 這個是多益考試一定要會的單字，其實你在國中就學過它的分身，你看 expensive（昂貴的）裡面不就有它的影子嗎？

---

expert [ˋɛkspɚt] 名 專家　衍 **expertise** 名 專業知識

例 At this workshop, our insurance experts will share their expertise on how to distinguish good insurance policies from bad ones.

本次工作坊中，我們的保險專家將分享專業知識，教大家如何分辨保險的好壞。

🔍用音記 如果你也是用飛柔（Pert）洗髮精，不妨記 I am an Pert expert。

---

extinguish [ɪkˋstɪŋgwɪʃ] 動 熄滅（火）　衍 **extinguisher** 名 滅火器

例 You won't extinguish the fire by using that small extinguisher. You need to call the fire department.

你用那個小滅火器是無法把火熄滅的，要叫消防隊來才對。

✱用形記 把 distinguish 的 dis 改成 ex，就變成 extinguish 了。

facilitate [fə`sɪləˌtet] 動 促進

例 Today's workshop is to show how to facilitate your employees to work together more efficiently.

今天的工作坊要讓大家知道，如何促進員工更有效率地合作。

🔍 用音記 諧音 火星熱ㄉㄟˊ（茶的台語）　聯想口訣 喝了「火星熱ㄉㄟˊ」能促進消化。

facilities [fə`sɪlətɪs] 名 服務設施

例 Our hotel facilities include a daily buffet breakfast service, a gym, and 24 hour reception.

我們的飯店設施包含每日自助式早餐、健身房與全天候櫃臺接待。

✱ 用義記 能夠 facilitate 客人的東西，不就是 facilities 嗎。注意是複數喔。

feature [`fitʃə] 動 以……為特色　衍 feature 名 特色

例 Our new magazine features a mix of news stories and in-depth interviews.

我們的新雜誌以融合新聞報導與深度訪談為特色。

✏ 順便學一下 把 feature 的 u 改成 h，r 和 e 顛倒，就變成 feather（羽毛）了。

feedback [`fidˌbæk] 名 回饋；意見

例 Your honest feedback will help improve our services.

您的誠實意見將能改善我們的服務。

✱ 用義記 feed（餵）＋ back（回來）→ 我餵你一個資訊，你反餵我意見 → 回饋

✏ 順便學一下 feed 前面加 breast（胸），就變成 breastfeed（餵母乳）。

festival [`fɛstəvl̩] 名 節日　衍 festive 形 節慶的；歡樂的

例 This year's film festival promises to be even bigger and better.

今年的電影節可望規模更大，內容更精彩。

用音記 **諧音** 肥死大夥 **聯想口訣** 節日吃太多東西，結果「肥死大夥」。

順便學一下 Moon Festival 中秋節；Lantern Festival 元宵節、燈籠節

---

fierce [fɪrs] 形 激烈的

例 Competition in the job market is very fierce at the moment.

就業市場目前競爭相當激烈。

用音記 **諧音** 肥死 **聯想口訣** 我要來激烈運動一下，不然會「肥死」。

順便學一下 把 fierce 的 f 改成 p，就變成 pierce（刺穿）。

---

finance [faɪˋnæns] 名 金融 衍 financial 形

例 We are going to have our finance final tomorrow.

我們明天要考金融期末考。

用音記 **諧音** 費腦絲 **聯想口訣** 金融問題總是讓我「費腦絲」。

---

flash [flæʃ] 名 閃光

例 Taking pictures without a flash is allowed.

若要照相，請勿用閃光燈。

順便學一下 flashlight 手電筒；另外，把 flash 的 a 改成 u，就變成 flush（沖水），改成 e 就變成 flesh（肉）。

---

franchise [ˋfræn͵tʃaɪz] 名 特許權；加盟店

例 McDonald's, Subway, and 7-11 run as franchises, which means anyone can buy the right to own and operate one of their outlets.

麥當勞、Subway 與 7-11 以加盟店方式經營，這表示任何人都能買下據點的經營權來營業。

老派碎碎唸 等下出門時，看看路上有哪些店是 franchise，看到一個，心中默唸一次 franchise。

following [ˈfɑləwɪŋ] 形 以下的

例 Please check the following notice to find out how to sign up for our franchise seminar.

欲報名加盟座談會，請查看以下通知。

✱ 用義記 follow（跟隨）加上 ing。

---

forbid [fəˈbɪd] 動 禁止

例 Our company policy forbids any unlicensed software.

我們公司禁止使用未授權的軟體。

🔍 用音記 諧音 復辟 聯想口訣 禁止「復辟」。

📖 順便學一下 紫禁城的英文是 Forbidden City。

---

fortune [ˈfɔrtʃən] 名 財富；運氣 衍 **fortunate** 形

例 He won a fortune by investing in the stock market but lost it by investing in a franchise. How unfortunate!

他靠投資股市賺了一大筆錢，但因為投資加盟店失利又賠光。真不幸！

🔍 用音記 諧音 福錢 聯想口訣 fortune 唸起來像「福錢」，剛好符合運氣和錢的意思。

📖 順便學一下 fortune teller 算命師；fortune cookie 幸運餅（內含籤詩）

---

forum [ˈforəm] 名 論壇

例 A forum was held to discuss the impact of climate change.

舉辦論壇討論氣候變遷的衝擊。

🔍 用音記 諧音 瘋人 聯想口訣 我要去參加「瘋人」論壇。

---

found [faʊnd] 動 創立

例 Bill Gates founded Microsoft in 1975 and established a charity foundation in 2000.

比爾‧蓋茲在 1975 年成立微軟，2000 年成立慈善基金會。

found（創立）的過去式是 founded，find（發現）的過去式是 found，不要眼花了。另外，founder（創辦人）也常出現在文章中。

---

fraud [frɔd] 名 詐欺

例 Avoiding shopping online is the best way to prevent online fraud.
避免線上購物是預防線上詐欺最好的方式。

🔍用音記 諧音 婦弱的　聯想口訣 他專找「婦弱的」人來詐欺。

---

fulfill [fʊˋfɪl] 動 實現；滿足　衍 fulfillment 名

例 He has finally fulfilled his dream of becoming a business owner.
他終於完成當企業主的美夢了。

✽用義記 ful（＝full，滿）＋fill（填）→填滿→滿足

---

fundamental [ˌfʌndəˋmɛntl̩] 形 基本的；根本的

例 It is important to teach children fundamental social skills.
教導小孩基本的人際溝通技巧很重要。

🔍用音記 諧音 放大饅頭　聯想口訣「放大饅頭」是基本的。
✽用形記 這個字拆開來，其實都沒有新單字，fund（基金）＋a＋mental（心智的）。

---

furnish [ˋfɝnɪʃ] 動 放置家具　衍 furniture 名 家具

例 It cost us a fortune to furnish our new home.
買家具布置新家花了我們一大筆錢。

🔍用音記 我們 furnish 的工作已經 finish 了。

---

gallery [ˈgælərɪ] 名 藝廊

例 Please gather around. Our tour of the Asia gallery is about to begin.
請集合，我們即將進行亞洲廳的導覽。

🔍**用音記** 來句順口溜：Valerie（薇樂莉）要大家在 gallery 裡 gather。

---

gamble [ˈgæmbl] 動 賭博　衍 **gamble** 名

例 Guests must be 18 years or over to gamble on our cruise ship.
遊客必須年滿十八歲以上，才能在郵輪上賭博。

🔍**用音記**　諧音 敢博　**聯想口訣** 賭博就是要「敢博」下去。

---

gene [dʒin] 名 基因　衍 **genetic** 形 基因的

例 He attributes his long life and health to good genes.
他把長壽與健康歸因於自己的基因好。

🔍**用音記** 基因就是 gene 的諧音。

---

generate [ˈdʒɛnəˌret] 動 產生

例 The garment division generates over half of our firm's profits.
成衣部門占了我們公司利潤的一半以上。

✳ **用義記** gene（誕生）+ rate（動詞字尾）→ 產生
✳ **用形記** gene（基因）+ rate（費率）

---

generation [ˌdʒɛnəˈreʃən] 名（人、產品機種）世代

例 This new laptop computer is more powerful than its first generation.
這台筆電的性能高過第一代機種。

📖 **順便學一下** generation gap 代溝

generous [ˋdʒɛnərəs] 形 慷慨的；大量的

衍 generosity 名

例 Solar power companies receive generous subsidies from the government.
太陽能企業從政府得到大量補貼。

🔍用音記 諧音 節能螺絲 聯想口訣 慷慨買了大量的「節能螺絲」。

✻用形記 gene（基因）後面再加 rous 即可。

---

gesture [ˋgɛstʃə] 名 姿態；表示；手勢

例 As a gesture of apology, our bus company will offer you three free tickets to Kenting.
為了表示歉意，我們客運公司將提供給您三張到墾丁的免費車票。

🔍用音記 諧音 接十球 聯想口訣 我連續「接十球」的姿態真英勇。

---

global [ˋglobl] 形 全球的 衍 **globe** 名 地球（儀）

例 The global market is slowing down.
全球市場正在趨緩。

🔍用音記 諧音 割蘿蔔 聯想口訣 全球的人都在「割蘿蔔」。

📖順便學一下 global warming 全球暖化

---

grade [gred] 名 等級；（學校）年級

例 The machine sorts tea leaves into different grades.
機器將茶葉分成不同等級。

📖順便學一下 有沒有發現 gradual（逐漸的）與 graduate（畢業）也有 grade 的影子？

---

grind [graɪnd] 動 研磨

例 The first step in making an excellent cup of coffee is to grind your own beans.
煮杯好咖啡的第一步驟是：自己磨咖啡豆。

📖 順便學一下 過去式為 ground，煮東西常會用到 ground pepper（胡椒粉）；「磨」牙也是 grind。

gross [gros] 形 總共的

例 The company reported gross profits of one billion dollars in the last quarter.
該公司上季毛利達一億美元。

📖 順便學一下 多益的經濟類文章中，有時會出現 GDP（國內生產毛額），就是 gross domestic product 的縮寫。

groundbreaking [ˋgraʊndˏbrekɪŋ] 形 破土的；有開創性的

例 The groundbreaking ceremony for this groundbreaking architecture was held this morning.
今天早上舉行了這個開創性建築的破土儀式。

✱ 用義記 這個字未免也太好記了吧，怎麼跟中英文一模一樣，break（破），ground（地面），把地面打破，當然就是「破土」。

guarantee [ˏgærənˋti] 名 保證（書） 衍 **guarantee** 動

例 The mobile phone has a two-year guarantee.
這支手機有兩年保固期。

🔍 用音記 諧音 給人踢　聯想口訣 保證「給人踢」。

guard [gɑrd] 名 守衛

例 Before entering the building, you need to get a card from the security guard.
進入大樓前，你必須先跟警衛拿卡片。

📖 來句順口溜 要通過 guard，有 card 就不會 hard。

✱ 寓教於樂 惠妮·休絲頓的電影處女作《終極保鏢》，英文片名是 *Bodyguard*。

guidance [ˋgaɪdn̩s] 名 指導;輔導

例 The government provides advice and guidance to help businesses protect the environment.

政府提供企業如何保護環境的意見與輔導。

✻ 用義記 guide(引導)+ ance(名詞字尾）→ 指導

📖 順便學一下 environmental protection 環保

---

guide [gaɪd] 名 嚮導;指南

例 The guide gave everyone on the bus a guidebook.

導遊給遊覽車上每個人一本旅遊指南。

✻ 拜託記一下 guided tour（導覽）這個詞在多益聽力常出現。

---

guideline [ˋgaɪdˌlaɪn] 名 準則;方針

例 Please follow the guidelines closely.

請嚴格遵守這些方針。

✻ 用義記 準則有很多「條」，所以加個 line。

---

guilty [ˋgɪltɪ] 形 有罪的;有罪惡感的 衍 **guilt** 名 罪

例 With our new low-fat pizzas, you won't have to feel guilty about treating yourself to a big meal.

有了我們新的低脂披薩，吃大餐也不用覺得有罪惡感。

🔍 用音記 用 guilt 來記比較簡單。我打「球」（台語）有罪惡感。

half [hæf] 名 一半　衍 half 形 一半的

例 The couple have lived in Taipei for two and a half years and have spent half of their income on rent.

這對夫妻在台北住了兩年半，把一半的收入都用來付房租。

harass [həˋræs] 動 騷擾　衍 harassment 名

例 Last month, a teenager committed suicide after being harassed and bullied.

上月，有名青少年在被人騷擾、霸凌後自殺。

🔍 用音記 harass 的發音是不是跟 her ass 一樣呢？

harvest [ˋhɑrvɪst] 動 收割

例 Several local wineries welcome volunteers to help out with harvesting this year.

當地幾家釀酒廠今年歡迎義工來幫忙採收。

📒 來句順口溜 Harvard（哈佛）學生穿著 vest 來 harvest。

headline [ˋhɛd͵laɪn] 名 標題；頭版

例 The headline today is that ash cloud will reach most parts of Europe this coming week.

今天新聞頭條是，火山灰雲本週會飄到歐洲多數地區。

✲ 用義記 head（頭）＋ line（條）→ 頭條

height [haɪt] 名 高度

例 Taipei 101 is 508 meters in height.

台北 101 大樓有五百零八公尺高。

※ **用形記** height 去掉 h，就變成 eight（八）；改成 w，就變成 weight（重量）。

※ **拜託記一下** 高度的表示方法如下：① 數字＋in height；② 數字＋high。

---

herb [hɝb] 名 香草；藥草 衍 **herbal** 形

例 Our Thai cuisine uses lots of herbs and spices to enhance the flavor.
我們的泰式料理用了許多香草和香料來調味。

🔍 **用音記** **諧音** 喝吧 **聯想口訣** 是香草做的飲料就「喝吧」。

---

heritage [ˋhɛrətɪdʒ] 名 遺產；傳統

例 Taiwanese opera is an essential part of our cultural heritage.
歌仔戲是我們文化傳統的重要一部分。

🔍 **用音記** **諧音** 河洛的劇 **聯想口訣** 「河洛的劇」是我們的文化遺產。

✍ **順便學一下** 眼尖的人有沒有發現 herit 很眼熟，原來在 inherit（繼承）也有出現。

---

hesitate [ˋhɛzəˌtet] 動 猶豫；顧慮

例 If you have any questions, do not hesitate to contact our sales assistant.
若有疑問，請儘管洽詢我們的銷售助理。

🔍 **用音記** **諧音** 黑棗ㄉㄟˊ（茶） **聯想口訣** 猶豫要不要喝「黑棗ㄉㄟˊ（茶）」。

🔊 **老派碎碎唸** 例句可說是英文商業書信的至尊句型啊，不記不行！！！

---

hierarchy [ˋhaɪəˌrɑrkɪ] 名 階級制度

例 Hierarchy in organizations often leads to inefficiency. Government agencies are good examples.
組織中的階級制度常會導致辦事沒有效率。政府部門就是好例子。

🔍 **用音記** **諧音** 害洛基 **聯想口訣** 階級制度「害洛基」。

✍ **來句順口溜** Hyatt（君悅飯店）裡面有 hierarchy。

---

highlight [ˋhaɪˌlaɪt] 名 最精彩處；高潮

例 The video will show highlights of your wedding day.
影帶將秀出你們婚禮當天的精彩畫面。

※ 用義記 high（高）+ light（光）→ 高強光的地方 → 顯眼處；最精彩處
※ 拜託記一下 highlighter 螢光筆（用來把重點突顯出來）。

hone [hon] 動 磨亮、磨利；（引申）琢磨、訓練

例 That cram school has several courses on honing English writing skills.
那家補習班有幾堂加強英文作文能力的課程。

🔍 用音記 諧音 紅 聯想口訣 去「紅」磨坊磨練。
※ 用形記 honest（誠實）去掉 st。

horizon [hə`raɪzn̩] 名 地平線；（比喻）眼界 衍 **horizontal** 形 水平的

例 Traveling and working in different parts of the world has broadened my horizons.
到世界不同地方旅遊與工作拓展了我的眼界。

🔍 用音記 諧音 唬爛劇 聯想口訣 這齣「唬爛劇」讓我開了眼界。

host [host] 名 主人；東道主；主持人 衍 **host** 動 主持

例 Jennifer Shen is one of my favorite TV hosts. She has hosted many programs.
沈春華是我最喜歡的電視節目主持人之一，她主持過很多節目。

📖 順便學一下 host 中間加 i，就變成 hoist（升起），把 t 改成 e 就變成 hose（水管）。

hurdle [`hɝdl̩] 名 跨欄；（引申）障礙，困難

例 The eBook industry is faced with four major hurdles: construction, cost, content and culture.
電子書產業面臨四大障礙：構造、成本、內容與文化。

🔍 用音記 諧音 喝多 聯想口訣 「喝多」的人生有障礙。

hurricane [ˋhɝ1ˏken] 名 颶風

例 Katrina was one of the most destructive hurricanes in US history.
卡崔娜颶風是美國史上破壞力最大的颶風之一。

🔍用音記 電玩快打旋風的絕招「吼留啃」就是 hurricane，好懷念啊！

hygiene [ˋhaɪdʒin] 名 衛生　衍 **hygienic** 形

例 Teaching personal hygiene should start at an early age
個人衛生的教育應該從小開始。

🔍用音記 諧音 海鯨　聯想口訣 這隻「海鯨」很重視 hygiene。

ideal [aɪ`dɪəl] 形 理想的　衍 ideal 名

例 Our hotel is an ideal location for your wedding banquet.
我們的飯店是您婚宴的最佳地點。

✱ 用形記　idea（想法）+l（把l想成衝向天際）→ 高聳入雲的想法 → 理想

◇ 來句順口溜　Michelle Chen is an ideal idol.「陳妍希是完美的偶像。」

identity [aɪ`dɛntətɪ] 名 身分

例 The identity of the robber has not been established.
搶匪的身分尚未確定。

✱ 用義記　identity 常簡寫為 ID，而 ID card 就是身分證。

✱ 寓教於樂　愛看動作片的人應該看過《神鬼認證》，英文片名就叫 *Bourne Identity*。

identical [aɪ`dɛntɪk] 形 相同的；一模一樣的

例 The twins have identical eyes.
這對雙胞胎的眼睛一模一樣。

◁ 老派碎碎唸　先搞定 identity，背 identical 就容易了。

idle [`aɪdl] 形 閒置的；無所事事的

例 As the housing market is suffering, there are many idle units in new housing projects.
房市現在很慘，導致現在新建案有很多餘屋。

🔍 用音記　諧音 礙到　聯想口訣 閒閒的，「礙到」我。

◇ 來句順口溜　這個過氣 idol 現在很 idle。

ignore [ɪg`nor] 形 忽視；不理睬 衍 **ignorant** 形

例 Recommendations from engineers and academics to reinforce the bank have been repeatedly ignored by the government.
工程師與學者針對加強堤防的建議屢次遭政府忽視。

用義記 ig（= in，否定）+ nore（= know，知道）→ 不（想）知道 → 忽視
用音記 諧音 一怒 聯想記憶「一怒」之下，就忽視了。

illuminate [ɪ`luməˏnet] 動 照亮 衍 **illumination** 名

例 The city government is replacing traditional lights with LED ones to illuminate streets.
市政府正以 LED 燈取代傳統路燈，來點亮街道。

用義記 il（in 的變形，往裡的）+ lumin（火）+ ate（動詞字尾）→ 照亮
用音記 諧音 一入門內 聯想口訣「一入門內」就照亮大家。

illusion [ɪ`luʒən] 名 錯覺

例 When I look at the mirror every morning, I have the illusion that I am Takeshi Kaneshiro.
我每天早上照鏡子時，都會有錯覺，以為我就是金城武。

用音記 諧音 一路上 聯想口訣「一路上」都有錯覺。
寓教於樂 前幾年有部愛德華．諾頓主演的魔術電影，叫《魔幻至尊》（*Illusionist*）。

illustrate [`ɪləstret] 動 畫插圖；說明、闡明 衍 **illustration** 名

例 The fact that I think I am Takeshi Kaneshiro illustrates I am seriously ill.
我會自以為是金城武，表示我病得很嚴重。

用音記 一辣屎吹 聯想口訣「一辣屎吹」，說明了不能常吃麻辣鍋。（歹勢，這個諧音太髒了）。

順便學一下 illustrator 插畫家（也是某插畫軟體的名字）

第三章

i

immune [ɪ`mjun] 形 對……免疫的；不受影響的

衍 **immunity** 名 免疫力

例 The famous illustrator is immune to criticism.

這位著名插畫家不受批評聲浪的影響。

🔍用音記 諧音 姨母　聯想口訣 對「姨母」免疫。

✳拜託記一下 be immune to 是固定用法，請背起來；immune system 免疫系統。

---

impact [`ɪmpækt] 名 衝擊；影響

例 Chemical detergents have a negative impact on our environment.

化學洗衣精對環境造成負面衝擊。

✳用形記 pact 是「條約、協定」的意思，前面加個 im。

---

implement [`ɪmpləmənt] 動 執行　衍 **implementation** 名

例 Immigration officers implement a two-step approach to check the identity of tourists.

出入境官員執行兩段式方法，檢驗觀光客的身分。

✳用義記 im（向內）＋ ple（填滿）＋ memt（動詞字尾）→ 往內填滿（想像是要執行填滿杯子）→ 執行

✳用形記 先前背過 complement，把 com 改成 im 就成了 implement。

---

incorporate [ɪn`kɔrpəˌret] 動 納入；使合併

例 Thank you for your valuable suggestion, which will be incorporated in our product manual in the future.

感謝各位的寶貴意見，我們將會納入產品手冊裡。

✳用形記 corporate（企業）前面加 in。

📖順便學一下 Inc. 是 Incorporated 的簡寫，即「股份有限公司」。

inclement [ɪn`klɛmənt] 形 （氣候）惡劣的

例 The bus service has been canceled due to the inclement weather.
公車因氣候不佳而停駛。

🔍 用音記 ｜諧音｜ 硬扣了門　｜聯想口訣｜ 遇到惡劣天候，就「硬扣了門」。
📢 老派碎碎唸 雖然這個字很正式，但在多益聽力中常聽到。

index [`ɪndɛks] 名 指數；索引

例 The stock index climbed over 3.5 percent yesterday.
股票指數昨天攀升超過 3.5%。

🔍 用音記 ｜諧音｜ 硬碟卡死　｜聯想口訣｜「硬碟卡死」的指數。
📖 順便學一下 複數為 indices 或 indexes；index finger 食指。

individual [ˌɪndə`vɪdʒʊəl] 名 個人　衍 individual 形

例 We customize tours for individuals, families and groups.
我們為個人、家庭與團體提供量身訂做的旅程。

🔍 用音記 ｜諧音｜ 印度回教　｜聯想口訣｜ 個人信奉「印度回教」。
✴ 用義記 in（往裡面）＋divid（分割）＋ual（名詞字尾）→ 跟外界劃分 → 個人

infancy [`ɪnfənsɪ] 名 初期、早期；嬰兒期

例 Public transportation is still in its infancy in this city.
這座城市的公共運輸系統仍在興建初期。

✴ 用義記 先記 infant（嬰兒）這個字，再記 infancy 就易如反掌了。

infect [ɪn`fɛkt] 動 感染　衍 infectious 形

例 Practicing good hygiene helps reduce your chances of becoming infected with a virus.
維持良好衛生有助於降低感染病毒的機率。

✴ 用義記 in（往裡面）＋fect（製造）→ 往裡面製造細菌或病毒 → 感染

211

ingredient [ɪn`ɡridɪənt] 名 原料；元素

例 Separate ingredients are mixed together to make our popular tea products.
混合不同原料後，我們著名的茶品就出爐了。

🔍用音記 諧音 應貴點 聯想口訣 原料應該要貴一點，所以是「應貴點」。
✹用義記 in（往內）＋ gred（＝ grad，走）＋ ient（名詞字尾）→ 往裡頭走的 →
元素

---

initiate [ɪ`nɪʃɪˌet] 動 開始；發起 衍 **initial** 形 起初的；初步的

例 After the workers initiated the strike, the initial response of the
management was anger.
工人開始罷工以來，管理階層剛開始的反應很生氣。

🔍用音記 諧音 印尼靴 聯想口訣 開始穿「印尼靴」或「印尼袖」（initial）。
✹寓教於樂 周董演的《頭文字 D》就是 Initial D。

---

initiative [ɪ`nɪʃətɪv] 名 主動；帶頭

例 Show more initiative if you want to impress your employer.
想讓僱主留下深刻印象的話，就表現主動一點。

✹用義記 會 initiate 之後，initiative 就很好背了。
✹拜託記一下 兩個重要用法：on one's own initiative 自動自發；take the
initiative 帶頭、主動做……。

---

injure [`ɪndʒə] 動 （在事故中）受傷 衍 **injury** 名

例 Fortunately, nobody was seriously injured in the fire.
沒有人在火災中嚴重受傷，真是不幸中的大幸。

🔍用音記 諧音 鷹架 聯想口訣 「鷹架」倒了，有人受傷。

innovative [`ɪnoˌvetɪv] 形 創新的　衍 innovation 名

例 We need to come up with an innovative marketing strategy to get the new product moving.

我們必須想出創新的行銷策略，打響新產品。

✳ 用義記 有沒有發現，單字裡面有個宅男的天堂名店 NOVA，nova 當字根有「新」的意思。所以囉，in（裡面的）+ nova（新）+ tive（形容詞字根）→ 連裡頭都是新的 → 創新。不想承認自己宅的，也可以從 novel（小説）、novice（新手）等字看到 nova 的變形喔！

install [ɪn`stɔl] 動 安裝　衍 installation 名

例 The new telephone system will be installed over the weekend.

新的電話系統將在週末安裝。

✳ 用義記 stall 攤位，不妨記成安裝「在（in）」「攤位（stall）」裡。

installment [ɪn`stɔlmənt] 名（分期付款的）每期款項；(連續劇)其中一集

例 Sir, would you like to pay for the LED TV in installments?

先生，您這台 LED 電視要分期付款嗎？

◁ 老派碎碎唸 別跟 installation（安裝）搞混了。另外 pay in/by installments（分期支付）是固定字串，這三個字一起唸七次來加深印象。

instruct [ɪn`strʌkt] 動 吩咐；指導　衍 instruction 名

例 I instructed IKEA to deliver the furniture in the morning.

我吩咐宜家家居早上把家具運過來。

✳ 用義記 struct 有點眼熟對吧，沒錯，structure（結構）也有這個字根，是「建造」的意思。

✎ 順便學一下 instructor 指導員；construct 建造；destruct 解構

insult [ɪn`sʌlt] 動 污辱；冒犯 衍 **insult** [`ɪnsʌlt] 名

例 Many TV programs insult viewers' intelligence.
許多電視節目污辱觀眾的智商。

🔍**用音記** 諧音 淫手 **聯想口訣** 別用你的「淫手」來冒犯我。

📖**順便學一下** 人家都受傷了，你還要加一句侮辱的話，add insult to injury，也就是「落井下石」的英文。

📢**老派碎碎唸** 請留意動詞和名詞的重音位置不一樣喔。

---

insure [ɪn`ʃʊr] 動 幫……保險 衍 **insurance** 名

例 My house is insured against fire.
我的房子保了火險。

✱**用義記** 買保險當然就是要心裡面（in）有種確定（sure）的感覺。

📖**順便學一下** life insurance 壽險；property insurance 產險；car insurance 車險

---

integrate [`ɪntə,gret] 動 融入；整合 衍 **integration** 名

例 They were the first company to integrate social media into marketing campaigns.
他們是第一家把社群媒體納入行銷宣傳的公司。

🔍**用音記** 諧音 櫻桃粿 **聯想口訣** 把所有原料融合起來，製作出「櫻桃粿」。

✱**寓教於樂** 女生一定知道資生堂有款眼線膠叫「Integrate」。

---

intend [ɪn`tɛnd] 動 計畫；打算 衍 **intention** 名

例 I intend to integrate their ideas into my proposal.
我打算把他們的想法納入我的建議案中。

🔍**用音記** 諧音 印堂 **聯想口訣** 用「印堂」來計畫。

✱**用義記** in（往裡面）+tend（伸展）→想法在心裡面伸展→計畫

✱**用形記** intend 把 in 改成 ex，就變成 extend（延伸）；改成 con，就變成 contend（聲稱）；改成 pre，就變成 pretend（假裝）。

intense [ɪn`tɛns] 形 劇烈的　衍 **intensify** 動 加強

例 Fresh graduates face intense competition in the job market.
社會新鮮人面臨就業市場的激烈競爭。

🔍 **用音記** 背 intensify 比較容易。他的「印堂失火」，表示他很劇烈地在思考。
📖 **順便學一下** tense 緊張

---

intensive [ɪn`tɛnsɪv] 形 加強的；密集的

例 I signed up for an intensive TOEIC course. .
我報名了多益密集班。

🔍 **用音記** **諧音** 影壇師父　**聯想口訣** 密集練習，就能成為「影壇師父」。
📖 **順便學一下** intensive care unit 加護病房

---

invest [ɪn`vɛst] 動 投資　衍 **investment** 名

例 Many foreign investors are investing in emerging markets.
許多外資（外國投資人）投資在新興市場。

🔍 **用音記** 來句順口溜：I invest a lot of money in my vests.「我投資很多錢在背心上。」

---

investigate [ɪn`vɛstə‚get] 動 調查；研究　衍 **investigation** 名

例 The cause of the fire is still being investigated（或 is still under investigation）.
火災原因仍在調查中。

❋ **用形記** 有沒有發現前面有 invest（投資），後面有 gate（大門）。

---

invite [ɪn`vaɪt] 動 邀請　衍 **invitation** 名

例 I am honored to invite you to celebrate the first year of business.
我很榮幸能邀請各位來慶祝公司創業週年紀念。

🔍 **用音記** 背 invitation 比較容易，要「迎合泰山（invitation）」，就要邀請他來。

invoice [ˋɪnvɔɪs] 名 發票

例 I keep my invoices by month.
我依月份來保存發票。

✱ **用義記** 中發票是我心裡面（in）的聲音（voice）。

---

itinerary [aɪˋtɪnəˏrɛrɪ] 名 旅行行程

例 We are not satisfied with the itinerary the travel agency has arranged.
我們不滿意旅行社規劃的行程。

🔍 **用音記** **諧音** IT 人瑞里　**聯想口訣** 旅程有一站是要到「IT 人瑞里」，就是那一里住了很多電子新貴的人瑞。

jam [dʒæm] 名 (車、人) 壅塞

例 Traffic jams are expected during rush hour.

尖峰時刻預計會塞車。

老派碎碎唸 jam 算是國民單字了。類似字義的單字有：congestion、bumper-to-bumper（形容車流很慢，車子的後保險桿都貼到下輛車的前保險桿了）。

jargon [ˋdʒɑrgən] 名 行話；術語

例 Using jargon all the time only highlights your inability to communicate with customers.

一直使用行話，只會突顯出你無法跟客戶溝通。

用音記 諧音 「正港」（台語） 聯想口訣 講話就要講「正港」的行話。

jealous [ˋdʒɛləs] 形 羨慕的 衍 jealousy 名

例 Don't be jealous of your colleague's promotion.

不要羨慕你同事晉升。

用音記 諧音 解了屎 聯想口訣 羨慕他「解了屎」。（對不起，老派腦子裡盡是骯髒的想法）。

jeopardy [ˋdʒɛpədɪ] 名 危險

例 Overdevelopment is putting habitats of clouded leopards in jeopardy.

過度開發正在危害雲豹的棲息地。

用音記 諧音 姐怕弟 聯想口訣 「姐怕弟」有危險。

老派碎碎唸 有沒有發現 leopard（豹）與 jeopardy 有六個字母一樣耶。

✱ 拜託記一下 put ... in jeopardy（或 put ... in danger）危害

jewel [ˋdʒuəl] 名 寶石

例 She doesn't have any jewels but diamonds. I am so jealous.
她什麼寶石都沒有，只有鑽石一堆。我好嫉妒。

🔍用音記 「珠」（jewel）寶，未免也太好記了吧！

✱寓教於樂 有個女歌手叫茱兒，英文就是 Jewel，還演過李安的電影《與魔鬼共騎》。

---

jobless [ˋdʒɑblɪs] 形 失業的

例 U.S. jobless claims have increased for three consecutive months.
美國領取失業救濟金人數連三個月上升。

📖順便學一下 賈伯斯（Steve Jobs）去世後，有新聞標題這麼寫：Apple is Jobless（蘋果少了賈伯斯）。

---

journal [ˋdʒɝnl] 名 刊物；雜誌　衍 journalist 名 記者

例 Although he is jobless, he reads many business journals to broaden his business expertise.
他雖然失業，但還是讀很多商業期刊，拓展他的商業知識。

🔍用音記 諧音 蔗農　聯想口訣 我最愛看「蔗農」期刊了。

---

journey [ˋdʒɝnɪ] 名 旅程

例 The good attitude of the flight attendants can make your journey a pleasant experience.
空服員如果態度親切，整個旅程就會是愉快的體驗。

✱用形記 有沒有發現 journey 和 journal 都有 journ-（日；天）的字根。其他還有 adjourn（延期）、sojourn（逗留；旅居）。

---

junior [ˋdʒunjɚ] 形 年幼的

例 All the members of Super Junior are junior to me by several years.
Super Junior 的成員全都小我幾歲。

✻拜託記一下 be junior to 當成固字串背下來。

✻寓教於樂 感謝 Super Junior，讓 junior 成為國民單字，但老派不禁要想，他們的中文團名是不是該叫「超幼齒」呢？我來組個 Super Senior（超級老芋仔）好了。

---

justify [ˋdʒʌstəˌfaɪ] 動 證明……合理　衍 **justification** 名

例 Fat cat bankers should justify their high salaries.
肥貓銀行家應該拿出成績，證實自己拿高薪是合理的。

✻用形記 會 just 和 justice 兩字，自然就容易記住 justify。

knowledge [ˋnɑlɪdʒ] 名 知識
衍 **knowledgeable** 形 有知識的；博學的

例 Working in the wine industry for years has given Stephen a broad knowledge of wine and distribution.
在葡萄酒產業工作多年，史蒂芬對葡萄酒與配銷的認識很廣。

✽ 用形記 know 後面加 ledge。

---

keep up with 動 趕上；跟得上

例 Our magazine will help you keep up with the latest trends in the business community.
我們的雜誌能幫助你趕上商界的最新趨勢。

✽ 拜託記一下 這個片語很常出現喔。

---

kick off 動 開始

例 The presidential election kicked off in February.
總統大選在二月開打。

順便學一下 kick off 本來是足球開球的意思。

220

label [`lebl] 名 標籤

例 The label on the T-shirt says it is machine washable.
T恤標籤上寫說可機洗。

📘 順便學一下 label 把 a 改成 i，就變成 libel（誹謗）。
📘 來句順口溜 你亂貼我 label，我就告你 libel。

labor [`lebɚ] 名 勞力；人工

例 The garage charged me for parts and labor.
車廠向我收零件費與人工費。

✱ 拜託記一下 laboratory 實驗室；labor-intensive 勞力密集的

lack [læk] 動 缺乏 衍 lack 名

例 Our company lacks an innovative strategy to gain new customers.
我們公司缺乏招攬新客戶的創新策略。

🔊 老派碎碎唸 有沒有發現 lack 前面加 b，就變成 black（黑）；加 s 變 slack（偷懶）。

landscape [`lænd͵skep] 名（陸地）風景

例 Taiwan's landscapes range from high mountains to flat plains.
台灣的風景從高山到平原都有。

✱ 用形記 land 很簡單，scape 其實也不難，你看 escape（逃離）也有同樣的字母。

launch [lɔntʃ] 動 推出（產品）衍 launch 名

例 The radio station will soon launch a new program dedicated to introducing tourist attractions in Taiwan.
電台不久將推出新節目，專門介紹台灣觀光景點。

✻ 用形記 lunch 加個 a。

來句順口溜 We will launch a lunch menu.

---

laundry [`lɔndrɪ] 名 （要洗的）衣物；洗衣店

例 Laundry facilities can be found in the basement of the building.

大樓地下室有洗衣設備。

順便學一下 動詞是 launder，所以洗錢叫做 money laundering。

---

lawsuit [`lɔ,sut] 名 訴訟、官司

例 Several sales department employees have filed a lawsuit against the company for failing to pay overtime.

幾名銷售部門員工向公司提告，說公司沒有付加班費。

🔍用音記 **諧音** 老鼠 **聯想口訣** 「老鼠」打官司。

✻ 用義記 suit 本身就有「訴訟」的意思。

---

latest [`letɪst] 形 最新的

例 After the break, we will give you the latest development in Lindsay Lohan's lawsuit.

廣告過後，我們將報導琳賽‧羅涵官司的最新發展。

順便學一下 at the latest 最晚；最遲

老派碎碎唸 latest（最新的）強調的是時間；last（最後一個，上一個）強調的是順序。

---

lease [lis] 名 租約

例 The rent is NT$10,000/month with a minimum six-month lease.

每月租金一萬元，租約最少簽六個月。

✻ 用形記 please 去掉 p 就是 lease。

來句順口溜 Please sign the lease.

順便學一下 lessee 承租人；lessor 出租人

legacy [`lɛgəsɪ] 名 遺產；遺留之物

例 The rich dad didn't leave any legacy to his children.
那個富爸爸沒有留下遺產給小孩。

🔍 **用音記** **諧音** 樂高市 **聯想口訣** 我老爸給我的遺產是「樂高市」。
📢 **老派碎碎唸** legacy 是留給某人的遺產，所以是遺贈物；inheritance 是繼承某人的東西，所以是繼承物。

---

legal [`ligl] 形 合法的；法定的 反 **illegal** 形 不合法的

例 The legal drinking age in Taiwan is 18.
台灣法定飲酒年齡是 18 歲。

📖 **來句順口溜** 養 eagle 不 legal，只是為了 ego（自我）。
📖 **順便學一下** legal 已經是國民單字，把 l 改成 r，就變成 regal（高貴的）。

---

levy [`lɛvɪ] 動 徵收；課收 同 **impose**

例 The government has decided to levy a high tax on cigarettes.
政府決定對香菸課以重稅。

---

liable [`laɪəbl] 形 易於，易患的；負有法律責任的，有義務的

例 The bus driver was liable for the injuries to his passengers.
公車司機應對乘客的受傷負責。

✳ **用形記** able 前加 li。

---

liabilities [ˌlaɪə`bɪlətɪz] 名 負債；債務

例 If your liabilities exceed your assets, you will go bankrupt.
如果負債高於資產，你就會倒閉。

✳ **用義記** liable 也有「對……有償還責任」的意思，變成名詞記得加複數。

---

license [`laɪsn̩s] 名 執照；許可證

例 To rent a car, you must have a valid driver's license, a credit card and meet a minimum age requirement.

租車時，你必須要具備有效駕照、信用卡，並符合年齡最低限制。

🔍用音記 諧音 來筍絲 聯想口訣 「來筍絲」也要執照，來一盤筍絲也要執照。

✳寓教於樂 有一集 007 電影叫《殺人執照》（*License to Kill*）。

---

in light of 關於

例 In light of your request, I will have to consult with my manager.

關於您的要求，我必須跟我們經理請教。

◁∶老派碎碎唸 這在多益的信件題型中很常見。

---

limelight [ˋlaɪmˌlaɪt] 名 鎂光燈

例 Daniel Radcliffe has lived in the limelight since the first *Harry Potter* movie.

自從《哈利波特》電影第一集以來，丹尼爾‧德克里夫就在鎂光燈下生活。

🔍用音記 「萊姆」燈。這個字的 lime 是「石灰」的意思，但 lime 本身也有「萊姆」的意思，不妨把鎂光燈想像成貼滿萊姆，這樣記起來更深刻。

✎順便學一下 spotlight 聚光燈

---

limited [ˋlɪmɪtɪd] 形 有限的 衍 limit 動 限制

例 For a limited time, Starbucks is offering a 10 % discount on the new product.

星巴克的新產品打九折，有限時！

---

loan [lon] 名 借款 衍 loan 動

例 How much interest does ChinaTrust charge on small loans?

中國信託小額貸款利率是多少？

🔍用音記 諧音 攏 聯想口訣 「攏」係借款害的！

---

logistics [loˋdʒɪstɪks] 名 物流；後勤

例 Effective logistics management helps retailers achieve profitable growth and win more consumers.

好的物流管理幫助零售商獲得利潤成長、贏得更多客戶。

🔍用音記 喇舌時踢顆屎　　聯想口訣 「喇舌時踢顆屎」，趕快請物流團隊來清除。

📖來句順口溜 logic of logistics（物流的邏輯）。

✲寓教於樂 最近 UPS 快遞強打的廣告裡，廣告每隔幾句就有一句：That's logistics!。

---

lure [lʊr] 動 吸引

例 On the way home, I was lured by the smell of fried chicken chunks and decided to forget my diet.

回家路上，我被鹹酥雞的味道給吸引過去，決定先不要管減肥計畫。

🔍用音記 盧（台語）　　聯想口訣 他「盧」的功力很吸引我。

✲寓教於樂 釣魚的人會用一種叫做「路亞」的假魚餌，是從 lure 音譯過來的。

---

loyal [ˋlɔɪəl] 形 忠誠的　衍 loyalty 名

例 Are you a loyal Apple user?

你是蘋果的死忠用戶嗎？

🔍用音記 I am loyal to the royal family.「我效忠於皇室」。兩個字如果怕混淆，不妨想像皇室的人講話愛捲舌，喜歡發 r 音。

---

luxury [ˋlʌkʃərɪ] 名 奢侈；奢華　衍 luxurious 形

例 Premier Wu confirmed that luxury tax will be levied to curb a housing bubble.

行政院長吳敦義證實，未來將徵收奢侈稅，以期抑制房市泡沫。

🔍用音記 拉雪莉　　聯想口訣 「拉雪莉」一起去奢侈一下。

📖來句順口溜 你還真 luxury，買那麼多 jewelry。

✲寓教於樂 LUX 麗仕洗髮精就是想營造奢華的感覺。

magnet [ˋmægnɪt] 名 磁鐵；（引申）有吸引力的人或物

例 My father has a huge collection of fridge magnets.

我老爸收藏了很多冰箱磁鐵。

✱ 用義記 magn（大）+ et（名詞字尾）→ 磁鐵

✱ 寓教於樂 《X 戰警》的萬磁王就叫 Magneto，原意是磁電機。

✒ 順便學一下 從 magni- 字根再多記幾個字：magnitude（強度），the magnitude of the earthquake（地震強度）。

---

majority [məˋdʒɔrətɪ] 名 多數

例 Estimates have shown that the majority of small businesses will fail in the first five years.

估計顯示，大多數的小企業在成立前五年就無疾而終。

🔍 用音記 諧音 馬階樓梯　聯想口訣 大多數的「馬階樓梯」都很大。

✱ 用形記 major（主要的）後面加 ity。

---

mandatory [ˋmændəˌtorɪ] 形 強制的；必須做的

衍 **mandate** 名 授權 動 委任

例 The majority of elective courses are more interesting than mandatory courses.

大部分的選修課都比必修課有趣多了。

🔍 用音記 諧音 饅頭道理　聯想口訣 強制要學「饅頭道理」。

✱ 用義記 用 mandate 來記比較好理解：mand（命令）+ ate（動詞字尾）

---

marginal [ˋmɑrdʒɪnl] 形 輕微的

例 The new policy will have only a marginal impact on the machinery industry.

新政策對機械產業只有小幅衝擊。

用義記 marginal 原意是書頁邊的空白處，引申爲「不是那麼重要的」。

material [mə`tɪrɪəl] 名 材料；原料

例 High costs of building materials contributed to the jump in house prices.
建材成本高昂，導致房價上漲。

用音記 諧音 馬蹄尾 聯想口訣 用材料製作「馬蹄尾」。

順便學一下 material 當形容詞是「物質的」，瑪丹娜年輕時有一首歌就叫 Material Girl（拜金女郎）。

mature [mə`tjʊr] 形 成熟的 衍 maturity 名

例 Since the mobile phone market is mature, companies are turning to smartphones.
由於傳統手機市場已經成熟，企業紛紛轉戰智慧型手機。

拜託記一下 mature 當動詞有（保單、契約）「到期」的意思，可以想像契約像水果一樣成熟、熟透了，就表示到期了。

measure [`mɛʒɚ] 動 測量 衍 measure 名 措施；方法

例 I blushed when the seamstress, who looked like Jennifer Lopez, measured my hips.
那個長得像翹臀珍的裁縫師幫我量臀圍時，我害羞得都臉紅了。

用音記 諧音 美酒 聯想口訣 用什麼來測量「美酒」呢？

用形記 pleasure（喜悅）把 pl 改成 m，就變成 measure 了。

membership [`mɛmbɚʃɪp] 名 會員資格；會籍

例 Membership at our club enables you to play against like-minded tennis enthusiasts.
擁有我們俱樂部的會員資格，能跟像你一樣的網球迷對打。

老派碎碎唸 這個字當然是從 member（會員成員）演變過來的，是多益必考單字。

memo [ˋmɛmo] 名 字條

例 The store manager left a memo on the bulletin board, asking all staff members to come to work on time.

店長在公布欄留了張字條，要全體員工準時上班。

🔊 老派碎碎唸 列出這個字不是小看大家智商，但以它爲基礎，memory（回憶，名詞）、memorize（記憶，動詞）、memorial（紀念碑）、memoirs（回憶錄）、memorabilia（紀念品），都可以輕鬆搞定，實在是物超所值的單字啊！

---

mention [ˋmɛnʃən] 動 談起；提到　衍 **mention** 名

例 My father likes to mention his past glories.

我老爸喜歡提當年勇。

🔍 用音記 ｜諧音｜ 門神　｜聯想口訣｜ 我們聊天談到「門神」。

📖 順便學一下 重要用法還包括：the above-mentioned（以上提到的）；Don't mention it.（不客氣）。

---

merchandise [ˋmɝtʃənˌdaɪz] 名 商品

例 All our merchandise is directly imported from Japan and Korea.

我們店的商品全數直接由日韓進口。

🔍 用音記 ｜諧音｜ 磨蹭袋子　｜聯想口訣｜ 商品買太多會「磨蹭袋子」。

🔊 老派碎碎唸 merchandise 是不可數喔！

📖 順便學一下 mer- 代表「水」，因爲以前是水路通商，所以才會有 merchant（商人）和 merchandise 等單字，另外還有 mermaid（美人魚）、mercury（水銀）等。

---

merge [mɝdʒ] 動 合併　衍 **merger** 名 合併

例 We will merge with our competitor in order to boost our competitiveness in the market.

我們將與競爭對手合併，以期提升市場競爭力。

🔍**用音記** 諧音 麻糬 聯想口訣 把兩個「麻糬」合併。

❋ **用義記** 用 mer-（水）字根來記，想像要像水一樣才能合併。

❋ **拜託記一下** M&A 在商業新聞常出現，代表 merger and acquisition（購併）。

---

message [ˋmɛsɪdʒ] 名 口信；消息

例 Did you get the message that we will have to turn in the presentation materials by Tuesday at the latest.

你有沒有收到通知，說我們最晚要在週二交出簡報資料。

🔍**用音記** 諧音 沒喜劇 聯想口訣 「沒喜劇」的消息傳了開來。

❋ **用形記** mess（雜亂）+ age

◈ **順便學一下** 一字之差變成 massage（馬殺雞），小心不要搞混了；text message（手機簡訊）。

---

mineral [ˋmɪnərəl] 名 礦物；礦物質

例 Fruit and vegetables contain essential vitamins and minerals, so don't forget your five a day.

蔬果含有重要的維他命與礦物質，所以別忘了天天五蔬果！

❋ **用義記** mine（礦）+ ral → 礦物

◈ **順便學一下** mineral water（礦泉水）；gold mine（金礦）；miner（礦工）；現在企業常講 data mining（資訊採礦），指的是分析大量資訊而得出結論。

---

minor [ˋmaɪnə] 形 次要的

衍 **minor** 名 未成年者　反 **major** 形 重要的

例 We need to stop minors from drinking. Otherwise a minor problem will become a major crisis.

我們必須阻止未成年人喝酒，不然小問題就會演變成大危機。

🔍**用音記** 諧音 麥那（台語） 聯想口訣 要帶未成年的人來開趴，「麥那」。

❋ **拜託記一下** majority 是「多數」，minority 是「少數」。

M

第三章

miracle [ˋmɪrəkļ] 名 奇蹟

例 Taiwan experienced an economic miracle in the 1970s and then a political miracle in the 1980s.
台灣在七〇年代出現經濟奇蹟，八〇年代出現政治奇蹟。

🔍用音記 諧音 彌勒國 聯想口訣 「彌勒國」裡充滿奇蹟。

✽寓教於樂 卡通《埃及王子》主題曲有這麼一句 There can be miracles when you believe. 「當你相信，奇蹟就可能出現。」

---

moderate [ˋmɑdərɪt] 形 適中的

例 According to the weather forecast, the typhoon will bring moderate rain.
根據氣象播報，颱風帶來的雨量不會太大。

🔍用音記 諧音 馬德里 聯想口訣 「馬德里」大小適中。

---

moist [ˋmɔɪst] 形 濕潤的 衍 **moisture** 名 濕氣

例 Athlete's foot is caused by fungi that thrive in warm and moist environments.
香港腳是由長在溫暖潮濕環境的霉菌所造成的。

🔍用音記 諧音 抹濕的 聯想口訣 「抹濕的」東西很濕潤。

✎ 順便學一下 把 m 換成 h，就變成 hoist（用繩子升起），所以 flag-hoisting ceremony 就是「升旗典禮」。

---

moment [ˋmomənt] 名 片刻；時刻

例 Hello, Gary. Can I just talk to you for a moment about our merchandise management.
喂，蓋瑞。我可以花一點時間跟你討論貨品管理的事嗎？

✎ 順便學一下 at the moment 目前

---

monitor [ˋmɑnətɚ] 動 監視 衍 **monitor** 名 監視器

例 My wife is monitoring the babysitter's behavior through the computer monitor in the office.

我太太透過辦公室的電腦監視器來監視保母。

🔍用音記 諧音 麻辣湯　聯想口訣 煮「麻辣湯」時要監視好。

---

monopoly [mə`nɑplɪ] 名 壟斷；獨占

例 Chunghwa Telecom used to hold a monopoly in telecommunication services.

中華電信以前在電信服務業擁有壟斷地位。

🔍用音記 諧音 夢娜不理　聯想口訣 「夢娜不理」獨占市場的人。

✳用義記 mono（單一）+ poly（= polein，銷售）→ 單一銷售 → 獨占

✳寓教於樂 小時候玩的「大富翁」，英文就叫 Monopoly。

---

mortgage [`mɔrgɪdʒ] 名 房貸

例 When I bought my first apartment, I took out a 20-year mortgage.

我第一次買公寓時，申請了二十年期房貸。

🔍用音記 諧音 魔鬼急　聯想口訣 「魔鬼急」著繳房貸。

◁老派碎碎唸 請留意 t 不發音。

---

motive [`motɪv] 名 動機；目的

例 I am trying to figure out the director's motive in allowing that actress to play the lead.

我要弄清楚導演讓那個女演員當主角的背後動機。

🔍用音記 諧音 猛踢夫　聯想口訣 「猛踢夫」的動機為何？

---

motivate [`motə,vet] 動 激勵；使……有動機

例 My aim as a teacher is to motivate students to learn, to challenge and to experiment.

身為老師，我的目標是要激勵學生去學習、去質疑、去實驗。

※ 用義記 會了 motive，motivate 當然就好背了。

來句順口溜 我女朋友 motivate 我開一家 motel，但我有其他 motive。

---

multiply [ˋmʌltəplaɪ] 動 乘以

例 If you multiply two by three, you get six. (= Two multiplied by three equals six.)

二乘以三等於六。

用音記 諧音 摸的牌 **聯想口訣** 「摸的牌」都要把它乘起來。

※ 用義記 multi（多重）+ ply（折）→ 折了再折 → 乘以

順便學一下 這個字會了，其他形似的字也變得簡單，像是 multiple（多重的）、a multitude of（大量的）。

---

mystery [ˋmɪstərɪ] 名 神秘的事；謎團

衍 **mysterious** 形 神秘的

例 When we come back, we will unlock the mystery of the Bermuda Triangle.

廣告回來，我們將為您揭開百慕達三角洲的神秘面紗。

用音記 諧音 迷思 tree **聯想口訣** 「迷思 tree」是一個謎團。

nausea [`nɔzɪə] 名 噁心；嘔吐感

例 The early stage of pregnancy is often accompanied by nausea.
懷孕初期常會覺得噁心。

🔍用音記 諧音 挪架 　聯想口訣 你真噁心，請你「挪架」一下。
✖用形記 有沒有發現 nausea 裡有個 sea（海）。

---

navigate [`nævə‚get] 動 指引方向；領航 　衍 **navigation** 名

例 Since both of us don't know the area well, I will drive and she will navigate.
由於我們兩個人對這裡都不熟，所以由我開車，她負責找路。

🔍用音記 諧音 那薇閣 　聯想口訣 領航到「那（家）薇閣」。
✖用形記 navi 長得有像 navy（海軍）吧？gate 則是「大門」的意思。
📖順便學一下 GPS 導航系統的英文剛好是 GPS navigation system。

---

necessary [`nɛsə‚sɛrɪ] 形 必要的

衍 **necessity** 名 　反 **unnecessary** 形 不必要的

例 It is necessary to shop around for the best loan rates, as they can vary dramatically.
貸款利率差異幅度很大，要找到最好的利率，有必要貨比三家。

🔍用音記 諧音 奶昔吸力 　聯想口訣 喝奶昔要用力吸，所以有必要用「奶昔吸力」。
✖拜託記一下 daily necessity 日常用品

---

negative [`nɛgətɪv] 形 負面的 　反 **positive** 形 正面的

例 As a salesperson, you need to be thick-skinned. Do not give up if you receive a negative response.
身為業務員，臉皮要厚一點。不要對方一拒絕就放棄了。

🔍 **用音記** | **諧音** 內科大夫　**聯想口訣** 「內科大夫」很負面。

- -

negotiate [nɪˋgoʃɪˌet] 動 協商；商議　衍 **negotiation** 名

例 Even in this climate of layoffs, it's still possible to negotiate a raise.
即使是現在颳起裁員風，還是有可能協商加薪的。

🔍 **用音記** | **諧音** 拿狗血　**聯想口訣** 「拿狗血」來協商（好像太殘忍了）。

- -

network [ˋnɛtˌwɝk] 名 網路

例 London boasts the world's oldest underground train network.
倫敦號稱擁有全球歷史最悠久的地下鐵網路。

📖 **順便學一下** 拜現代科技之賜，network 應該是老少皆知的英文單字了。網路連線的英文是 network connection。

- -

niche [nitʃ] 名 利基（優勢所在）

例 Each company needs to identify its own niche market.
每個公司必須找到自己的利基市場。

🔍 **用音記** 利基其實就是 niche 的諧音。也可以這麼記：「你需」要利基，才能在職場發光發熱。

- -

nominate [ˋnɑməˌnet] 動 提名　衍 **nomination** 名

例 I have been nominated by my party to run for president.
我被黨內提名參選總統。

🔍 **用音記** | **諧音** 納美人　**聯想口訣** 我要提名「納美人」。
✳ **用義記** nomin（＝name，名字）＋ate（動詞字尾）→ 提名

- -

novice [ˋnɑvɪs] 名 初學者；新手

例 The course is designed especially for computer novices.
本課程專為電腦新手所設計。

🔍**用音記** **諧音** 那位是　**聯想口訣**「那位是」新手。

✳**用義記** 在背 innovate 時，我們學過 nova 有「新」的意思，novice 就變成「新手」囉！

✳**用形記** 把 v 改成 t，不就變成 notice 嗎？

---

notorious [no`torɪəs] 形 惡名昭彰的

例 This airline is notorious for delays.

　　這家航空公司班機延誤是出了名的。

🔍**用音記** **諧音** 濃特利餓死　**聯想口訣** 在「濃特利餓死」而惡名昭彰。

✳**拜託記一下** be notorious for 三個字是固定用法，一起背下來。

---

nutrition [nju`trɪʃən] 名 營養　衍 **nutritious** 形

例 Since our diets do not provide all the nutrition we need, it is important to take vitamins.

　　由於日常飲食無法提供所有的營養，所以攝取維他命很重要。

🔍**用音記** **諧音** 牛群想　**聯想口訣**「牛群想」要有營養。

obese [o`bis] 形 過重的　衍 **obesity** 名 肥胖

例 Obese adults are at risk for a number of health problems.
體重過重的成年人可能會出現許多健康問題。

🔍用音記　諧音 て鼻屎　聯想口訣 因為鼻屎太重，所以要「て鼻屎」。

---

obey [ə`be] 動 聽從；服從　衍 **obedient** 形

例 Do you discipline your children when they don't obey you?
你家小孩不聽話時，你會處罰他們嗎？

🔍用音記　諧音 耳背　聯想口訣 因為「耳背」，所以更要服從。

---

oblige [ə`blaɪdʒ] 動 （事）迫使（人）做　衍 **obligation** 名 責任

例 New regulations oblige retailers to display prices clearly.
新規定要求零售商清楚標示價格。

🔍用音記　諧音 阿伯荔枝　聯想口訣 迫使大家吃「阿伯（種的）荔枝」。

---

observe [əb`zɜv] 動 看到；觀察　衍 **observation** 名

例 To prevent defects, workers observe every step of the production process.
為了避免出現瑕疵品，員工細心觀察製程的每個階段。

🔍用音記　諧音 阿布殺夫　聯想口訣 看到「阿布殺夫」。
✱用形記 有沒有發現 observe 有 serve 這個字。
📖順便學一下 observatory 天文台；氣象台

---

obstruct [əb`strʌkt] 動 阻礙；堵塞　衍 **obstruction** 名

例 The highway has been obstructed by a mudslide, triggered by days of rainfall.
連日降雨導致土石流，連帶使得公路無法通行。

---

occupy [ˋɑkjəˌpaɪ] 動 占領　衍 **occupation** 名

例 News about the Occupy Wall Street demonstration occupied the front page today.

「占領華爾街」示威活動的新聞占據今天報紙頭版。

用音記 諧音 愛橋牌　**聯想口訣** 占領「愛橋牌」的人。

拜託記一下 occupation 另有「職業」之意（因為工作占據人生多半時間）；occupant 居住者。

---

offend [əˋfɛnd] 動 觸怒；冒犯　衍 **offensive** 形 冒犯的；讓人討厭的

例 I've always known he is an offensive person, but the remark he just made really offended me.

我一向知道他是很討厭的人，但他剛才說的話真的氣到我了。

用音記 諧音 挖糞　**聯想口訣** 「挖糞」觸怒到大家。

用形記 剛好是 off 加 end。

順便學一下 offence 過錯、犯法行為；Drunk driving is a serious offence.「酒醉駕車是嚴重犯法行為。」

---

operate [ˋɑpəˌret] 動 運作；操作　衍 **operation** 名

例 I don't know how to operate the DVD player. I need to check the manual.

我不知道怎麼操作 DVD 播放器。我得查一下操作手冊。

用音記 諧音 阿婆咧　**聯想口訣** 「阿婆咧」，只有她才會操作。

拜託記一下 operate 當「動手術」時，後面要加 on；operating system 作業系統，簡稱 OS；operator 接線員，總機人員（因為在操作很多電話）。

順便學一下 去掉 te 就變成 opera（歌劇）。哇賽，operate 這個單字可以額外學這麼多，真是物超所值。

opt [ɑpt] 動 選擇　衍 **option** 名

例 There is no additional charge to students who opt to pay their fees in installments.
學生如果選擇分期繳付學費，不會額外收取費用。

順便學一下 外國人常講 Failure is not an option.，字面意思是說「失敗不是一個選項」，其實就是指：「只許成功，不許失敗。」老派與大家共勉之。

---

optimistic [ˌɑptə`mɪstɪk] 形 樂觀的　衍 **optimism** 名

例 Most analysts are cautiously optimistic about the economic outlook.
多數分析師對經濟展望表示謹慎樂觀。

用音記 用名詞 optimism 來記比較容易　諧音 啊！特棉枕　聯想口訣 「啊！特棉枕」，睡了讓我很樂觀。

✱用形記 人生能夠 opt（選擇），就比較樂觀。

---

oral [`orəl] 形 口腔的；口述的

例 The importance of oral hygiene can't be overemphasized.
口腔衛生的重要再強調也不為過。

順便學一下 oral exam 口試

---

originate [ə`rɪdʒəˌnet] 動 起源於

例 Movies originated in the late 1800s.
電影起源於十九世紀末。

✱用義記 origin 起源；original 原來的

---

outcome [`autˌkʌm] 名 結果

例 The outcome of this market survey will determine whether we will continue the product line.
市調結果將決定我們是否要持續經營這條產品線。

✷ 用義記 一看就知道是從 come out 演變來的，太簡單了！

---

overall [ˋovɚˏɔl] 副 整體地

例 Overall, the orientation went well. I am optimistic about the new staff's performance.

整體而言，新進員工訓練很成功。我對新員工的未來表現很樂觀。

✷ 用形記 over + all。

Track 103

package [ˋpækɪdʒ] 名 套裝

例 We offer travel packages in order for you to experience great vacations.
我們提供套裝行程，讓您體驗絕佳假期。

✷用義記 package 當然是從 pack（包裹）演變來的，把機票、飯店都包起來，不就是套裝行程嗎。

pamper [ˋpæmpɚ] 動 縱容；寵愛

例 Parents tend to pamper the youngest child in the family.
父母常會寵愛家中最小的孩子。

🔍用音記 在台灣沒穿過「幫寶適」也知道「幫寶適」尿布，英文品牌就是 Pampers，所以可以想像「寵愛」嬰兒就要讓他穿 pampers。

patent [ˋpætn̩t] 名 專利

例 Apple has just obtained a patent on basic touch-screen technology.
蘋果剛取得基本觸控螢幕技術的專利。

🔍用音記 諧音 配湯 聯想口訣 這碗「配湯」是有專利的。
✷用形記 把 patent 的 t 改成 r，就變成 parent。
🗇來句順口溜 My parents got patents on Pampers.「我爸媽有幫寶適的專利。」

patron [ˋpetrən] 名 顧客 衍 **patronage** 名 光顧

例 From time to time, we hold special events for our patrons to show our appreciation for their support.
我們不定期會舉行特別活動，感謝客戶的支持。

🔍用音記 諧音 陪襯 聯想口訣 顧客是來「陪襯」的。
🔊老派碎碎唸 台北捷運的英文播報最後都會來一句 Thank you for your patronage.。

payment [ˋpemənt] 名 支付；付款

例 We accept two forms of payment: cash and check.
我們接受兩種付款方式：現金與支票。

✱ 用義記 pay（支付）＋ment（名詞字尾）→ 付款

---

peak [ˋpik] 名 山頂；（數值）最高點

例 Demand for laptop PCs is at its peak before summer vacation ends.
筆電需求在暑假結束前達到高點。

✱ 拜託記一下 peak season 旺季；slow season 淡季
📖 順便學一下 把 peak 的 a 改成 c，就變成 peck（啄）；改成 e 就變成 peek（偷看）。

---

peer [pɪr] 名 同儕；同業

例 From the perspective of technology, the company is more competitive than industry peers.
從技術的角度來看，這家公司比產業同業更具競爭力。

📖 順便學一下 peer pressure 同儕壓力
✱ 寓教於樂 老派小時候看到這個字都會笑，因為 peer 用字根來拆，不就是尿尿（pee）的人（er）嗎？

---

penalty [ˋpɛn!tɪ] 名 懲罰；處罰

例 Refusing to take a breathalyser test may incur penalties.
拒絕酒測可能要接受懲罰。

🔍 用音記 諧音 陪諾弟 聯想口訣 懲罰你「陪諾弟」。（諾弟是卡通人物）
📖 順便學一下 足球的罰球叫 penalty kick，現在大家口語講的 PK 賽，就是從這裡來的！

---

pension [ˋpɛnʃən] 名 退休金

例 Under Taiwan's pension system, military personnel, public servants and teachers only have to work for 25 years and reach the age of 50 before they can retire.

在台灣退休金制度下，軍公教人員只需要工作二十年、年紀達五十歲，就能夠退休。

🔍用音記 諧音 甭想 聯想口訣 「甭想」退休金。

- -

peripheral [pə`rɪfərəl] 名 周邊設備　衍 **peripheral** 形 周圍的

例 You can find our latest printer in the peripherals section.

你可以在周邊設備區找到最新款的印表機。

🔍用音記 諧音 埔里活了 聯想口訣 埔里的周邊設備很好，所以「埔里活了」。
✳用義記 peri- 是「周圍」的字根。

- -

pertain to [pə`ten tu] 動 關於；有關

例 The email address you provide will only be used to send you information pertaining to your request.

您所提供的電郵住址只會用於寄發您所要求的資訊。

✳用義記 複習一下字根，per-（穿透），-tain（拿）。
📢老派碎碎唸 pertain to 在正式商業書信中常用。

- -

pessimistic [ˌpɛsə`mɪstɪk] 形 悲觀的　衍 **pessimism** 名

例 The research report gives a pessimistic outlook for the world economy this year.

該研究報告給予今年全球經濟悲觀的前景預測。

🔍用音記 背名詞 pessimism 比較快。　諧音 賠三棉枕 聯想口訣 「賠三棉枕」，所以很悲觀。

- -

piracy [`paɪrəsɪ] 名 盜版；海盜行為　衍 **pirate** 動

例 The government has vowed to crack down on piracy.

政府誓言要取締盜版。

✳用義記 pirate 當名詞有「海盜」的意思，所以我們聯想成：海盜在盜版。

plunge [ˋplʌndʒ] 動 下跌；倒下 衍 **plunge** 名

例 Financial shares plunged in the morning session.
金融股早盤出現大跌。

🖉 順便學一下 吸馬桶的那根吸盤，就叫 plunger，未免也太傳神了吧。

---

poll [pol] 名 民調；選舉投票

例 The research center carries out opinion polls to find out public attitudes on the economy, labor, personal finance and consumer behavior.
該研究中心進行民調，瞭解民眾對經濟、人力、個人金融與消費者行為等態度。

🖉 來句順口溜 到 North Pole（北極）進行 poll；或是，向 pole dancer（鋼管女郎）進行 poll。

🖉 順便學一下 polling station 投票所

---

portfolio [portˋfolɪo] 名 投資組合；公事包

例 Investors should regularly review their portfolio so they don't lose out.
投資人應定期檢視投資組合，以免虧損。

🔍 用音記 諧音 潑婦留　　聯想口訣 「潑婦留」下的投資組合。
✳ 用義記 port（攜帶）+ folio（對開紙）→ 公事包

---

portion [ˋporʃən] 名 部分

例 Computer peripherals represent a large portion of our revenues.
電腦周邊設備占了我們營收的一大部分。

🔍 用音記 諧音 破相　　聯想口訣 歌劇魅影男主角的臉，部分「破相」了。

---

post [post] 動 公布

例 This year Nintendo may post its first annual loss since the 1970s.
任天堂今年可能公布七○年代以來的第一次年度虧損。

🖉 順便學一下 學生跟上班族常用的便利貼，英文叫做 Post-it，現在就趕快看看你手邊是不是貼了好幾個，好加深印象。

postpone [post`pon] 動 延期；延誤

衍 **postponement** 名　同 **delay** 動

例 The product launch was postponed until further notice.

產品發表會延期，直至另行通知。

✷ 用義記 post（之後）＋pone（＝pon，放置）→ 放到後面 → 延後

---

practical [`præktɪkḷ] 形 實際的；實用的

例 This presentation is aimed at offering practical advice on how to adjust your investment portfolios.

本簡報旨在提供如何調整投資組合的實用建議。

✷ 用義記 practice（練習）演變而來的形容詞。

◈ 順便學一下 practical joke 惡作劇（別想成是實用的笑話）

---

praise [prez] 動 稱讚　衍 **praise** 名

例 Praising employees for a job well done gives incentive for them to continue to perform above expectations.

稱讚員工工作表現好，可以讓他們有動力繼續有超越預期的表現。

✷ 用形記 去掉 p 變成 raise（提高）。

◈ 來句順口溜 老闆 praise 我，給我 raise。

◈ 順便學一下 中文常說把某人捧上天，英文剛好就是 praise someone to the skies，這種巧合只應天上有啊。

---

precious [`prɛʃəs] 形 寶貴的

例 Our new shock-proof camera will allow you to capture precious moments without having to worry about the image quality.

我們的新款防震相機能讓你捕捉寶貴時刻，不再擔心畫面品質。

✷ 寓教於樂 感謝《魔戒》咕嚕的經典台詞 My precious!「我的寶貝」，讓 precious 成為耳熟能詳的單字。

premises [ˋprɛmɪsɪz] 名 建築物與周邊地區；營業場所

例 Only food and drink bought at the restaurant may be consumed on the premises.
只有在本餐廳購買的食品飲料才能在餐廳內食用。（簡單說，就是禁帶外食啦！）

🔍用音記 諧音 陪賣西施　聯想口訣 在營業場所的「陪賣西施」。
📢老派碎碎唸 一定用複數；單數的 premise 是「前提」之意。

---

principle [ˋprɪnsəpl] 名 原則

例 Both companies agreed to the merger in principle, but details still need to be worked out.
雙方公司原則上同意要合併，但細節仍有待擬定。

🔍用音記 諧音 不理四伯　聯想口訣 「不理四伯」是我的原則。
📢老派碎碎唸 principal 跟 principle 的發音一樣，意思是「校長」、「主要的」。
🗝 來句順口溜 This principal has a principal principle.「這位校長有個主要原則。」

---

prior [ˋpraɪə] 形 在先的

例 Prior to *Apple Daily*, he worked at *Next Magazine* for three years.
在《蘋果日報》之前，他曾在《壹週刊》服務三年。

🔍用音記 諧音 不愛兒　聯想口訣 「不愛兒」在先。

---

priority [praɪˋɔrətɪ] 名 優先考慮的事

例 Right after the nuclear plant exploded, Tepco's top priority was to evacuate local residents.
核電廠爆炸後，東京電力的第一要務就是撤離當地居民。

✳用義記 prior 會了，要記 priority 就不難。

---

profile [ˋprofaɪl] 名 側面像；簡介

例 Attached is our company profile for your reference.
附檔為本公司簡介，供您參考。

🔍 **用音記** 諧音 頗父愛　**聯想口訣** 從他的簡介來看，就知道他「頗（有）父愛」。父愛唸快一點。

---

profit [ˋprɑfɪt] 名 利潤　衍 profitable 形 有賺錢的

例 Thanks to strong market demand, our company posted sizeable profits last month.
由於市場需求強勁，我們上個月獲利很可觀。

📖 **順便學一下** non-profit 非營利的；non-profit organization 非營利機構

---

promise [ˋprɑmɪs] 動 承諾；有⋯⋯可能
衍 promising 形 有前途的　promise 名

例 This project promises to be the country's most luxurious shopping mall.
這個建案可望成為國內最豪華的購物中心。

📖 **順便學一下** 聖經裡的應許之地，英文是 Promised Land；promise the moon 則是「開空頭支票」的意思（承諾要把月亮摘下來送給女朋友，當然是做不到的）。

---

prompt [prɑmpt] 動 促使；引起

例 What prompted you to work for the non-profit organization?
是什麼原因促使你到這家非營利機構工作？

✱ **用形記** prompt 裡頭有個 prom，喜歡看國外青春影片的捧友們一定都知道，是「舞會」的意思。

✱ **寓教於樂** 電視主播都會看 prompter（提詞機）唸稿。

---

property [ˋprɑpətɪ] 名 房地產

例 The property developer owns a great number of properties across Taiwan.
這家建商在台灣各地擁有許多房地產。

✱ **用形記** proper（適合的）後面加 ty。

📖 **來句順口溜** I am looking for a proper property. 「我在物色合適的房地產。」

procedure [prə`sidʒɚ] 名 程序

例 Every child should to be taught safety procedures they need to follow when an earthquake hits.
應該教小孩地震發生時應該遵循的逃生程序。

🔍用音記 諧音 婆洗腳 　聯想口訣 「婆洗腳」有自己的一套程序。

---

prosper [`prɑspɚ] 動 繁榮；興旺 　衍 **prosperous** 形

例 Taiwan's property market has prospered in the last decade.
台灣房市過去十年紅不讓。

🔍用音記 諧音 波斯被 　聯想口訣 「波斯（棉）被」市場很繁榮。
✹用形記 proper 中間加個 s。

---

publication [ˌpʌblɪ`keʃən] 名 出版刊物

例 We will launch our newest publication, *Dine and Wine*, in November.
我們將於十一月推出最新刊物《美食美酒》。

✹用義記 一看就知道是 public（公開的，公眾的）演變來的。

---

purchase [`pɝtʃəs] 名 採購；買東西 　衍 **purchase** 動

例 Today, a 20% discount will be awarded to purchases of over NT$5,000.
今天購物超過五千元，就能享有八折優惠。

✹用形記 chase（追趕）加個 pur。
📖來句順口溜 I want to purchase a purse.「我要買錢包。」

---

pursue [pɚ`su] 動 追求 　衍 **pursuit** 名

例 If you want to pursue a career in journalism, come to our workshop.
如果你想追求記者生涯，就來參加我們的座談會。

🔍用音記 諧音 捧書 　聯想口訣 「捧書」去追求。
✹用義記 pur（之前）+sue（追隨）→追求
✹寓教於樂 威爾・史密斯的電影《當幸福來敲門》，英文片名是 *Pursuit of Happyness*。

qualify [`kwɑləˌfaɪ] 動 使有資格；具備資格
衍 **qualified** 形 夠資格的　**qualification** 名 資格；資歷

例 Her clinical training qualifies her to deal with a wide variety of muscular problems.
她接受過臨床訓練，有資格處理各種的肌肉問題。

🔍用音記　諧音 誇了父愛　聯想口訣 「誇了父愛」（父愛唸快一點）就具備資格。

---

quality [`kwɑlətɪ] 名 品質

例 At ABC Hotel, we pride ourselves on giving the best quality of service.
ABC 飯店以提供最好的服務品質為傲。

🔍用音記　諧音 誇樓梯　聯想口訣 「誇樓梯」的品質很好。
✳用義記 有沒有發現 quality 跟 qualify 很像，因為要先有品質，才能夠拿到資格嘛！

---

quantity [`kwɑntətɪ] 名 數量

例 Manufacturers typically produce large quantities of a few similar products, while consumers want small quantities of many different products.
製造商通常大量生產少樣產品，而消費者喜歡少量多樣。

🔍用音記　諧音 狂打聽　聯想口訣 「狂打聽」別人的數量。

---

quarantine [`kwɔrənˌtɪn] 名 隔離檢疫　衍 **quarantine** 動

例 When she contracted H1N1 flu, her whole family was put under quarantine as well.
當她感染了新型流感，她全家人也跟著進行隔離。

🔍用音記　諧音 闊論亭　聯想口訣 去「闊論亭」隔離後，就能高談闊論。

quarter [`kwɔrtə] 名 一季；三個月

例 Our profits increased by 20% last quarter.

我們的獲利在上季成長兩成。

✻ 用義記 quarter 原意是「四分之一」。多益出現公司營運狀況的題目時，常會出現這個字。

---

quota [`kwotə] 名 配額

例 When fishing boats exceed their legal quota for cod, fish that they catch must be dumped back into the sea.

當漁船超過捕鱈魚的法定配額時，捉到的魚必須丟回海裡。

🔍 用音記 | **諧音** 闊達 | **聯想口訣** 很「闊達」地給配額。

---

quote [kwot] 名 報價 衍 **quote** 動

例 Once we assess the work you need to do for your website, we will give you a quote.

一旦評估完貴公司網站所需的建構事項後，我們會把報價提供給您。

📢 老派碎碎唸 quote 另外一個很重要的意思是「引用」。

◎ Track 105

raise [rez] 名 加薪

例 The best time to ask for a raise is when you are going over your annual performance review.

要求加薪最好的時機，就是當你進行年度績效考核時。

✻ 用義記 raise 當動詞時是「提起；舉起」的意思，所以舉杯就是 raise your glass。

---

range [rendʒ] 動 在某範圍變化 衍 **range** 名

例 Our room rates range from NT$3,000 to NT$5,000.

我們的房價從三千元到五千元不等。

✻ 拜託記一下 range from A to B 是固定用法。Range 當名詞時是「幅度」，常出現的片語有 a wide range of（各式各樣的）。

---

rate [ret] 名 費用；價格

例 Our new magazine is now available for the introductory rate of $100 for the first year.

我們的新雜誌已開始販售，第一年的體驗價是一百元。

◁ 老派碎碎唸 rate 還有一個很重要的意思是「比率」，例如 birth rate（出生率）、success rate（成功率）。

---

recommend [ˌrɛkə`mɛnd] 動 推薦 衍 **recommendation** 名

例 I highly recommend this real estate agency, which has a wide range of houses for sale.

我高度推薦這家房仲公司，他們有許多待售房屋。

✻ 用義記 re（再次）＋ commend（稱讚）→ 稱讚再稱讚 → 推薦

📖 順便學一下 recommendation letter 推薦信

recover [rɪ`kʌvə] 動 復甦；恢復　衍 **recovery** 名

例 The global economy is recovering at a slow pace.
全球經濟正在緩步復甦。

🔊 老派碎碎唸 回頭複習一下 discover（發現），請見 106 頁。

---

recruit [rɪ`krut] 動 招聘　衍 **recruit** 名 新成員

例 Many big companies have participated in the job fair to recruit employees.
許多大企業參加這場就業博覽會來招募員工。

🔍 用音記 諧音 累哭　聯想口訣 這次招聘工作把我搞到「累哭」了。

---

reduce [rɪ`djus] 動 降低　衍 **reduction** 名

例 IKEA is reducing its prices on a wide selection of furniture items.
宜家家居很多家具現在正在降價。

🔊 老派碎碎唸 reduce 是及物動詞，後面一定要有受詞，千萬不要跟 drop、fall 等字的用法搞混了。

---

redundant [rɪ`dʌndənt] 形 解雇的；多餘的　衍 **redundancy** 名

例 Some factory workers were made redundant without being paid any compensation.
有些工廠員工遭到解雇，卻沒有拿到任何遣散費。

🔍 用音記 諧音 熱湯等　聯想口訣 「熱湯等」不到，所以老闆把他解雇了。
✳ 拜託記一下 人 is made redundant（某人遭到解雇）。

---

refer to [rɪ`fɝ tu] 動 提到；說起

例 The figures on the first slide refer to our financial performance in the fourth quarter.
第一張投影片的數字指的是我們第四季業績。

✳ 用義記 re（再次）+ fer（攜帶）→ 講話中又帶到一次 → 提到
✳ 用形記 prefer 去掉 p 就是 refer 了。

reference [`rɛfərəns] 名 推薦人

例 Please include three references in your resume.

請在你的履歷中提出三位推薦人。

---

refuse [rɪ`fjuz] 動 拒絕　衍 **refusal** 名

例 The branch refused to refund the faulty stereo system, so I filed a complaint with its headquarters.

音響系統有瑕疵，這家分店拒絕退款，所以我向他們總公司提出申訴。

📖 順便學一下　fuse 保險絲

---

regarding [rɪ`gɑrdɪŋ] 介 有關於

例 Thank you for your recent inquiry regarding volunteer opportunities with our Red Cross branch.

感謝您日前來函詢問有關本紅十字會分會的義工機會。

🔊 老派碎碎唸　這個字在英文商業書信常派上用場。

---

reimburse [ˌriɪm`bɜs] 動 賠償；償還　衍 **reimbursement** 名

例 Many companies reimburse employees for the cost of their phones.

許多企業會補貼電話費給員工。

✱ 用義記　re（往回）＋ im（在）＋ burse（＝ purse，錢包）→ 將錢放回錢包 → 補償

---

relevant [`rɛləvənt] 形 有關主題的；有實際重要性的

例 Come to our information session and learn how our university makes your MBA more relevant to your career interests.

參加我們的說明會，可以瞭解我們大學如何讓你的 MBA 更符合你的職業所需。

📖 來句順口溜　這次主題講 elephant 的生態很 relevant。

reliable [rɪˋlaɪəbļ] 形 可靠的；值得信賴的

例 Men are not reliable.
男人不可靠啊！

※ 用義記 reliable 一看就知道是從 rely（依靠）變過來的。我想，舉了上面的例句後，女生對這個單字的印象一定會比男生更深刻。

---

remit [rɪˋmɪt] 動 匯款；匯寄 衍 **remittance** 名 匯款金額

例 In order to avoid penalty charges, please remit your payment before the due date.
請在截止日前把款項匯過來，以免需要繳滯納金。

※ 用義記 re（往回）+ mit（發送）→ 把（錢）發送回去 → 匯款

---

renovate [ˋrɛnəˏvet] 動 整修 衍 **renovation** 名

例 As we are renovating a quarter of our rooms, we apologize for any inconvenience you may encounter during your stay.
由於我們正在翻新四分之一的客房，您住宿期間若有不方便之處，我們深感抱歉。

※ 用義記 re（再次）+ nova（新）+ ate（動詞字尾）→ 再次變新的 → 翻新

---

reputation [ˏrɛpjəˋteʃən] 名 名聲

例 Since its renovation, the restaurant has built a reputation for a very fun and relaxing dining environment.
自從翻新以來，這家餐廳就建立氣氛有趣輕鬆的名氣。

🔍 用音記 諧音 雷劈泰山 聯想口訣 「雷劈泰山」的現象很有名氣。
※ 用義記 re（再次）+ puta（= pute，思考）+ tion（名詞字尾）→ 讓人想了再想 → 有名氣

---

rescue [ˋrɛskju] 動 救援 衍 **rescue** 名

253

例 The firefighters rushed to the scene and rescued everyone trapped in the building. There were no casualties.

消防隊員火速趕到現場，救出困在大樓的民眾。所幸無人傷亡。

來句順口溜 我要去 rescue barbecue（拯救烤肉）。

---

restrict [rɪˋstrɪkt] 動 限制　衍 **restriction** 名

例 I restrict myself to smoking three cigarettes a day.

我限制自己每天只抽三根煙

用義記 re（再次）+ strict（綁）→ 再綁起來 → 限制

用形記 strict（嚴格的）前面加個 re，不然記「一次又一次嚴格」，就是「限制」了。

---

result [rɪˋzʌlt] 名 結果

例 The result of smoking less per day is better health.

每天少抽幾根煙的結果，就是身體變得更健康了。

老派碎碎唸 常見的用法有 as a result of（由於），以及「結果 result from 原因」。

---

resume [rɪˋzjum] 動 重新開始　衍 **resumption** 名

例 We will resume our discussion after a short break.

休息片刻，我們再繼續討論。

用義記 re（再次）+ sume（使用）→ 再次使用 → 重新開始

老派碎碎唸 resume [ˏrɛzjʊˋme] 當名詞的用法也很重要，「履歷」的意思。

---

rotate [ˋrotet] 動 輪流；交替　衍 **rotation** 名

例 We rotate work shifts every 3 months.

我們每三個月換班一次。

用音記 諧音 肉台　**聯想口訣** 輪流顧「（烤）肉台」。

順便學一下 rotate 的形容詞是 rotary，所以扶輪社的英文名是 Rotary Club。

route [rut] 名 路線

例 This fleet of airplanes are operated on regional routes between Hong Kong and Bangkok, Taipei, and Japan.

這個航隊的飛機用於地區路線，往返於香港、曼谷、台北與日本四地。

🔍用音記 諧音 路 聯想口訣 「路」線。真希望英文跟中文常出現這種巧合！

📖順便學一下 「en route to 某地」是固定用法，亦即「前往某地的途中」。

---

routine [ru`tin] 形 例行的 衍 routine 名 慣例；例行公事

例 Routine dental exams are the best way to prevent tooth decay and gum disease.

定期檢查牙齒是預防蛀牙與牙齦疾病的最佳方法。

✳用義記 從 route（路線）引申而來。

📖來句順口溜 routine route 例行的路線

---

rumor [`rumɚ] 名 謠言；謠傳

例 Rumor has it that half of us will be made redundant.

謠傳說我們有一半人會被裁掉。

🔍用音記 諧音 孺慕 聯想口訣 他的「孺慕」之情是謠傳的啦！

✳拜託記一下 Rumor has it that＋子句，是固定用法。

sack [sæk] 動 開除；解雇

例 The receptionist was sacked for not being punctual for work.
那位櫃臺人員因為上班不準時而被開除。

✱用義記 sack 原意是「麻布袋」的意思，老闆給你麻布袋裝東西，就是要你走人了，是不是跟中文的「捲鋪蓋走人」有異曲同工之妙呢！

🖊 順便學一下 學到這邊，有沒有發現 –ack 也太常出現了吧，例如 back（後面）、hack（侵入）、Jack（傑克）、lack（缺乏）、pack（包裝）、rack（架子），就連歐巴馬的名字 Barack Obama 也有。

sacrifice [ˋsækrəˌfaɪs] 動 犧牲 衍 **sacrifice** 名

例 Most people sacrifice their family life for work, but is it worth it?
大多數人為了工作而犧牲家庭生活，但這樣做值得嗎？

🔍用音記 諧音 沙鍋飯 聯想口訣 犧牲點吃「沙鍋飯」。

🖊 順便學一下 其實如果知道 sacred（神聖的），sacrifice 就更好背了。sacrifice 當名詞時，動詞記得要用 make：make a sacrifice。

sample [ˋsæmpl] 動 品嚐 衍 **sample** 名 樣品

例 While here, make sure to sample our local delicacies.
到本地來觀光時，一定要品嚐我們的特產。

🔍用音記 諧音 三波 聯想口訣 品嚐活動分成「三波」，或品嚐「三寶」飯。

sanitary [ˋsænəˌtɛrɪ] 形 衛生的

例 Public bathrooms are required by regulations to be sanitary and accessible to the disabled.
依規定要求，公廁必須衛生，並讓身障人士能方便使用。

🔍**用音記** 「沙拉脫」就是從 sanitary 音譯過來的，很妙吧！今天在家洗碗時，對著洗碗精唸七次 sanitary 加深印象吧。

📖**順便學一下** sanitary napkin（衛生棉）。Sanitary 多指公眾衛生，hygienic 多指個人衛生。

---

saturate [ˋsætʃəˏret] 動 浸濕；浸透 衍 saturation 名

例 On a humid day, clothing and shoes may become saturated with sweat, and can become smelly.

天氣潮濕時，衣物與鞋子有可能因為流汗變得濕答答的，還可能產生臭味。

🔍**用音記** **諧音** 殺豬累 **聯想口訣** 「殺豬累」到都濕透了。

📖**順便學一下** saturated 飽和的；saturated fat 飽和脂肪；saturated market 飽和市場

---

scratch [skrætʃ] 名 劃破；抓傷 衍 scratch 動

例 Car scratches can be expensive to fix, but they're also hard to ignore.

車子刮傷要處理很貴，卻又很難不去注意。

🔍**用音記** **諧音** 絲瓜區 **聯想口訣** 把「絲瓜區」劃破了。

📖**來句順口溜** 你膽敢 scratch 我的 swatch 手錶。

📖**順便學一下** -atch 字尾很常看到，要讓它變成你的直覺反應，一看到就認識。其他單字有 batch（一批）、catch（捕捉）、hatch（孵化）、latch（門栓）、match（相配）、watch（手錶）。

---

sculpture [ˋskʌlptʃə] 名 雕刻；雕塑

例 The exhibit shows a wide range of paintings and sculptures.

展覽會展出包羅萬象的繪畫與雕刻。

🔍**用音記** **諧音** 石膏球 **聯想口訣** 家裡擺了「石膏球」的雕像。

---

seasoned [ˋsizṇd] 形 有經驗的；老手的

例 Our lecturers are seasoned professionals with years of real-world experience.

我們的講者都是有多年實戰經驗的專業老手。

※ 用義記 經過好幾個寒暑 season（季節）的訓練，當然就有經驗了。

順便學一下 seasonal（季節性的）、seasonal demand（季節性的需求）；season 當動詞居然是「調味」的意思，不妨想像成你在調味時，為食物添加了春夏秋冬的味道。

---

settle [ˈsɛtl] 動 結算；支付　衍 **settlement** 名 解決；清算

例 The insurance company settled my claim for the car damage quickly.
保險公司很快就支付我車子受損的索賠。

用音記 諧音 灑脫　聯想口訣 結清款項時要「灑脫」。

老派碎碎唸 settle 的意思太多了，這裡只舉出多益中常出現的用法。claim 是「索賠」的意思。

---

shortage [ˈʃɔrtɪdʒ] 名 短缺

例 A shortage of highly-skilled workers in the field of information technology is predicted for the next decade.
預計未來十年 IT 領域將會出現高技能員工的短缺問題。

※ 用義記 這個字一看就知道是從 short（短）演變來的。

順便學一下 跟 short 有關的單字很多，像是 short circuit（短路）、short-coming（短處）、short list（決選名單）、short-sighted（短視近利的）、short-term（短期的），是不是一瞄過就很容易記起來了呢。

---

schedule [ˈskɛdʒʊəl] 動 預定；排定　衍 **schedule** 名 計畫表；行程表

例 The business meeting is scheduled for 10 am tomorrow. Don't forget to write that down in your schedule.
業務會議排定在明天早上十點，別忘了寫在你的行程表中。

用音記 諧音 十改九　聯想口訣 每次排定的行程到最後都是「十改九」（十次改了九次）。

---

shrink [ʃrɪŋk] 動 下滑；縮水

例 The retailer's revenues are likely to shrink in the next quarter.

這家零售商下季獲利預計下降。

🔍用音記 諧音 遜 聯想口訣 生意縮水會很「遜」。

🔊老派碎碎唸 shrink 本意是縮小、收縮，毛衣丟到洗衣機洗會 shrink。

---

slash [slæʃ] 動 猛砍；大幅度削減

例 The department store has slashed prices by at least 30% during the year-end sale.

百貨公司在年終慶大降價，降幅至少三成。

🔍用音記 諧音 俗辣婿 聯想口訣 丈母娘看到「俗辣婿」就猛砍。

---

slogan [ˋslogən] 名 標語

例 "I'm lovin' it" is Coca Cola's slogan. It is very catchy.

「我就喜歡」是可口可樂的標語，很好記。

🔍用音記 諧音 食肉羹 聯想口訣 這家麵店的標語是「食肉羹」。

---

sluggish [ˋslʌgɪʃ] 形 緩慢的；遲緩的

例 Starting a business in a sluggish economy carries high risk but saves costs.

在景氣遲緩時創業帶有高風險，但能節省成本。

✳ 用義記 先記 slug（蛞蝓），因為蛞蝓動作很慢，加 ish 後變成形容詞，就成了「緩慢的」。

---

source [sors] 名 來源；出處

例 What is your source of inspiration for this new album?

你這次新專輯的靈感來源是什麼？

🔍用音記 諧音 瑣事 聯想口訣 你每天生活「瑣事」的來源在哪裡？

📖 順便學一下 resource 資源

📖 來句順口溜 source of natural resources 天然資源的出處

split [splɪt] 動 （使）分開；（使）裂開

例 Let's split the cost.
我們分攤費用吧！

🔊 老派碎碎唸 這句外國人常用，要記下來；為了省自己荷包，更要記下來。

📖 順便學一下 split ends（髮尾）分叉，這英文未免太傳神了吧！另外，舞蹈動作劈腿也是 split。

spokesperson [ˋspoks͵pɝsn] 名 發言人

例 The spokesperson claimed the company was still solvent.
發言人聲稱公司還有償債能力。

🔊 老派碎碎唸 記得不是 speak，而是 spoke，也別忘了後頭還有 s，建議大家想像發言人過去說了好幾次話，就會記得是 spokes 了。另外，如果知道性別，男的是 spokesman，女的是 spokeswoman。

sponsor [ˋspɑnsɚ] 動 贊助　衍 **sponsor** 名 贊助人

例 Ironically, the health program is sponsored by a fast food chain.
真諷刺，這個健康節目是由一家速食連鎖事業所贊助的。

🔍 用音記 諧音 石斑蛇　聯想口訣 贊助「石斑蛇」。

standard [ˋstændɚd] 名 標準；水準
衍 **standard** 形 標準的；合規格的　衍 **standardize** 動 使標準化

例 The quality of the apartment is not up to standard, which means the owner may be willing to slash the price.
這間公寓的品質不夠水準，這表示屋主可能願意大幅降價。

📖 順便學一下 standard of living 生活水平

statement [ˋstetmənt] 名 結算表；財務報表

例 To be more environmentally friendly, an increasing number of banks are offering online bank statements.

為了更環保，愈來愈多的銀行提供網路對帳單。

🔊 老派碎碎唸 statement 最主要的意思是「陳述、說明」，動詞是 state。

---

state-of-the-art [`stet əv ði `ɑrt] 形 最先進的

例 Our factory has introduced state-of-the-art production equipment.

我們工廠引進最先進的生產設備。

✱ 用義記 先進到已經是藝術 (art) 的境界 (state)。

---

stationery [`steʃənˌɛrɪ] 名 文具

例 All the stationery you need is kept in the bottom drawer.

你需要的文具都放在最底下的抽屜裡。

✱ 用形記 station（車站）大家都會，後面加個 ery 即可。

---

stimulate [`stɪmjəˌlet] 動 刺激　衍 stimulation 名

例 Reading a variety of books and periodicals stimulates the brain to think in new directions.

閱讀各式各樣的書籍與期刊能刺激大腦以不同角度思考。

🔍 用音記 諧音 四弟滿淚　聯想口訣 「四弟滿淚」，因為他受到刺激了。

📖 順便學一下 把 sti 改成 e，就變成 emulate（效法）。

---

stock [stɑk] 名 存貨；供應品

例 Shops are laying in stocks of canned food before the typhoon hits.

各商店進了很多罐頭食品，為颱風做準備。

✱ 拜託記一下 in stock（東西）有貨；out of stock（東西）沒貨

---

straightforward [ˌstret`fɔrwəd] 形 簡單的；直接了當的

例 Politicians never give straightforward answers.

政治人物從來不給直接了當的答案。

✱ 用義記 straight（直的），forward（往前的），往前直直走很簡單。

strategy [ˋstrætədʒɪ] 名 戰略；策略　　衍 **strategic** 形 戰略上的

例 Our business strategy for the next year is very straightforward: acquire more competitors to increase our market share.

我們明年的營運策略很簡單：購併更多的競爭者，以增加市占率。

🔍用音記　諧音　死抓妲己　　聯想口訣　紂王的戰略就是「死抓妲己」。

---

stress [strɛs] 名 壓力；緊張

例 She has been under a lot of stress since she was given the responsibility to organize the retirement party.

自從老闆要她負責籌備退休派對以來，她的壓力就一直很大。

✱拜託記一下　事情充滿壓力時，用 stressful。另外，stress 當動詞是「強調、著重」，例：He stressed his innocence.「他強調他是清白的。」

---

strict [strɪkt] 形 嚴格的

例 The city government will enforce strict traffic regulations next month. Passengers in the back seat are required to wear seat belts.

市政府下個月將執行嚴格的交通規定。後座乘客必須繫上安全帶。

◁ᴺ老派碎碎唸　請複習一下 restrict（限制），請見 254 頁。

---

strike [straɪk] 名 罷工

例 Qantas has agreed to compensate passengers affected by the strike action.

澳洲航空同意賠償受到罷工行動影響的乘客。

◁ᴺ老派碎碎唸　當然，棒球的「好球」、保齡球的「全倒」，也是 strike。不妨想像，罷工的人全部往後撲倒，這樣保證不會忘記。

---

subject to [ˋsʌbdʒɪkt ˋtu] 形 有可能的

例 Room rates and availability are subject to change.

房價與房數有可能變動。

🔍**用音記** **諧音** 紗布機　**聯想口訣**「紗布機」有可能是主題。

✱ **拜託記一下** be subject to 三個字要一起背下來。另外，subject 當名詞時是「主題」。

---

subsidize [ˋsʌbsəˌdaɪz] 動 補貼　衍 subsidy 名 補貼金

例 Many big companies have decided to subsidize our program aimed at helping the poor.

　　許多大企業決定補助我們的濟貧計畫。

🔍**用音記** **諧音** 三色帶　**聯想口訣** 公司決定補貼買「三色帶」的錢。

📖 **順便學一下** subsidy for elderly farmers 老農津貼

---

suitable [ˋsutəbl] 形 適合的

例 The movie, which has a substantial amount of nudity, is not suitable for children.

　　這部電影有許多裸露鏡頭，不適合兒童觀看。

✱ **用義記** suit（適合，動詞）+ able（形容詞字尾）。再舉個例句，Pink suits you.「粉紅色適合你。」

---

supplement [ˋsʌpləmənt] 動 增補；補充　衍 supplement 名 補充品

例 Employees rely on end-of-the-year bonuses to supplement their incomes.

　　員工依賴年終獎金來貼補家用。

📖 **順便學一下** nutritional supplement 營養補充品

---

susceptible to [səˋsɛptəbl ˋtu] 形 易受影響的

例 Infants and preschool children are susceptible to colds because they haven't yet developed a resistance to most viruses.

　　嬰兒與學齡前兒童容易感冒，因為他們尚未發展出抵擋多數病毒的抵抗力。

🔍**用音記** **諧音** 射殺太保　**聯想口訣** 你怎麼那麼容易受影響，竟然跑去「射殺太保」？

用形記 susceptible 看起來很難背，但其實你都會了，從 sustain 拿出 sus（在……之下），從 accept 拿出 cept（拿），再加上 ible 形容詞字尾，就大功告成了。

---

symptom [ˋsɪmptəm] 名 症狀

例 Symptoms of diabetes include dry mouth, great thirst, loss of appetite, and excessive urination.

糖尿病的症狀包含：口乾舌燥，食慾不振，多尿。

用音記 **諧音** 新補湯 **聯想口訣** 有症狀就要喝「新補湯」。

---

syndrome [ˋsɪnˌdrom] 名 症候群

例 The hospital offers pregnant women screening tests for Down's syndrome which entails an ultrasound scan of the baby and a blood test for the mother.

這家醫院提供孕婦進行唐氏症篩檢，過程包括嬰兒的超音波掃瞄與母親的抽血檢查。

用音記 **諧音** 新莊 **聯想口訣** 新莊住久了，會有「新莊」症候群。

table [ˋtebl̩] 名 表格

例 May I draw your attention to the table, which shows the total sales in July.
　　請大家看到表格，上面顯示了七月的整體營業額。

❋ 用義記 想像你的桌子上都畫滿了表格。

✒ 順便學一下 table of contents → 內容的表格 → 目錄。table 加個 t 就變成 tablet（藥錠）。

tackle [ˋtækl̩] 動 處理；解決

例 We will send our technician right away to tackle the problem with your alarm system.
　　我們會立刻派技術人員過去處理警報系統問題。

✒ 來句順口溜 tackle the taco（把墨西哥捲餅解決掉）。

✒ 順便學一下 tackle 去掉 le 就變成 tack（圖釘）。

tailor-made [ˋtelɚˏmed] 形 量身訂做的；適合的

例 We will be offering you NT$1,000 off a new, tailor-made suit for each old one brought in.
　　您只要把舊西裝帶來，訂製新西裝就能享有一千元折扣。

❋ 用義記 tailor 名 裁縫；動 縫製

talent [ˋtælənt] 名 天資；天才　衍 **talented** 形

例 The entrepreneur blames the education system for the shortage of talent.
　　這名企業家將人才短缺的問題歸咎於教育體制。

❋ 寓教於樂 歌手蘇珊大嬸（Susan Boyle）就是參加 Britain's Got Talent「英國達人秀」暴紅的。

technique [tɛkˋnik] 名 技巧；手法

例 The expert has developed special techniques to produce computer chips.
那位專家研發出特殊的方法來製造電腦晶片。

順便學一下 technology 技術；technical 技術的；technician 技術人員

---

temperature [ˋtɛmprətʃə] 名 氣溫

例 Taiwan's average temperature is about 24°C in the south and 22°C in the north.
台灣的平均溫度南部約 24 度，北部約 22 度。

用音記 諧音 甜不辣丘 聯想口訣 「甜不辣丘」的氣溫很高。（想像有個山丘都是甜不辣）。

順便學一下 temperature 也有「發燒」的意思，例：The baby had/ran a temperature.；temperate（溫帶的）。

---

temptation [tɛmpˋteʃən] 名 誘惑 衍 **tempt** 動

例 Who can resist the temptation of Häagen-Dazs ice cream?
誰能抵擋哈根達斯冰淇淋的美味？

用音記 諧音 填補泰山 聯想口訣 「填補泰山」的地位對我有很大的誘惑。
用義記 如果原本就知道 attempt（企圖）這個單字，temp 和 temptation 就好背了。

---

tension [ˋtɛnʃən] 名 緊張（氣氛）；緊繃 衍 **tense** 形

例 Too much tension at the office may impact productivity and hurt morale.
辦公室氣氛太緊張可能會衝擊到生產力，並損害到士氣。

用音記 諧音 天線 聯想口訣 「天線」寶寶之間的氣氛很緊繃。

---

tenant [ˋtɛnənt] 名 房客

例 This apartment is for tenants who crave peace and quiet.
這戶公寓適合喜歡安靜的房客。

※ 用形記 我的房客是十隻（ten）螞蟻（ant）。

📖 順便學一下 landlord 房東；rent 租金；lease 租約

---

terminate [ˋtɝmə͵net] 動（使）終止 衍 termination 名

例 Our landlord terminated the lease early and, according to the terms of the lease, he will have to pay me compensation.

　房東提早終止租約，根據租約的條款，他必須付賠償金給我。

※ 用義記 term（期限）+ in + ate（動詞字尾）→ 在期限之間 → 終止

📖 順便學一下 terminal 名 總站、形（疾病）末期的；terms（合約）條件、條款。

※ 寓教於樂 阿諾的成名作《魔鬼終結者》就叫 *The Terminator*。

---

testimonial [͵tɛstəˋmonɪəl] 名 推薦信；使用心得

例 Why don't you write us a testimonial and tell us how using our skin care product has benefited you?

　您何不寫封使用心得，告訴我們使用本公司護膚產品後，你感受到什麼好處？

🔍 用音記 諧音 鐵製的螢牛 聯想口訣 喝完「鐵製的螢牛」後，有何使用心得。

※ 用義記 testimonial 是從 testimony（證詞）演變來的。

---

theft [θɛft] 名 偷竊；盜竊

例 The office building has been insured against fire and theft.

　辦公大樓保了火險和盜竊險

※ 用義記 先知道 thief（小偷），theft 就容易背了。

📖 順便學一下 多益常出現的犯罪類型單字還有 robbery（搶案）、burglary（竊案）、shoplift（順手牽羊）、fraud（詐欺）。搶案和竊案的英文如果會搞混，就想像被「羅伯」搶，家裡的「漢堡」被偷，取 rob 和 burg 的諧音。

thorough [ˋθɝo] 形 徹底的

例 The authorities will carry out a thorough examination of the tunnel to determine the cause of the leak.

主管機關將徹底檢查隧道，找到漏水原因。

✱ 用形記 through（穿過）加個 o。

---

thrive [θraɪv] 動 興旺；欣欣向榮

例 Last month, our menswear sales thrived and doubled. Keep up the good work!

男裝營業額上個月表現很好，成長了一倍。大家要再接再勵。

🔍 用音記 諧音 摔夫 聯想口訣 多「摔夫」，多興旺。

📇 來句順口溜 多 drive，多 thrive（計程車司機多開多旺）。

---

timetable [ˋtaɪm͵tebl] 名 時間表；時刻表

例 Every effort will be made to run the trains according to the timetable but unforeseen circumstances may entail alteration or cancellations.

我們會盡全力照時刻表發車，但碰到不可預知的情況，有可能會更動時間或取消車次。

✱ 用義記 別忘了 table 有「表格」的意思。

📇 順便學一下 time-consuming 費時的；time-saving 省時的；keep up with the times 跟得上時代

---

toast [tost] 名 敬酒

例 Ladies and gentlemen, I'd like to propose a toast to our new manager Tim.

各位先生女士，我們來敬新經理提姆一杯。

✱ 拜託記一下 toast（烤麵包，土司）大家都知道，想像大家敬酒時不是拿酒，而是拿土司，這樣記不起來也難。

📇 順便學一下 toaster 麵包機

---

tolerate [ˋtɑlə͵ret] 動 容忍 衍 tolerant 形

例 Our county will never tolerate the garbage dumps of the past. We must have state-of-the-art, environmentally-safe landfills.

本縣不容許出現像過去的垃圾山問題。我們必須有先進、符合環境安全的垃圾掩埋場。

🔍用音記 諧音 她落淚 聯想口訣 你怎麼能容忍「她落淚」呢？

- -

top [tɑp] 動 超越；勝過 同 **exceed**、**surpass**、**beat**

例 For the seventh consecutive year, donations topped the NT$1 million mark.

善款連續七年衝破一百萬元關卡。

- -

track [træk] 動 追蹤

例 How often will revenues be tracked?

營收多久追蹤一次？

✱用形記 -ack 的字根又出現了。

✱拜託記一下 跟 track 名詞有關的片語也常出現，例如（事業）on track（事業上軌道了）、off the beaten track（走人少的路）、track record（營運、人的事蹟）。

- -

traditional [trə`dɪʃən] 形 傳統的 衍 **tradition** 名

例 Everyone was impressed by the traditional aboriginal dances at the beginning of the ceremony.

大家覺得典禮一開場的傳統原住民舞蹈跳得很讚。

🔍用音記 諧音 草地鄉 (tradition) 聯想口訣 「草地鄉」的人很遵守傳統。

- -

treasure [`trɛʒɚ] 名 寶藏

例 Our library, with tons of classic novels, is a perfect place to discover literary treasures.

本館的經典小說藏書豐富，是您探索文學寶藏的絕佳地點。

✱用形記 treasure 把 tr 改成 m，就變成 measure（測量）；改成 pl 是 pleasure（快樂）。

✍來句順口溜 Measuring the treasure gives me pleasure. 「數數這些寶藏讓我很快樂。」

269

🔖 **順便學一下** treasure trove 寶藏庫；treasure island 金銀島；treasury 財政部

❋ **寓教於樂** 尼可拉斯凱吉的電影《國家寶藏》是 *National Treasure*。

---

trend [trɛnd] 名 趨勢；潮流　衍 **trendy** 形 新潮的

例 The trend toward later marriage may result in more successful marriages, according to some scholars.

根據部分學者指出，晚婚趨勢可能是愈來愈多人婚姻圓滿的原因。

❋ **拜託記一下** 「……的趨勢」的英文習慣用 trend toward(s) 某事。

---

trial [ˋtraɪəl] 名 試用期

例 Call now for your free 30-day trial.

立刻撥打電話，就能免費試用三十天！（廣告用語）

📢 **老派碎碎唸** trial 一看就知道是 try（嘗試）演變來的，簡單啦！

---

tribute [ˋtrɪbjut] 名 敬意；尊崇

例 At Mr. Lin's retirement party, we all paid tribute to him for his dedication to the company.

在林桑的退休派對上，我們都對他獻上敬意，感謝他對公司的盡心盡力。

🔍 **用音記** 諧音 搥錶　**聯想口訣** 「搥錶」表示敬意。

🔖 **順便學一下** -tribute 當字根有「給予」之意，例如 contribute（貢獻）、distribute（分配）。

---

triumph [ˋtraɪəmf] 名 成功；勝利　衍 **triumphant** 形

例 Thanks to the triumph of *Lord of the Rings* film trilogy, New Zealand's tourism business has thrived.

拜《魔戒》三部曲電影告捷之賜，紐西蘭觀光業興盛起來。

🔍 **用音記** 諧音 端尢（尢是老公的台語）　聯想口訣：「端尢」端得很成功。

🔖 **順便學一下** triumph 這個單字女生一定記得比男生牢，因為「黛安芬」內衣的英文就是 Triumph。

tropical [ˋtrɑpɪkḷ] 名 熱帶的 衍 **tropics** 名 熱帶

例 Taiwan's climate varies: tropical in the south, subtropical in the north, and temperate in mountainous areas.

台灣氣候因地而異，南部熱帶，北部亞熱帶，山區則是溫帶。

用音記 我愛喝熱帶的「純品康納」(Tropicana)。

turnout [ˋtɝn͵aʊt] 名 出席人數；到場人數

例 We anticipate a large turnout for the exhibition this year.

我們預計今年的展覽會有大批群衆前來。

用形記 turnout 想當然爾，就是 turn out 連在一起。

turnover [ˋtɝn͵ovɚ] 名 營業額；成交量；（人事）流動率

例 Due to the great turnout, each stall in the fair had an excellent turnover.

由於出席人數踴躍，園遊會每個攤位的營業額都很好。

用義記 想像收銀機轉了又轉，引申爲「營業額」。

tutorial [tjuˋtorɪəl] 名 指導

例 This portion of our manual will give you some tutorials to help you install the software quickly.

操作手冊裡的這部分會提供一些指導，教您如何快速安裝軟體。

用音記 諧音 土魠魚 聯想口訣 提供吃「土魠魚」的指導。

用形記 tutor（家庭教師，導師）+ ial。

ulcer [ˋʌlsə] 名 潰瘍

例 Doctors advise people with ulcers to avoid spicy food.

醫生建議潰瘍患者避免吃辛辣食物。

🔍用音記 諧音 奧賽　聯想口訣 得到潰瘍，感覺很「奧賽」。

ultimate [ˋʌltəmɪt] 形 最終的

例 The ultimate goal for our company is to become the number one brand in the market.

我們公司的終極目標就是要成為市場第一。

🔍用音記 諧音 芋仔的米（台語芋仔唸快一點）　聯想口訣 我最終想要發明出「芋仔的米」。

unanimous [juˋnænəməs] 形 一致同意的

例 The board reached a unanimous decision to appoint him as president.

董事會達成一致決定，要任命他為總裁。

🔍用音記 諧音 有男人罵死　聯想口訣 我們一致同意，「有男人（就）罵死」。

✽用義記 un（= uni，單一）+ anim（生命、意見）+ ous（形容詞字尾）→ 意見單一 → 一致同意的

undertake [ˌʌndəˋtek] 動 承擔

例 The landlord has been forced to undertake costly repairs.

屋主被迫要承擔昂貴的修護費用。

✽用義記 under 是「在……底下」，take 是「拿」，從底下拿起來代表「承擔」。

📖順便學一下 undertaking 作為、事業

272

unemployment [ˌʌnɪmˈplɔɪmənt] 名 失業

例 The unemployment rate is now at an all-time high.
失業率目前達到歷史新高。

✻ 用義記 un（否定字首）＋ employ（聘用）＋ ment（名詞字尾）。

📖 順便學一下 jobless rate 也是「失業率」。

---

union [ˈjunɪən] 名 協會；聯合會；工會

例 Our labor union decided to stage a strike to protest the wage cut.
我們公會決定舉行罷工，抗議工資被砍。

✻ 用義記 如果知道 unite（聯合）的話，union 就容易記了。

📖 來句順口溜 我要組個 onion union（洋蔥協會）。

---

unlimited [ʌnˈlɪmɪtɪd] 形 不受限的；無限的

反 **limited** 形 受限的；有限的

例 Unlike other hotels, this hotel offers free unlimited access to the Internet.
這家飯店跟其他家不同，提供免費無限上網。

---

unprecedented [ʌnˈprɛsəˌdɛntɪd] 形 空前的；史無前例的

例 The fund-raising event generated an unprecedented amount of money.
這次募款活動籌得空前鉅額。

✻ 用義記 還記得 precede 是「在……之前」的意思嗎？加上 nt 後變成「先例」，加上 ed 變成形容詞，再加上 un 變成否定。背這個字真是史無前例地簡單啊！

---

up and running 啟動；（活動）起跑

例 Once the new software is installed, our trading system will be up and running again.
新軟體一安裝完畢，我們的交易系統就能開始運作。

✻ 用義記 up and running 字面上是起來跑，不就跟中文的「上路、起跑」類似嗎？

upcoming [`ʌp͵kʌmɪŋ] 形 即將到來的

例 The bulletin has a list of important upcoming conferences.

公告上有接下來重要會議的名單。

※ 用義記 一看就知道是 come up 演變過來的，小 case 啦！

---

urgent [`ɝdʒənt] 形 緊急的　衍 **urgency** 名

例 Mr. Doraemon, this order is urgent. Can you process it now?

哆啦 A 夢先生，這個訂單很急，你可以先處理嗎？

🔍 用音記　諧音 二姐　聯想口訣 我有一個做事都很緊急的「二姐」。

※ 拜託記一下 去掉 nt 變成 urge（力促；力勸），例：I urge you to process this urgent order.「我力勸你們處理這個急單。」

---

utilities [ju`tɪlətɪz] 名 水電瓦斯等公共設施

例 The rent doesn't include utilities.

房租不包括水電費。

🔍 用音記　諧音 又踢樓梯　聯想口訣 每次繳水電費，都讓我「又踢樓梯」。

📖 順便學一下 utility 用處；utilize 利用、使用

單字舉一反三，V 常簡單

Track 109

vaccine [ˋvæksin] 名 疫苗 衍 **vaccination** 名 接種

例 Although H1N1 flu vaccines are available on the market, many people are concerned they may cause side effects.

雖然市面已有新流感疫苗，但很多人擔心疫苗會有副作用。

用音記 諧音 翻新 聯想口訣 打完疫苗後，身體就「翻新」。

valid [ˋvælɪd] 形 有效的 衍 **validity** 名

例 These coupons are valid until March and cannot be combined with any other discounts.

這些折價券到三月都有效，但不能與其他折扣合用。

用形記 lid（蓋子）前面加 va。

value [ˋvælju] 名 價值；重要性

例 The value of many homes in the US has dropped significantly since 2008 due to the financial crisis.

由於金融危機的關係，從 2008 年開始許多美國住家房屋價值大幅下滑。

順便學一下 多益對話裡偶爾會聽到某件東西是 good value for money，字面意思是「花錢買到好的價值」，也就是「划算、賺到」的意思。

valuable [ˋvæljuəbḷ] 形 重要的 衍 **valuables** 名 貴重物品

例 Please make sure to take all valuable items with you when you get off the train.

下車時，請記得攜帶貴重物品。

用義記 -able 是形容詞字尾，記得 value 的 e 要去掉ㄋㄟ。

vary [`vɛrɪ] 動 各有不同；轉變

例 Prices may vary depending on shipping destination.
因運送目的地不同，價格可能會有不同。

🔊 老派碎碎唸 例句太常出現在商業書信中了，乾脆給它整句背起來。另外，我們把 vary 當作字根來記接下來的三個單字，會變得很容易。

variable [`vɛrɪəbl] 形 易變的；不穩定的；可變的

例 Today's weather will be variable, with some sun in the morning and showers in the afternoon.
今天天氣多變，早上有陽光，下午有午後陣雨。

a variety of 各式各樣的 同 a wide range of

例 Uniqlo has a variety of shirts for you to choose from.
優衣庫有各式各樣的襯衫任君選擇。

🔊 老派碎碎唸 a variety of 和 a wide range of 都很常出現在多益。

various [`vɛrɪəs] 形 各式各樣的

例 Asus rolled out various PC models last quarter.
華碩上季推出多款 PC 機種。

✳ 這樣記 同學會問，variable 和 various 都是形容詞，但意思大不同，怎麼記？不妨把 variable weather 跟 various products 各唸個七遍，你的大腦就會自動幫你定型，以後如果錯誤講出 various weather，大腦還會自動亮起紅燈咧。

vehicle [`viɪkl] 名 車輛

例 You need a heavy vehicle license to drive heavy vehicles such as trucks, trailers and buses.
要有重型車輛駕照，才能駕駛卡車、拖車與巴士等重型車輛。

🔍 用音記 諧音 餵一口 聯想口訣 對著車輛「餵一口」汽油。

vegetarian [ˌvɛdʒə`tɛrɪən] 形 素食的　名 素食者

例 Master Kee's new cookbook has over 50 vegetarian recipes. All vegetarians should buy it.

阿基師的新食譜有超過五十道素菜料理。吃素的人都該買一本。

✻ 用義記 vegetarian 當然就是從 vegetables（蔬菜）演變過來的。

---

venture [`vɛntʃə] 名 （商業）冒險投資；冒險事業

例 Ice White's venture into the dumpling business has been very successful.

白冰冰投入水餃事業很成功。

✻ 用義記 adventure（歷險、冒險）都會了，背 venture 是小事一樁。joint venture（合資企業）在閱讀題是常客。

---

verify [`vɛrəˌfaɪ] 動 證實　衍 verification 名

例 Many banks will call and ask you to verify a credit card transaction if it involves a large amount of money.

如果有筆信用卡交易牽涉到很大筆錢時，許多銀行會打電話跟你確認。

🔍 用音記 諧音 違了法　聯想口訣 你要怎麼證實我「違了法」？或，「為了父愛」，請你證實。

---

veteran [`vɛtərən] 名 老手；老兵

例 Alan, an industry veteran, was promoted to lead the marketing team.

身為產業老手的阿倫，被拔擢來領導行銷團隊。

🔍 用音記 諧音 委託人　聯想口訣 「委託人」是老手。

---

veterinarian [ˌvɛtərə`nɛrɪən] 名 獸醫

例 The veterinarian is weird. He doesn't like animals.

這個獸醫好怪，他不喜歡動物。

🔍 用音記 諧音 委託了內人　聯想口訣 這位獸醫「委託了內人」來看店。

雖然獸醫可以簡寫成 vet，但還是要知道完整拼字，不然到時出現在聽力、閱讀時，你跟它還是相見不相識。

📖 來句順口溜　This veteran is a vegetarian and veterinarian.「這老兵吃素又是個獸醫。」

---

via [ˋvaɪə] 介 藉由；透過

例 Working via a recruitment agency means that you have a contract with the agency, but are actually working within another company.

　透過外派公司工作，表示你跟外派公司有合約，但實際則在另一公司上班。

📖 順便學一下　through 也有「藉由；透過」的意思。

---

vibrate [ˋvaɪbret] 動 震動　衍 vibration 名

例 When the manager asked us to switch our mobile phones to vibration mode, mine started to vibrate on the desk.

　經理要大家把手機轉到震動模式後，我的手機剛好震動起來。

🔍 用音記 諧音 勿買布蕾　聯想口訣 他說「勿買（烤）布蕾」，因為那家店會震動。

---

vibrant [ˋvaɪbrənt] 形 （顏色）鮮明的；活躍的

例 Hawaii is a vibrant place, where locals and tourists alike wear vibrant shirts.

　夏威夷是個充滿活力的地方，當地人跟遊客都穿顏色鮮明的襯衫。

✽ 用義記 會 vibrate（震動）的東西比較 vibrant。

---

victim [ˋvɪktɪm] 名 犧牲者；受害者

例 According to a recent survey, over 50% of car owners say they have been victims of car theft.

　根據近期研究顯示，逾五成車主表示曾經是車子被偷的受害者。

✽ 用形記 Vic 和 Tim 剛好都是男生名字，想像兩人被綁在一起受害。

violate [ˋvaɪəˏlet] 動 違反；侵犯　衍 **violation** 名

例 Bicyclists who violate traffic rules are also subject to fines.
違反交通規則的單車騎士也必須被罰款。

❋ 用形記 late 前面加個 vio。也可以這麼聯想：他在彈 violin（小提琴）時 violate 規定。

vital [ˋvaɪt]] 形 重要的；有活力的

例 Your hard work is vital to our division's success.
各位的努力對本部門的成功很重要。

📖 順便學一下 這麼巧，vitamin（維他命）的字首也一樣耶。這句背起來：It is vital to take vitamins every day.「每天補充維他命很重要。」

void [vɔɪd] 形 無法律效力的；空的、缺乏的　名 空隙；空虛感

例 A contract signed by a child is void.
小孩簽的契約屬於無效。

❋ 用形記 avoid（避免）去掉 a 即可。
❋ 寓教於樂 小甜甜布蘭妮當初在賭城亂結婚，後來也是宣布 void。

voltage [ˋvoltɪdʒ] 名 電壓

例 Each country uses a different voltage, so it is wise to bring an adapter with you when you travel abroad.
各國使用的電壓都不同，所以出國時最好攜帶變壓器。

❋ 用義記 電壓的單位是伏特（volt），-age 是名詞字尾。

volume [ˋvɑljəm] 名 音量；卷；冊

例 Can you turn down the volume? I am reading the final volume of the *Harry Potter* series.
可以把音量降低嗎？我正在讀《哈利波特》的最後一集。

🔍 用音記 諧音 瓦楞　聯想口訣 「瓦楞」的音量很大。

volunteer [ˌvɑlən`tɪr] 名 義工　動 義務做……

例 The charity needs volunteers to help distribute food to homeless people.

這家慈善機構需要義工幫忙發送食物給遊民。

🔍 **用音記** | **諧音** 花輪爹　**聯想口訣** 「花輪（的）爹」在當義工。

---

voucher [`vautʃə] 名 票券；商品券

例 To revive the domestic economy, the Taiwanese government decided to issue shopping vouchers.

為了振興國內經濟，台灣政府決定發放消費券。

🔍 **用音記** | **諧音** 我操　**聯想口訣** 「我操」，我拿到禮券耶。

✽ **用義記** vouch（擔保）＋er（名詞字尾）→ 能擔保價值的東西 → 商品券

📖 **來句順口溜** 我拿 voucher 買 vulture（禿鷹）。

wage [wedʒ] 名 工資

例 The government decided to raise the monthly minimum wage by 5 percent.

政府決定將每月最低工資上調百分之五。

🔍 用音記 諧音 餵雞 聯想口訣 拿到工資後，就可以去「餵雞」。

✽ 用形記 age（年齡）前面加個 w。

waist [west] 名 腰部

例 The best way to tell if your health is at risk is to measure your waist.

判斷健康是否亮起紅燈，最好的方法就是測量腰圍。

✽ 用形記 wait 大家都會，中間加個 s 就行了。怕忘記的人可以這麼記：等待（wait）有小 S 的腰。

📖 順便學一下 跟 waist 的發音和拼字有點像的是 wrist（手腕）。

waive [wev] 動 宣布放棄；宣布取消

例 If you are over 65 years old, the bus fare is waived.

年滿六十五歲以上者不用車資。

✽ 用形記 wave（揮手）加個 i。也可記成 wave to waive（揮手放棄）。

📖 順便學一下 很多合約都有 waiver（免責聲明）。

warehouse [ˈwɛrˌhaʊs] 名 倉庫

例 Thousands of copies of the book are ready to be shipped from our warehouse.

我們的倉庫有好幾千本這本書，準備出貨。

📖 順便學一下 wares 有「貨品」的意思，堆放貨品的房子是倉庫；硬的貨品是硬體（hardware），軟的貨品是軟體（software），廚房的貨品是廚具（kitchenware）。

warning [`wɔrnɪŋ] 名 警告　衍 **warn** 動

例 The weather bureau has issued a sea warning for the typhoon.
氣象局發布風海上警報。

🔊老派碎碎唸 雖然單字超簡單,但聽力測驗出現天氣題,常會講到這個字喔。

---

warranty [`wɔrəntɪ] 名 保證書

例 The manufacturer is obliged to repair our LCD TV because it is still under warranty.
廠商有義務修理我們的 LCD 電視,因為電視還在保固期內。

🔍用音記 諧音 渦輪的　聯想口訣 「渦輪的」保證書。
🔊老派碎碎唸 這個字算是多益必考單字之一。

---

waterproof [`wɔtə‚pruf] 形 防水的

例 This highly waterproof GORE-TEX footwear guarantees to keep your feet dry.
這雙高防水的 GORE-TEX 鞋保證你雙腳乾爽。

✱用義記 -proof 是「防……的」,所以 bullet-proof 是「防彈的」、shock-proof 是「防震的」,那 child-proof 呢?莫非是防小人、還是避孕?當然不是,是「預防小朋友受傷的」,也就是家長裝在桌角的那些安全裝置啦。

---

weight [wet] 名 重量

例 Whether losing weight or building muscle, our gym offers the latest fitness equipment.
不管是減肥還是鍛鍊肌肉,我們的健身房提供最新的健身器材。

---

welfare [`wɛl‚fɛr] 名 福利;福祉

例 Our staff members are our most valuable asset and we place great emphasis on their welfare.
員工是我們最重要的資產,我們非常重視他們的福利。

🔍 **用音記** | **諧音** 爲非 | **聯想口訣** 「爲非（做歹）」才有福利可拿。

📖 **順便學一下** wel 擺在後面再加個 l，就變成 farewell（道別）。所以老闆減薪就可以大喊 farewell, my welfare，就變成「別了，我的福利」。

- -

well-known [ˋwɛlˋnon] 形 知名的

例 Our restaurant is well-known for providing organic food and excellent service.

我們的餐廳因提供有機食品與絕佳服務而出名。

🔊 **老派碎碎唸** be well-known for 三個字一起背下來；well-known 也可用 famous 或 well-renowned 代替。

- -

wholesaler [ˋholˏselə] 名 批發商 衍 **wholesale** 形 批發的

例 When you buy from wholesalers, you normally have to buy in large quantities.

跟批發供應商買東西，通常要大批採購。

✳️ **用義記** whole 是「全部」，sale 是「販售」，er 是人的字尾，賣全部的人就是批發商。賣零的人就是零售商（retailer）。

- -

widespread [ˋwaɪdˏsprɛd] 形 廣泛流傳的

例 There are widespread rumors in the company that the president will step down.

總裁要下台的謠言，在公司廣為流傳。

✳️ **用義記** wide（廣的）＋spread（散播）。

- -

be willing to 有意願的

例 Are you willing to work overtime or work on weekends?

你願意加班或週末工作嗎？

✳️ **寓教於樂** 「心有餘而力不足」的諺語是：The spirit is willing but the flesh is weak.（精神層面有意願，但肉體卻很軟弱）。

windshield [ˋwɪndˌʃild] 名 擋風玻璃

例 The windshield shattered during an accident.

擋風玻璃在車禍時碎裂。

✻ 用義記 shield 有「盾牌、遮擋」的意思，windshield 不就跟中文剛好一樣，就是「擋風」的意思嗎？

✻ 拜託記一下 多益裡常考汽車相關單字包括：brake（煞車）、garage（車庫／修車廠）、navigation system（導航系統）、parts（零件）、tire（輪胎）。

winery [ˋwaɪnərɪ] 名 釀酒廠

例 Former NBA star Yao Ming recently launched his own winery in California and will sell the products to the Chinese market.

前 NBA 球星姚明最近在加州推出自己的釀酒廠，將銷售到中國市場。

✎ 順便學一下 wine 是指葡萄酒；brewery 也是釀酒廠，但釀的是啤酒。

wipe [waɪp] 動 擦拭

例 Wipe the tears from your eyes.

擦掉你眼中的淚水。（U2 樂團反戰歌曲裡的歌詞）

✎ 順便學一下 新手媽媽的必備品濕紙巾是 baby wipes。

wire [waɪr] 名（金屬）線　衍 wiring 名 配線

例 There are so many electric wires overhead when you walk down the street.

走在路上，頭上有好多電線。

✎ 順便學一下 無線上網的無線就是 wireless。

withdraw [wɪðˋdrɔ] 動 提取；收回　衍 withdrawal 名

例 When you withdraw money from an ATM, make sure no stranger is too close.

在 ATM 提款時，務必確認後面的陌生人沒有太靠近。

🔍用音記 諧音 圍桌　**聯想口訣**「圍桌」收錢。

✳用義記 with（反向）＋draw（抽）→ 抽回來 → 提取

---

witness [ˈwɪtnɪs] 動 見證　名（見）證人；目擊者

例 The last two years witnessed the rise of social media, such as Facebook and Twitter.

過去兩年見證了臉書與推特等社交媒體的興起。

🔍用音記 雖然 wit（聰明）與 ness（名詞字尾）大家都懂，但好像跟見證湊不上關係。因為 witness 發音有點像「威尼斯」，不妨記成見證「威尼斯」的美，或到「威尼斯」當證人。

---

worth [wɜθ] 介 值（多少錢）；值得

例 The new electric vehicle is worth NT$2 million.

這款新電動車價值兩百萬台幣。

✳寓教於樂 Because You're Worth It.「因為你值得」，這句廣告詞可說是全球流行啊。

---

wrap [ræp] 動 包起來

例 Eminem wrapped up the gift with the wrapping paper while singing a rap.

阿姆用包裝紙把禮物包起來，同時一邊唱著饒舌歌。

🔊老派碎碎唸 有沒有發現 wrap 與 rap 發音一樣，拼字也只差一個字。

✳拜託記一下 多益聽力中常會聽到這句：Let's wrap up today's meeting.，字面是「把會議包裝起來」，引申為「讓我們把會議結束掉。」

---

wrong-doing [ˈrɔŋˈduɪŋ] 名 違法行為

例 The vice president denied any wrong-doing and refused to resign.

副總裁否認有違法行為，並拒絕辭職。

✳用義記 wrong-doing 不就是「做錯事」嗎？這種中英文意思嘟嘟好的情況，可說是只應天上有啊！

嘻嘻哈哈輕鬆搞定「搞笑版字根法」，再經過「升級版諧音法」找出漏網之魚，大家現在先把書放下，給自己掌聲鼓勵（別小看這個動作，掌聲真的可以幫助你的潛意識自我肯定，心情正面，記憶效果更好）。

好，過去的光榮不需沈溺，未來前景仍在等待，我們這一章要講的重點是，如何使用心智圖加強學習的效果。之前一個一個背單字，就像到海邊揀各式各樣的貝殼，現在我們要用一條尼龍繩把貝殼牢牢串起來。也就是說，第四章重點不在於教你如何背單字，而是在熟悉多益每個情境中的單字。

經過前兩章的磨刀練劍，我們的單字量已經倍增，現在我們還要看看，有哪些單字會常常出現在多益考試裡的某一種情境，比方說在商業會議裡頭，通常會出現什麼單字；產品促銷時又會出現哪些。多益題型的情境有哪些呢？天助大家也，多益網站已經把答案跟我們說了：

一般商務	契約、談判、行銷、銷售、商業企畫、會議
製造業	工廠管理、生產線、品管
金融／預算	銀行業務、投資、稅務、會計、帳單
企業發展	研究、產品研發
辦公室	董事會、委員會、信件、備忘錄、電話、傳真、電子郵件、辦公室器材與傢俱、辦公室流程
人事	招考、僱用、退休、薪資、升遷、應徵與廣告
採購	比價、訂貨、送貨、發票
技術層面	電子、科技、電腦、實驗室與相關器材、技術規格

房屋 / 公司地產	建築、規格、購買租賃、電力瓦斯服務
旅遊	火車、飛機、計程車、巴士、船隻、渡輪、票務、時刻表、車站、機場廣播、租車、飯店、預訂、脫班與取消
外食	商務 / 非正式午餐、宴會、招待會、餐廳訂位
娛樂	電影、劇場、音樂、藝術、媒體
保健	醫藥保險、看醫生、牙醫、診所、醫院

也就是說，我們只要照著上面的情境去蒐集單字，就會發現有些單字出現頻率很高，有些頻率較低（例如學術字眼與刁鑽單字）。老派學習英文最講究效率，所以當然要幫大家找出高頻率的字；那低頻率的單字怎麼辦？老派建議大家平常在練習多益閱讀試題時，第一、二次看到，先把它跳過，猜它的意思就好（這時候字根就派上用場了），等到看到第三次之後，才去查它的意思。

另外要提醒大家一點，情境會以好幾種形式出現，包括：廣告、公告 / 說明書、文章 / 報導、電子郵件 / 公司信件，還有表格等等。拿人事類的僱用來說好了，考題可能是一則徵人廣告、可能是公司給新聘人員的通知，也有可能是報章上的就業市場徵聘現象，但其實出現的單字都差不多。

上面講了這麼多，就是要幫大家建立起「預期」的觀念。看到什麼題型，就預期會有哪些單字常出現。這一個預期的動作實在是太重要了，就像你在打超級馬利時，走到哪一關，你會預測到有哪些魔王；又

像是你到書店，站在「英文學習區」前，總不會預期看到日文ㄚㄧㄨㄝ
ㄛ的書吧。預期會有哪些單字出現，能讓你的心態由消極變積極，真正
看到單字時，露出俠客的一抹傲氣，自己還會說「我就知道你會出現，
等你很久了」，然後仰天長「笑」一番。

順便偷偷跟大家講，其實預測的功夫連口譯專家也在做。上場前，
口譯專家都會針對主題做準備，預測到時會出現的單字、句子、概念、
產業知識等等。這不就像是在準備多益考試嗎？

在玩這一章時，如果遇到單字怎麼辦？老派建議你：

① 先深呼一口氣，以你目前訓練精良的銳利眼神，看看單字裡有無已經
　學會的字根，回想你在「搞笑版字根法」是怎麼把它搞笑記憶起來的。
② 沒有字根不用哭，別忘了還有「升級版諧音法」這個武器。
③ 這個步驟尤其重要，請你想像這些單字出現在你自己生活的情境（還
　記得第一章講的九宮格情境法嗎？請見第 23 頁），邊想像，邊唸出
　聲音來，自己能夠造出句子更好，就算造不出完整的英文句子，可
　以用中英交雜的造句法，像是「我今天要去 interview，現場有很多
　applicant，看起來都很 qualified」，重點就是要讓單字立體化，跟情境
　做連結，而不再是單獨成立。

有的同學會說：「那、那、那我又沒工作經驗，這些情境離我好遙
遠，怎麼辦啊？」這你就太小看你的潛意識了。其實潛意識無法分辨虛
假的，你只要能想像出鮮明的畫面，幾次之後潛意識就會覺得是真的
了。讓老派再拜託一次，一定要把情境視覺化！

那麼，心智圖的好處為何？用在多益考試準備上面，心智圖可以幫你做到：

① 由繁化簡：依照情境把常見單字統整起來，強迫你的大腦進行歸納工夫。

② 擺脫條列式閱讀：採用放射狀，大腦專家都說這樣更符合大腦的運作方式喔！

③ 動用五感：畫心智圖時，動用到顏色、圖案還有想像力，就好像在畫勞作一樣，同時動腦、動手，再加上嘴巴念念有詞，這樣你就像八爪章魚，把單字牢牢抓住。老派現在幾乎記什麼東西，都用心智圖了！

　　心智圖的製作原則很簡單，掌握以下幾點，再加上臨摹本書的範例，就能輕鬆完成。

Step 1 主題放在空白紙中間：例如人事，先想想人事在你腦海中有什麼形象，你可以畫出兩個人握手（像 MSN 小人繞圈旋轉）的樣子，或甚至是你公司人事主管的 Q 版人像，然後寫出 personnel 這個單字。千萬不要擔心畫醜或筆跡醜，看老派的示範就知道了。

Step 2 先畫出主幹：從中心點畫出數個主幹，每個主幹代表次主題，可能代表人事的升遷、薪資、退休等等，最多不要超過七個（太多反而凌亂，若超過可以另製第二張），在主幹上方，寫上這幾個中文字與英文字，或單純寫上英文字。

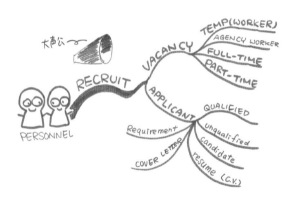

Step 3 再畫出枝幹：以「招聘」這個主幹為例，枝幹可能寫到的單字包括「職缺」（vacancy）與「應徵者」（applicant）等等。枝幹後還可以衍生出小枝幹，例如「應徵者」後還有相關的六個小分支。其他主幹依此類推。

Step 4 塗上顏色畫插圖：每個主幹記得塗上不同的顏色，例如「招聘」讓老派覺得很熱血，所以用紅色來畫。塗色不僅可以區隔出心智圖裡不同的主幹，也能夠刺激大腦記憶，因為大腦對顏色本來就比較敏感，對黑白的筆記反而很淡定。最後，在主幹旁畫上插圖，千萬不要覺得幼稚，因為這個動作會刺激大腦化虛為實，把抽象的概念（例如投資）變成具體的圖案（小豬撲滿）。右頁上圖為老派針對「天氣與交通」情境所繪製

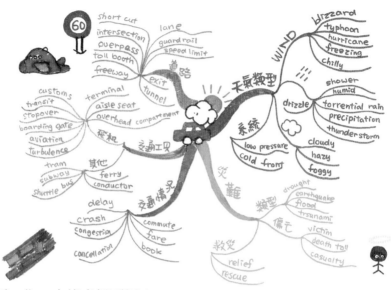

的心智圖，你一定能畫得更好！

　　畫完一個主題後，你會發現好像花了好大力氣，但老派跟你說，這樣絕對值得，你以後回憶起來，還會記得哪個單字你畫在哪裡，還畫了什麼插圖，而且又加上你已經在腦海中上演過每個單字的情節，背單字就好像在玩樂一樣啊！誰說背單字就一定是苦差事。

　　最後，老派要語重心長地跟大家說，心智圖的大大大重點是：心智圖是非常個人化的統整方法，每個人拿到同樣的內容，畫出來百分之百絕對不一樣。你一定要自己畫、自己想圖案，這樣才能把效果發揮到最大。光是用看的，效果其實有限。老派在這一章為大家節選出多益最常考的十大情境，希望大家以情境裡的單字為素材，模擬老派上面的畫法，要自己動手製作屬於自己的心智圖，學到新單字可以加進去，早就會的單字不妨留著，以便建立起那個情境的整體概念。也鼓勵大家自己再做其他情境的演練。祝大家玩得愉快。

風

hurricane [ˋhɝɪˏken] 名 颶風

typhoon [taɪˋfun] 名 颱風

blizzard [ˋblɪzɝd] 名 暴風雪

freezing [ˋfrizɪŋ] 形 寒風刺骨的

 氣象系統

low/high pressure [ˋprɛʃɚ] 名 低／高氣壓

cold front [ˋkold ˋfrʌnt] 名 冷鋒

 天氣類型

 雨

shower [ˋʃaʊɚ] 名 陣雨

precipitation [prɪˏsɪpɪˋteʃən] 名
降雨（量）；降雪（量）

drizzle [ˋdrɪzl̩] 名 毛毛雨

torrential rain [tɔˋrenʃəl ˋren] 名 傾盆大雨

thunderstorm [ˋθʌndɚˏstɔrm] 名 雷雨

humid [ˋhjumɪd] 形 潮濕的

 雲霧

cloudy [ˋklaʊdɪ] 形 多雲的

hazy [ˋhezɪ] 形 霧濛濛的

foggy [ˋfɑgɪ] 形 多霧的

情境 1：天氣與交通

類型

natural disaster [ˋnætʃərəl dɪˋzæstə] 名 天災

drought [draut] 名 乾旱（由 dry 變過來的）

earthquake [ˋɝθ͵kwek] 名 地震

flood [flʌd] 名 洪水

tsunami [tsuˋnɑmi] 名 海嘯

傷亡

victim [ˋvɪktɪm] 名 受害人

death toll [ˋdɛθ ˋtol] 名 死亡人數

casualty [ˋkæʒθəltɪ] 名 傷亡人數

救災

relief [rɪˋlif] 名 賑災

rescue [ˋrɛskju] 名 救援

大字：掌握基本分　　中字：再上一層樓　　小字：挑戰高分字

交通情況

delay [dɪ`le] 名 誤點

crash [kræʃ] 名 衝撞

congestion [kən`dʒɛstʃən] 名 壅塞

cancellation [ˌkænsl̩`eʃən] 名 取消

book [bʊk] 動 訂位

fare [fɛr] 名 車資

commute [kə`mjut] 動 通勤

 **道路**

freeway [`frɪˌwe] 名 公路

toll booth [`tol `buθ] 名 收費站

overpass [`ovɚ`pæs] 名 天橋

underpass [ˌʌndɚ`pæs] 名 地下道

intersection [ˌɪntɚ`sɛkʃən] 名 十字路口

short cut [`ʃɔrt `kʌt] 名 捷徑

lane [len] 名 車道

guardrail [`gɑrdˌrel] 名 護欄、欄杆

speed limit [`spid `lɪmɪt] 名 時限

exit [`ɛksɪt] 名 出口

gasoline [`gæsəˌlin] 名 汽油

tunnel [`tʌnl̩] 名 隧道

情境 1：天氣與交通

aviation [ˌevɪˋeʃən] 名 航空

Track 112

terminal [ˋtɝmən!] 名 航廈

boarding gate [ˋbordɪŋ ˋget] 名 登機門

flight attendant [ˋflaɪt əˋtɛndənt] 名 空服員

aisle seat [ˋaɪl ˋsit] 名 靠走道座位。window seat 當然就是靠窗座位。

overhead compartment [ˋovɚˋhɛd kəmˋpartmənt] 名（座位上方）行李櫃

transfer [ˋtrænsfɝ] 名 轉機

stopover [ˋstapˏovɚ] 名 中途停留

customs [ˋkʌstəmz] 名 海關

transit [ˋtrænsɪt] 名 過境

交通工具

其他

tram [træm] 名 電車

subway [ˋsʌbˏwe] 名 地下鐵

shuttle bus [ˋʃʌt! ˋbʌs] 名 接駁車

ferry [ˋfɛrɪ] 名 渡輪

大字：掌握基本分　中字：再上一層樓　小字：挑戰高分字

應徵

applicant [ˋæpləkənt] 名 應徵者

qualified [ˋkwɑləˌfaɪd] 形 資格合適的

unqualified [ʌnˋkwɑləˌfaɪd] 形 資格不符的

candidate [ˋkændədet] 名 候選人

resume [ˌrɛzjuˋme] 名 履歷，另外一種說法是 C.V.（Curriculum Vitae）

cover letter [ˋkʌvəˋlɛtə] 名 應徵函

requirement [rɪˋkaɪrmənt] 名 具備條件

 招 聘

職缺

vacancy [ˋvekənsɪ] 名 職缺

temp (worker) [tɛmp] 名 臨時雇員（temp 是 temporary 的縮寫）

agency worker [ˋedʒənsɪ ˋwɝkə] 名 約聘人員

full-time [ˋfʊlˋtaɪm] 形 全職的

part-time [ˋpɑrtˋtaɪm] 形 兼職的

面試

schedule [ˋskɛdʒʊəl] 動 安排時間

cancel [ˋkænsl̩] 動 取消

evaluation [ɪˌvæljʊˋeʃən] 名 評估

expertise [ˌɛkspəˋtiz] 名 專長

新人
階段

novice [`nɑvɪs] 名 新人

on probation [ɑn proˋbeʃən] 名 適用

orientation [ˌorɪɛnˋteʃən] 名 新進員工訓練

人才
特質

work ethics [`wɝk ˋɛθɪk] 名 工作倫理

interpersonal skill [ˌɪntɚˋpɝsən] `skɪl]
名 人際技巧

flexible [ˋflɛksəbl] 形 懂得變通的

motivated [ˋmotɪvetɪd] 形 有衝勁的

energetic [ˌɛnɚˋdʒɛtɪk] 形 有活力的

team player [`tim ˋpleɚ] 名 有團隊精神的人

雇用

career development [kəˋrɪr dɪˋvɛləpmənt] 名 職涯發展

advancement [ədˋvænsmənt] 名 晉升

colleague [ˋkɑlig] 名 同事

promotion [prəˋmoʃən] 名 晉升

demotion [dɪˋmoʃən] 名 降職

corporate ladder [ˋkɔpərɪt ˋlædɚ] 名 企業階層

retain [rɪˋten] 動 留任

升遷

大字：掌握基本分　中字：再上一層樓　小字：挑戰高分字

薪資

income [ɪn`kʌm] 名 收入

starting salary [`stɑrtɪŋ `sælərɪ] 名 起薪

compensation [ˌkɑmpən`seʃən] 名 報酬

overtime pay [`ovɚˌtaɪm `pe] 名 加班費

raise [rez] 名 加薪

allowance [ə`lauəns] 名 津貼

paycheck [`peˌtʃɛk] 名 薪水（支票）

deductions [dɪ`dʌkʃənz] 名 扣除額

報 酬

福利

benefit [`bɛnəfɪt] 名 福利

paid vacation [`ped ve`keʃən] 名 有薪假

annual leave [`ænjuəl `liv] 名 年假

sick leave [`sɪk `liv] 名 病假

maternity leave [`mɛtɜnətɪ `liv] 名 產假

employee stock option [ˌɛmplɔɪ`i `stɑk `ɑpʃən] 名 員工認股權

bonus [`bonəs] 名 紅利

health insurance [`hɛlθ ɪn`ʃurəns] 名 健保

解雇

redundant [rɪ`dʌndənt] 形 （因人員過剩而）被解雇的
unemployment [ˏʌnɪm`plɔɪmənt] 名 失業
dismiss [dɪs`mɪs] 動 解雇

辭職

resign [rɪ`zaɪn] 動 辭職
tenure [`tɛnjʊr] 名 任期

離 職

retirement [rɪ`taɪrmənt] 名 退休
退休　**pension** [`pɛnʃən] 名 退休金
retirement party [rɪ`taɪrmənt `partɪ] 名 退休派對

大字：掌握基本分　中字：再上一層樓　小字：挑戰高分字

類型

exporter [ɪk`sportə] 名 出口商
importer [ɪm`portə] 名 進口商
trader [`tredə] 名 貿易商
entrepreneur [ˌɑntrəprə`nɝ] 名 企業家

交易

quotation [kwo`teʃən] 名 報價
bid [bɪd] 名 動 投標
deadline [`dɛdˌlaɪn] 名 截止日期
contraband [`kɑntrəˌbænd] 名 違禁品
duty-free [`dutɪ`fri] 形 免稅的
quarantine [`kwɔrənˌtin] 名 動 檢疫
quota [`kwotə] 名 配額

貿 易

財務

reimbursement [ˌriɪm`bɝsmənt] 名 償還
refund [`rɪˌfʌnd] 名 退款
a full refund 全額退費
refundable [rɪ`fʌndəbl] 形 可退費的
assets & liabilities 名 資產負債

contract [ˋkɑntrækt] 名 合約

◉ **Track 115**

obligation [ˌɑbləˋgeʃən] 名 義務

renew [rɪˋnju] 動 更新

confidential [ˌkɑnfəˋdɛnʃəl] 形 機密的

 相關用語

expire [ɪkˋspaɪr] 動 到期

terminate [ˋtɝməˌnet] 動 終止

terms and conditions [ˋtɝmz ænd kənˋdɪʃənz] 名 條款與條件

valid [ˋvælɪd] 形 有效的

overdue [ˋovɚˌdju] 形 過期的

take effect 動 生效

相關人

attorney [əˋtɝnɪ] 名 律師

notary [ˋnotərɪ] 名 公證人

lessee [lɛsˋi] 名 承租人

lessor [ˋlɛsɔr] 名 出租人

landlord [ˋlændˌlɔrd] 名 房東

tenant [ˋtɛnənt] 名 房客

契 約

大字：掌握基本分　中字：再上一層樓　小字：挑戰高分字

經濟用語

inflation [ɪnˋfleʃən] 名 通貨膨脹

deflation [dɪˋfleʃən] 名 通貨緊縮

recession [rɪˋsɛʃən] 名 經濟衰退

public sector [ˋpʌblɪk ˋsɛktə] 名 公營部門

private sector [ˋpraɪvɪt ˋsɛktə] 名 私營部門

經濟

財政

public spending [ˋpʌblɪk ˋspɛndɪŋ] 名 公共支出

infrastructure [ˋɪnfrəˏstrʌktʃə] 名 基礎建設

tax payer [ˋtæks ˋpeə] 名 納稅人

relief [rɪˋlif] 名 減稅

value added tax (VAT) 名 加值稅

tax credit [ˋtæks ˋkrɛdɪt] 名 稅額減免

deficit [ˋdɛfɪsɪt] 名 赤字

impose [ɪmˋpoz] 動 課徵

tariff [ˋtærɪf] 名 關稅

exemption [ɪgˋzɛmpʃən] 名 免稅額

stable [`stebl̩] 形 穩定的

level off [`lɛvl̩ ˌɔf] 動 變平

stagnant [`stægnənt] 形 停滯的

fluctuate [`flʌktʃʊˌet] 動 波動

volatile [`vɑlət̩l] 形 波動大的

speculation [ˌspɛkjə`leʃən] 名 投機

insider trading [`ɪn`saɪdɚ `tredɪŋ] 名 內線交易

bull/bear market [`bʊl/`bɛr `mɑrkɪt]

名 牛市 / 熊市

往下

plunge [plʌndʒ] 名 動 大跌

tumble [`tʌmbl̩] 名 動 大跌

sell off [`sɛl ˌɔf] 名 賣壓

股市

投資

investor [ɪn`vɛstɚ] 名 投資人

share price [`ʃɛr `praɪs] 名 股價

stocks [stɑks] 名 股票

bonds [bɑndz] 名 債券

mutual funds [`mjutʃʊəl `fʌndz] 名 共同基金

foreign exchange [`fɔrɪn ɪks`tʃendʒ] 名 外匯

portfolio [port`folɪˌo] 名 投資組合

往上

rebound [rɪ`baʊnd] 名 動 反彈

bottom out [`bɑtəm `aʊt] 動 觸底反彈

rally [`rælɪ] 名 動 （股價）大漲

surge [sɝdʒ] 名 動 大漲

大字：掌握基本分　中字：再上一層樓　小字：挑戰高分字

廠商

manufacturer [ˌmænjə`fæktʃərə] 名 製造商
supplier [sə`plaɪə] 名 供應商
subcontractor [sʌbˌkən`træktə] 名 承包商

生產前

procure [pro`kjʊr] 動 採購
component [kəm`ponənt] 名 零件
raw material [`rɔ mə`tɪrɪəl] 名 原物料
supply chain [sə`plaɪ `tʃen] 名 供應錬

成品

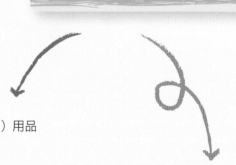

製造業

defective [dɪ`fɛktɪv] 形 有缺陷的
specification [ˌspɛsəfə`keʃən] 名 規格
inspection [ɪn`spɛkʃən] 名 檢驗
warrant [`wɔrənt] 名 保固
commodity [kə`mɑdətɪ] 名 商品／（大宗）用品

製造過程

automated [`ɔtometɪd] 形 自動化的
assembly [ə`sɛmblɪ] 名 組裝
quality control [`kwɑlətɪ kən`trol] 名 品管
process [`prɑsɛs] 名 製程／流程

hospitality industry [ˌhɑspɪˋtælətɪ ˋɪndəstrɪ] 名 餐飲服務業

 其他

all you can eat 名 吃到飽

recipe [ˋrɛsəpɪ] 名 食譜

gratuity [grəˋtjuətɪ] 名 小費

 餐飲業

food & beverage [ˋfud ænd ˋbɛvərɪdʒ] 名 飲食

alcohol [ˋælkəˌhɔl] 名 酒

 菜單

appetizer [ˋæpəˌtaɪzə] 名 前菜

main course [ˋmen ˋkors] 名 主菜

dessert [dɪˋzɜt] 名 甜點

condiment [ˋkɑndəmənt] 名 調味料

大字：掌握基本分　　中字：再上一層樓　　小字：挑戰高分字

飯店

amenities [ə`minətɪz] 名 飯店設施

front desk [`frʌnt `dɛsk] 名 櫃臺

reception [rɪ`sɛpʃən] 名 櫃檯

lobby [`labɪ] 名 大廳

 **訂房**

room rate [`rum `ret] 名 房價

reservation [ˌrɛzə`veʃən] 名 訂房

vacancy [`vekənsɪ] 名 空房

 飯店業

 住房 退房

accommodation [əˌkamə`deʃən] 名 住宿

baggage [`bægɪdʒ] 名 行李

check in/check out 動 登記住房 / 退房

wake-up call/morning call 喚醒電話（服務）

銷售

wholesaler [`holˌselə] 名 批發商

retailer [`ritelə] 名 零售商

distributor [dɪ`strɪbjətə] 名 經銷商

launch [lɔntʃ] 名 動 推出

catalogue [`kætəlɔg] 名 目錄

accessory [æk`sɛsərɪ] 名 配件

display [dɪ`sple] 名 動 陳列

receipt [rɪ`sit] 名 收據

存貨

inventory [`ɪnvənˌtorɪ] 名 存貨

out of stock 形 沒貨

stock up 動 補貨

take stock 動 盤點

倉儲運輸

物流

shipment [`ʃɪpmənt] 名 出貨

warehouse [`wɛrˌhaʊs] 名 倉庫

logistics [lə`dʒɪstɪks] 名 物流

sea freight [`si `fret] 名 海運

delivery [dɪ`lɪvərɪ] 名 運送

storage [`storɪdʒ] 名 儲存

air freight [`ɛr `fret] 名 空運

大字：掌握基本分　中字：再上一層樓　小字：挑戰高分字

research [rɪ`sɜtʃ] 名 研究

develop [dɪ`vɛləp] 動 開發

researcher [rɪ`sɜtʃə] 名 研究人員

experiment [ɪk`spɛrəmənt] 名 動 實驗

intellectual property [ˌɪntl̩`ɛktʃʊəl `prɑpətɪ] 名 智慧財產權

trademark [`tred,mɑrk] 名 商標

copyright [`kɑpɪ,raɪt] 名 版權

研發到營運

生產

production [prə`dʌkʃən] 名 生產

process [`prɑsɛs] 名 製程

machinery [mə`ʃinərɪ] 名 機具

mould [mold] 名 模具

product [`prɑdəkt] 名 產品

model [`mɑdl̩] 名 模型；機種

營運
狀況

niche [nɪtʃ] 名 利基

best-selling [`bɛst `sɛlɪŋ] 形 熱賣的

well-received [`wɛl rɪ`sivd] 形 市場反應好的

market share [`mɑrkɪt `ʃɛr] 名 市占率

operation [ˌɑpə`reʃən] 名 營運

營收

revenue [ˋrɛvəˌnju] 名 營收（又稱 top line）

gross margin [ˋgrosˋmɑrdʒɪn] 名 毛利率

profit [ˋprɑfɪt] 名 獲利（又稱 bottom line）

profitable [ˋprɑfɪtəbl] 形 獲利的

lucrative [ˋlukrətɪv] 名 獲利多的

warehousing [ˋwɛrˌhaʊzɪŋ] 名 倉儲

well-stocked [ˋwɛlˋstɑkt] 形 備貨充足

市場情況

市場情況好

robust [rəˋbʌst] 形 興旺的；茁壯的

upbeat [ʌpˋbit] 形 正面的

市場情況差

sluggish [ˋslʌgɪʃ] 形 緩慢的

competition [ˌkɑmpəˋtɪʃən] 名 競爭

stiff [stɪf] 形 激烈的

intensify [ɪnˋtɛnsəˌfaɪ] 動 （競爭）加劇

大字：掌握基本分　中字：再上一層樓　小字：挑戰高分字

會議前

schedule [ˋskɛdʒʊəl] 名 時間表

participant [pɑrˋtɪsəpənt] 名 參與人

agenda [əˋdʒɛndə] 名 議程

會議中

briefing [ˋbrifɪŋ] 名 簡報

chairman [ˋtʃɛrmən] 名 主席

preside over [prɪˋzaɪd ˋovɚ] 名 主持（會議）

presentation [͵prizɛnˋteʃən] 名 簡報

brainstorm [ˋbren͵stɔrm] 名 腦力激盪

會議

會議後

unresolved [͵ʌnrɪˋzɑlvd] 形 未解決的

minutes [ˋmɪnɪts] 名 會議記錄

alternative [ɔlˋtɝnətɪv] 名 形 替代方案

consensus [kənˋsɛnsəs] 名 共識

equipment [ɪˋkwɪpmənt] 名 設備

projector [prəˋdʒɛktə] 名 投影機

slide [slaɪd] 名 投影片

remote control [ˋrɪmot kənˋtrol] 名 遙控器

teleconferencing [ˋtɛlɪˌkɑnfərənsɪŋ] 名 視訊會議

簡報
設備

speaker [ˋspikə] 名 喇叭

extension cord [ɪkˋstɛnʃənˋkord] 名 延長線

high-speed Internet access 名 高速網路

photocopier [ˋfotəˌkɑpɪə] 名 影印機

fax machine [ˋfæks məˋʃin] 名 傳真機

scanner [ˋskænə] 名 掃描器

cartridge [ˋkɑrtrɪdʒ] 名 墨水匣

簡報
內容

簡 報

pie chart [ˋpaɪ ˋtʃɑrt] 名 圓餅圖

bar chart [ˋbɑr ˋtʃɑrt] 名 柱狀圖

line chart [ˋlaɪn ˋtʃɑrt] 名 曲線圖

table [ˋtebl̩] 名 表格

bullet point [ˋbʊlɪt ˋpɔɪnt] 名 子彈點 / 項目符號

appendix [əˋpɛndɪks] 名 附錄

大字：掌握基本分　中字：再上一層樓　小字：挑戰高分字

saving [`sevɪŋ] 名 儲蓄

deposit [dɪ`pɑzɪt] 名 存款

time deposit [`taɪm dɪ`pɑzɪt] 名 定存（等一定的 time 之後才能領）

demand deposit [dɪ`mænd dɪ`pɑzɪt] 名 活存（隨時有 demand，隨時能領）

interest [`ɪntərɪst] 名 利息

bank book [`bæŋk `bʊk] 名 存摺

bank account [`bæŋk ə`kaʊnt] 名 帳戶

bank loan [`bæŋk `lon] 名 貸款

installment [ɪn`stəmənt] 名 分期付款

outstanding [`aʊt`stændɪŋ] 形 未還清的

mortgage [`mɔrgɪdʒ] 名 房貸

bank statement [`bæŋk `stetmənt] 名 銀行對帳單

bank balance [`bæŋk `bæləns] 銀行存款餘額

check book [`tʃɛk͵bʊk] 支票簿

overdraft [`ovə͵dræft] 名 透支（額）

default [dɪ`fɔlt] 名 違約

issuer [`ɪʃjʊə] 名 發卡銀行

transaction [træn`zækʃən] 名 交易

online banking [`ɑn͵laɪn `bæŋkɪŋ] 名 網路銀行業務

transfer [`trænsfɜ] 名 轉帳

remittance [rɪ`mɪtŋs] 名 匯款

withdraw [wɪð`drɔ] 動 提款

waiver [`wevɚ] 名 免責險

health insurance [`hɛlθ ɪn`ʃurəns] 名 健保

 種類

life insurance [`laɪf ɪn`ʃurəns] 名 壽險

annuity insurance [ə`njuətɪ ɪn`ʃurəns] 名 年金險

property insurance [`prɑpətɪ ɪn`ʃurəns] 名 產險

travel insurance [`trævl̩ ɪn`ʃurəns] 名 旅平險

 保 險

insurer [ɪn`ʃurɚ] 名 保險公司

the insured [ðə ɪn`ʃurd] 名 被保險人

policyholder [`paləsɪˌholdɚ] 名 投保人

保險
內容

premium [`primɪəm] 名 保費

policy [`paləsɪ] 名 保單

coverage [`kʌvərɪdʒ] 名 承保範圍

beneficiary [ˌbɛnə`fɪʃərɪ] 名 受益人

rider [`raɪdɚ] 名 附加條款

大字：掌握基本分　中字：再上一層樓　小字：挑戰高分字

媒體

media [`midɪə] 名 媒體（mass media 大眾媒體）

limelight [`laɪm,laɪt] 名 鎂光燈

censor [`sɛnsɚ] 名 審核

broadcast [`brɔd,kæst] 名 廣播

episode [`ɛpə,sod] 名 一集節目

press conference [`prɛs `kanfərəns] 名 記者說明會

press release [`prɛs rɪ`lis] 名 新聞稿

indie [`ɪndɪ] 名 獨立製片（= independent movie）

促銷

promotion [prə`moʃən] 名 促銷

discount [`dɪskaunt] 名 折扣

70% off 打 3 折

on sale 拍賣

bargain [`bargɪn] 名 便宜貨

clearance [`klɪrəns] 名 清倉

方式

廣 告

telemarketing [,tɛlə`markɪtɪŋ] 名 電話行銷

text message [`tɛkst `mɛsɪdʒ] 名 手機簡訊

survey [`sɝve] 名 調查

sample [`sæmpl] 名 樣品

classified ad [`klæsə,faɪd `æd] 名 分類廣告

commercial [kə`mɝʃəl] 名 廣告

印刷品

flier [`flaɪɚ] 名 傳單

poster [`postɚ] 名 海報

leaflet [`lɪflɪt] 名 手冊

banner [`bænɚ] 名 橫幅廣告

artifact [`ɑrtɪˌfækt] 名 手工藝品

statue [`stætʃʊ] 名 雕像

種類 sculpture [`skʌlptʃɚ] 名 雕刻

orchestra [`ɔrkɪstrə] 名 管弦樂隊

opera [`ɑpərə] 名 歌劇

photography [fə`tɑɡrəfɪ] 名 攝影

展覽
相關

exhibition [ˌɛksə`bɪʃən] 名 展覽

museum [mju`zɪəm] 名 博物館

gallery [`ɡælərɪ] 名 藝廊

guided tour [`ɡaɪdɪd `tʊr] 名 導覽

masterpiece [`mæstɚˌpis] 名 傑作

sponsor [`spɑnsɚ] 名 贊助者

藝 術

形容
詞 eye-catching [`aɪ `kætʃɪŋ] 形 引人注目的

user-friendly [`juzɚ `frɛndlɪ] 形 使用便利的

大字：掌握基本分　中字：再上一層樓　小字：挑戰高分字

Track 123

epidemic [ˌɛpɪˋdɛmɪk] 名 傳染病

contagious [kənˋtedʒəs] 形 有感染力的

benign [bɪˋnaɪn] 形 良性的

malignant [məˋlɪgnənt] 形 惡性的

infect [ɪnˋfɛkt] 動 感染

symptom [ˋsɪmptəm] 名 症狀

syndrome [ˋsɪnˌdrom] 名 症候群

病情

看病地點

ward [wɔrd] 名 病房

pharmacy [ˋfɑrməsɪ] 名 藥房

clinic [ˋklɪnɪk] 名 診所

疾 病

cardio-vascular disease [ˋkɑrdɪo ˋvæskjuələ dɪˋziz] 名 心血管疾病

blood pressure [ˋblʌd ˋprɛʃə] 名 血壓

lump [lʌmp] 名 腫塊

allergy [ˋælədʒɪ] 名 過敏

種類

看病

ambulance [ˋæmbjələns] 名 救護車

surgery [ˋsɝdʒərɪ] 名 手術

surgeon [ˋsɝdʒən] 名 外科醫師

physician [fɪˋzɪʃən] 名 內科醫生

dentist [ˋdɛntɪst] 名 牙醫

diagnose [ˋdaɪəgnoz] 動 診斷

treatment [ˋtritmənt] 名 治療（通常是要吃藥的）

therapy [ˋθɛrəpɪ] 名 治療（通常是不吃藥，如推拿）

vaccination [ˌvæksn̩ˋeʃən] 名 疫苗接種

checkup [ˋtʃɛkˌʌp] 名 健康檢查

 看病後

prescription [prɪˋskɪpʃən] 名 藥方

over the counter drug 名 成藥

antibiotic [ˌæntɪbaɪˋɑtɪk] 名 抗生素

pill [pɪl] 名 藥丸

tablet [ˋtæblɪt] 名 藥錠

capsule [ˋkæpsl̩] 名 膠囊

side effect [ˋsaɪd ɪˋfɛkt] 名 副作用

醫 院

 醫院單位

paediatrics [ˌpidɪˋætrɪks] 名 小兒科

gynaecology [ˌgaɪnəˋkɑlədʒɪ] 名 婦科

urology [jʊˋrɑlədʒɪ] 名 泌尿科

大字：掌握基本分　　中字：再上一層樓　　小字：挑戰高分字

國家圖書館出版品預行編目資料

新多益3冠王腦力全開記單字：字根、諧音、心智圖醒腦3寶，背過不會忘！/
連育德作；——三版. —— 新北市：李茲文化，2018. 03
　面；公分

　ISBN 978-986-93677-7-6（平裝附光碟片）

　1. 多益測驗　2. 詞彙

805.1895　　　　　　　　　　　　　　　　　　　107001021

新多益 3 冠王腦力全開記單字：

字根、諧音、心智圖醒腦 3 寶，背過不會忘！(最新版)

作　　者：連育德
責任編輯：陳家仁
主　　編：陳家仁、莊碧娟
總 編 輯：吳玟琪

出　　版：李茲文化有限公司
電　　話：+(886) 2 86672245
傳　　真：+(886) 2 86672243
E-Mail: contact@leeds-global.com.tw
網　　站：http://www.leeds-global.com.tw/
郵寄地址：23199 新店郵局第 9-53 號信箱
　　　　　P. O. Box 9-53 Sindian, Taipei County 23199 Taiwan (R. O. C.)

定　　價：350 元
出版日期：2012 年 8 月 1 日 初版
　　　　　2014 年 10 月 1 日 二版
　　　　　2018 年 3 月 7 日 三版

總 經 銷：創智文化有限公司
地　　址：新北市土城區忠承路 89 號 6 樓
電　　話：(02) 2268-3489
傳　　真：(02) 2269-6560
網　　站：www.booknews.com.tw